# 绝对零度

## 4 判官

樊落

著

中国纺织出版社有限公司

## 内 容 提 要

A市再次发生凶案，凶手自称判官，专杀他认为有罪的人，在张燕铎酒吧打工的大学生小魏阴差阳错被怀疑是凶手，为了帮小魏洗脱罪名，关琥拜托张燕铎帮忙，却没想到疑点均指向关琥的同事。就在关琥想调查同事的时候，同事意外人间蒸发，而关琥每次找到线索，相关人员都会离奇死亡。后来关琥在张燕铎等人的帮助下，终于找出了凶手，但凶手畏罪自杀。在调查案件的过程中，张燕铎因为被犯罪组织威胁，错手杀人，关琥跟他反目成仇，张燕铎只好选择离开。

**图书在版编目（CIP）数据**

绝对零度 . 4，判官 / 樊落著 . -- 北京：中国纺织
出版社有限公司，2021.1

ISBN 978-7-5180-8032-8

Ⅰ . ①绝… Ⅱ . ①樊… Ⅲ . ①推理小说 – 中国 – 当代
Ⅳ . ① I247.5

中国版本图书馆 CIP 数据核字（2020）第 200812 号

策划编辑：李满意　胡　明　　　责任编辑：张　强
责任校对：王蕙莹　　　　　　　责任印制：王艳丽

中国纺织出版社有限公司出版发行
地址：北京市朝阳区百子湾东里 A407 号楼　邮政编码：100124
销售电话：010－67004422　传真：010－87155801
http://www.c-textilep.com
中国纺织出版社天猫旗舰店
官方微博 http://weibo.com/2119887771
天津千鹤文化传播有限公司印刷　各地新华书店经销
2021 年 1 月第 1 版第 1 次印刷
开本：880×1230　1/32　印张：8.5
字数：155 千字　定价：39.80 元

# 目　录

CONTENTS

判官，酆都大殿司职，文判世人行为功德，武判奖善惩恶，评忠奸报应，断人间生死，世称冥府判官。

# 第一章


寂静的夜晚，房间没有开灯，电视屏幕偶尔闪过光亮，在男人脸上投出一束束奇怪的阴影，他坐在沙发上，面无表情地盯着屏幕，电视里正在播放特工冒险的电影，他看了一个小时，却完全没看懂影片讲了什么。

因为脑海里闪烁的一直是另一个人的影像。

广告插播进来，画面骤然一亮，关琥回过神，因为坐太久，身体有些僵硬，他向后靠了靠，伸了个懒腰，手却碰到了旁边的啤酒罐，哗啦啦的声音传来，啤酒罐滚到了地板上。

关琥没有去捡空罐，而是保持双手张开的后仰姿势，这几天他难得放假，却一直闷在家里哪里都没去，只因为前不久张燕铎向他坦白的那番话让他无法释怀。

关琥摸黑找到烟盒，抽出一支吸了起来，电影又开始了，屏幕里特工正在向女主角坦白真相，关琥看着他，慢慢地，特工的脸庞跟张燕铎重叠到了一起，恍惚中他有种感觉，那是张燕铎在自述自己的经历，不同的是张燕铎的经历更加惊险，更加荒诞不经。

"你杀了我哥？为什么？"

这是他听了张燕铎的话后首先的反应，与其说是震惊，倒不如说他不相信这个事实——既不想相信哥哥已经不在人间了，又不想相信张燕铎会是杀他哥哥的凶手。

　　于是张燕铎坦白了自己的身份，那晚，关琥跟张燕铎相对坐在空静的酒吧里，听他讲述了那个怪诞又凄凉的故事。

　　"你应该也注意到了我的体质跟普通人不同，这不是天生的，而是被注射了各种药剂造成的。在太平洋的某个孤岛上，我跟其他人一起被囚禁在那里，接受'父亲'的各种训练跟药物研究，我说的'父亲'不是跟我有血缘关系的人，他只是收养我们、为了自己的研究把我们当试验品的老家伙，那天在楚格峰上看到了那些僵尸，我就像看到了当年的自己。"

　　"在岛上被训练的孩子每个人都有自己的特殊技能，正是这种技能让老家伙对我们感兴趣，我最擅长的是记忆力，所以老家伙一直在这方面对我进行各种训练，他希望开发到我更多的技能，所以每天我除了被强制躺在试验床上接受最新的智能仪器测试外，就是在角斗场里度过的。"

　　张燕铎拂开自己的额发，关琥看到他的鬓角上留下的针孔疤痕，也许在他看不到的地方，这样的疤痕还有很多，那样的生活离他太遥远了，他无法感同身受，但是可以想象得出一个少年每天被束缚在床上，全身插满注射针管和仪器的样子，那些药剂一定对张燕铎的身体伤害很大，所以他才会表现得时而精神时而委顿。

　　"不过事实证明我并不是完美的天才，我的记忆程度依旧是有限的，在达到了极限后，不管再怎么接受药物刺激，我都无法再提高自己的记忆力，还好我的体力跟攻击能力不错，所以老家伙最终没有放弃我。"

"放弃？"

"没有开发价值的东西他会弃之如敝屣，那些不需要的训练者会被他丢去角斗场相互攻击，活的一方留下来，如此循环反复，叶菲菲曾说我的举止像军人，那是因为那些训练我们的教官很多人都有从军经历。"

听着张燕铎的描述，关琥脑海里浮现出古罗马角斗士的身姿，在那种残忍的环境下，不是杀人就是被杀，没有第三种选择。

"那时我唯一开心的事是偶尔我会跟其他试验品关在一起，老家伙那样做是担心我们会在长期的试验中变成行尸走肉，他要的不是有思维的机器，而是真正的完美物品，所以他会定期让我们一起接受仪器测试，并允许我们在测试中交流，我告诉他我被关在岛上之前的经历，他也告诉我有关他的故事。"

听到这里，关琥的心怦怦跳起来，有种感觉，张燕铎口中的"他"就是自己的哥哥。

"就这样，我们偶尔见面，在短暂的时间里尽可能聊得更多一些，但最后他也被我杀了，在角斗场上。"

"刚才有一点我忘了说，我们在岛上时都是戴着面具的，知道我们长相的只有老家伙一人，他这样做是为了防止我们在角斗中不拼全力，在岛上，只有死的试验品才不需要戴面具，那天我杀了他，摘下了他的面具，第一次看到了应该称作是我的朋友的模样，那也是最后一次，之后我就看到他的身体消失在我面前——我晕倒在角斗场上，醒来后，那个人就再也没有出现在我的记忆里。"

"你说他消失在眼前？"

"是啊，当时就是那种感觉，可能是药物刺激后的反应，有段时间我的头痛得很厉害，分不清现实跟幻觉之间的界限，我唯一记得的就是那段跟他一起度过的记忆，我们不断对对方说，一定要活下来，连同对方的那一份。"

"既然你说你们是戴面具的，那为什么你会知道被你杀死的就是你的朋友？"

"因为直觉，直觉那样告诉我的。你不知道在那种环境下生存，直觉有多重要，所以我绝对不会搞错"，张燕铎冷冷地说，"等我再次醒来，老家伙又安排其他人跟我一起接受训练，但我再也没说过话，因为总有一方是要死的，不是我，就是对方。"

"你确定你杀他不是你的幻觉？"抱着最后一丝希望，关琥问。

张燕铎沉默了下来，显然对于那段过往，他并没有十足的把握去确定，过了一会儿，才说："我只记得我们交流的故事，他说他有个很可爱的弟弟，有个生病却很温柔的母亲，还有努力做事为他们撑起一片天的父亲，他有交流恐惧症，每天都躲在家里，他的存在花了家里很多钱，所以当父亲将他送给老家伙时，他并没有怨怼，反而觉得可以为家人减轻负担很开心。"

关琥的心跳得更激烈了，张燕铎说的跟自己幼年的家境非常相似，这一点不可能是出自他的幻想，尤其张燕铎说的"转手"那段，也解释了为什么父亲说他哥哥已死，却没有墓地的原因，而且父亲在过世前一直说着抱歉，那多半是出于对放弃了儿子的愧疚吧。

听着张燕铎的讲述，关琥想起了那段过往，也想起了他从讨厌哥哥转为重视他的原因，有一次他被小朋友欺负，看似懦弱又怕见人的哥哥疯了一样的过去揍人，他吓到了，同时也发现其实有个哥哥也挺不错的。

从那之后，他们兄弟一直相处得很好，但好景不长，后来母亲卧床不起，他又突然生重病，家里负担不起那么多费用，如果老家伙提出收养的话，父亲很难拒绝，处在父亲的立场，他一定很希望哥哥的病得到更好的治疗，而他们的家境不允许，他一定想不到哥哥之后将会遭遇怎样的痛苦，否则他不会那样做的……

"岛上的试验品也都是老家伙收养的吗？"

"是的，他不缺钱，所以他才疯狂地想要创造出这世上最完美的艺术品。"

"为了什么？"

"不知道，也许是为了利用我们获得更大的利益，也许只是为了取乐，也许是想当名垂千古的科学家，他有钱，可以肆无忌惮地作为，所以岛上才会有像我们这样的人存在，我是这样，吴钩也是，我们的名字都是老家伙一时兴起起的，我不喜欢流星这个名字，却没有拒绝的权利。"

关琥想起了那个美艳却心狠手辣的男人，他心里咯噔一下，问："那老家伙除了改造你们的体能外，是不是还有改造其他地方？"

"被发现了。"张燕铎自嘲地说："是的，他喜欢把试验品按照自己的喜好随意改变，比如长相、身高、肤色、发色甚至眼瞳。"

"真是变态。"

"不过天无绝人之路，这样的地狱生活终于在某一天结束了，小岛所处的海域发生海底地震，基地建筑跟电路受到了影响，我们几个试验品合力冲进了基地中心，破坏了里面的控制程序，可是我跟大家在逃跑中失散了，小岛塌陷时我只身一人上了快艇，老家伙求我带上他，我无视了，乘船离开那里。"

"我去了一个大家都不知道的地方，用老家伙账户的钱弄到了新的身份，取名张燕铎，在国外住了三年，最后才来到这里，在这三年里，我没有听到有关老家伙以及跟他有关的消息，我以为噩梦已经结束了，却没想到……"

没想到他们又阴魂不散地出现了。


回忆想到这里，关琥叹了口气，电影不知演到了哪里，他没心思看，直接关掉了，借着走廊上地灯的光芒又点着一支烟，狠狠地抽着，像是在发泄心中的怨气，为那段真相，也为张燕铎。

张燕铎没有说为什么在国外待了那么久才回来，也没说来找他的原因，但他可以想象得出一个长时间被关在禁闭区域的人，最初踏入现代社会所经受的种种迷惘跟失措，尤其是在长期的药物作用下，张燕铎的行为无法用正常思维来判断，他没有疯掉，关琥觉得这本身就是个奇迹。

其实张燕铎是个很矛盾的人。

那晚听着他的讲述，关琥就深刻感觉到了，张燕铎杀了他哥哥，但又把他当成最亲近的人，他没有提到特意接近自己的原因，不过关琥大致猜得到他的心理——自己是他跟这个世界的连接点，没有了自己，他在这个世上就什么都没有了，他需要自己的存在，哪怕他知道是他杀了自己的大哥。

"故事都讲完了，是我杀了你大哥，如果你要杀我，我不会还手。"在最后，张燕铎这样对他说。

而他的反应是什么都没做，就这样沉默地走出了酒吧，从那以后，半个月都没再踏进一步。

因为他不知道该怎么去面对张燕铎。

他不知道张燕铎说的那些到底是真的，还是结合了幻觉后的记忆，内心深处他期待张燕铎搞错了，这样他就有继续等待大哥回来的希望，话说回来，就算大哥真是张燕铎杀的又怎样？难道身为警察，他要报私仇吗？更何况罪不在张燕铎，张燕铎只是杀人工具，要追究罪责，也是那个变态的老家伙。

张燕铎告诉他老家伙叫刘萧何，但他这段时间托小柯找遍了所有罪犯档案记录，都没找到有关刘萧何的资料，至于张燕铎提到的离岛，由于当时他的精神状态异常，也无法按图索骥地去寻找。

不过关琥相信老家伙投入那么多的资金，训练各种成员，绝对不只是为了兴趣，否则吴钩就不会有犯罪记录留下了，至于张燕铎，他有没有出去执行过任务，那晚张燕铎没有提，不过从他的身手跟反应速度来看，关琥感觉他没有离过岛的可能性不大。

——如果张燕铎杀过很多人，并且是被国际通缉的罪犯，你要怎么对付他？

——如果这世上真有奖善惩恶的判官，面对张燕铎这样的人，又会怎么做？

抽到第三支烟，关琥这样问自己，这也是这半个月来，他反复询问过自己的问题，但每次都不了了之。

烟很快抽完了，关琥掐灭烟蒂，看看时间已是午夜，他起身准备回卧室睡觉，但走到一半又改了主意——他不喜欢一直将事情不上不下地搁着，因为处理不了，就没用地逃开，这段时间里，他已经将整件事考虑得很清楚，现在就差临门一脚，跟张燕铎坦诚相见了。

想到这里，关琥转去衣架前，换上外出的衣服，又随便拿了件外套，匆匆跑了出去——希望涅槃酒吧还在营业，他可不想在这么冷的半夜里白跑一趟。

顶着冷风，关琥一口气跑进了大厦的地下一楼，就见酒吧门上挂着营业结束的牌子，还好大门在他的推动下应声开了，门口的铜铃声响起，他看到吧台里面还亮着灯光。

听到声音，张燕铎从厨房里走出来，他的工作服还没换下，纯白的衬衣配着西点师傅的长围裙，显得又高又瘦，额发稍微长长了，垂下来遮住了下面的无框眼镜。

看到关琥，张燕铎脸上露出明显的诧异，本能地低头托托眼镜框，说："这位先生，我们打烊了。"

关琥走过去，坐到吧台前的高脚椅上，指着自己的鼻子说："我叫关琥，不叫'这位先生'，你最近是不是没吃药，记忆又变混乱了，才半个月不见，连我叫什么都忘了。"

像是没想到他一开口说的会是这个，张燕铎愣了愣，才慢声细语地说："我以为你以后都不会来了。"

"我最近工作忙，来不了嘛。"

"忙到连着放三天假吗？"

这次换关琥发愣，他反应过来后的第一个动作是冲着张燕铎迎面就是一拳，"靠，你又暗中监视老子！"

拳头落了空，张燕铎侧身轻松躲了过去，在跟关琥的对话中，他的情绪轻松下来，说："我这里还有些剩菜，你不介意的话，可以给你当宵夜。"

"假如你不算钱的话。"

"你想多了，我怎么会跟自己的弟弟算钱？"

张燕铎随口调侃完，马上想到之前的对话，他的微笑收敛了，关琥却没在意，冲他嘿嘿一笑。

"那就快拿出来吧，啊对，如果有不要钱的剩酒，也一起端上来，我们兄弟好像很久没一起喝了。"

张燕铎再度愣住了，发现关琥不是特意安慰自己，他笑了，恢复了以往散漫的样子。

"也许你该去洗个澡，你身上的烟味能把死人熏活了。"

"有那么糟糕？"关琥抬起胳膊，用力嗅自己身上的烟味，应该不会吧，他来之前都换过衣服了。

"不管有没有那么糟糕，在我说 yes 时，不喜欢听到有人 say no。"

"yes，yes，我去洗澡。"

习惯了张燕铎的说话方式，关琥老实乖乖地跑去了里面的浴室。


以前有几次临时出状况，关琥也在这里留宿过，所以浴室里有他的备用物品，至于衣服，关琥自来熟地取了张燕铎的新衣，在洗完澡，往身上套睡衣的时候，他想也许张燕铎是希望他这样乱穿的，因为这正是兄弟间最正常不过的交流方式了。

果然，关琥出来后，张燕铎看了眼他的打扮，什么都没说，将宵夜都摆到了餐桌上，外加一瓶刚开封的红酒，他将酒斟满，给关琥做了个坐的手势。

说是宵夜，但丰富程度该算是晚餐了，一点不像张燕铎所谓的剩菜，关琥心里有数，吃着他特意为自己准备的饭，又端起酒杯跟他碰了杯，说："两个大男人喝红酒，外加烛光照明，好像有点奇怪。"

张燕铎扫了一眼旁边的装饰性烛光灯座，"我怕给你喝伏特加，你明天又要跑大案。"

"呸呸呸，你这个乌鸦嘴！"

被张燕铎这么一说，关琥失去了喝酒的兴致，他把酒杯放下，正色道："我这次来，其实是要跟你说下这段时间我的想法的。"

张燕铎把眼神瞟开，不说话。

关琥接着说："我不会抓你的，我认识的是张燕铎，是涅槃酒吧的老板，不是什么流星，我不知道流星以前做过什么事，有没有真的杀我大哥，也许那一切都只是他的幻觉，就算不是幻觉，也跟张燕铎没有一点关系。"

张燕铎眉头微微一挑，见他想解释，关琥伸手制止了，故作轻松地说："乐观一点想，也许你就是我大哥呢，你只是被药物搞得记忆混乱了，否则你怎么会把事情都记得那么清楚？"

"并不是……"

"所以就这样吧，我觉得现在就挺好的，但有一点我希望你能记住，"顿了顿，关琥说："我不管你以前怎样，但今后我不希望你杀人。"

稍许沉默后，张燕铎平静地回道："我只能保证，如果有一天你杀我时，我不会杀你。"

关琥差点将刚吃进嘴里的生菜沙拉喷出来，说了半天，这人完全没有改正的想法，这么说就等于说在必要情况下，他还是会杀人的。

好吧，考虑到张燕铎特殊的经历，关琥选择了退让，"假如遇到危险，你可以视情况而定，但不要伤害到无辜的人。"

"我并非冷血杀手，关琥。"

"我只是提醒你，你要是再胡闹，信不信我抓你去警局？"

张燕铎笑了，仰头将杯中酒喝完，对他说："给支烟。"

关琥本能地掏口袋，不过来得匆忙，他没带烟，张燕铎只好去吧台里翻了一下，找到一盒烟，抽出来点着了。

"你什么时候买的烟？"

"这是小魏的，酒吧里不允许抽烟，他的烟就被我没收了。"

"不允许抽烟你还抽？"

"因为我是老板。"

张燕铎靠在吧台前吐着烟圈，看着他那熟练的动作，关琥皱起眉头，他有种感觉，在国外的那三年里，张燕铎岂止是吸烟，他恐怕还吸过更可怕的药物。

也许正因为吸过那些东西，所以他才会强烈地排斥，他现在表现得不排斥了，是不是等于说他在慢慢回归正常？

关琥对张燕铎过去三年的经历充满了好奇，但那不是个可以轻易开口询问的话题，他故意无视了，低头吃饭加喝酒，张燕铎在一旁问他这段时间的工作情况，他详细回答了，配合得无比主动，直到觉察到这不是在跟上司汇报工作时，他已经醉了，迷迷糊糊地回了卧室，一觉睡到天亮。

第二天早上关琥是被闹钟吵醒的，他第一时间还以为是要上班，急匆匆爬起来穿好衣服，在出门时脑袋被门板撞了一下，才撞回神，想起了昨晚他跟张燕铎的沟通，两人聊得挺投机的，但由于他的红酒喝得太多，最后张燕铎说了什么他都不记得了。

宿醉导致头有点晕，关琥晃晃脑袋走出去，张燕铎不在，他洗漱完后，擦着脸来到前面的酒吧。

酒吧里亮着灯，有人正坐在餐桌前吃早点，看到她，关琥还以为自己梦游了，急忙搓搓眼睛再看过去，没错，他没梦游，眼睛也没出问题，坐在那里拿着叉子叉沙拉的人正是他的前女友叶菲菲！

"早，关王虎。"

关琥发愣的时间太长，叶菲菲先发话了，顺便又喝了一口果汁。

"早……"

关琥用湿毛巾抹了把脸，在神智完全清醒过来后，他冲过去问："叶菲菲这是你家吗？"

"不是。"

"那为什么我每次来这里，都会看到你？"

"这话应该我来说——为什么你每次都赖在老板家不走？是想让老板养你吗？"

"他是我哥，他养我是应该的。"

"啊关王虎你真有种，这话你都说得出来。"

张燕铎正在厨房里准备早餐，听到他们的吵闹，他的表情变得柔和，半个月来一直提着的心思放下了，他很开心关琥接受了自己的存在。

那个秘密，他原本是想带去坟墓的，但是在跟关琥的相处中，他改变了想法，之前一直不说是担心关琥接受不了亲人已经亡故的事实，不过现在看来，关琥比他想的要坚强得多。

他将准备好的早餐放到托盘上，端了出去，关琥正坐在叶菲菲的对面，拿了个小叉子跟她抢沙拉，张燕铎制止了他这种幼稚的行为，将早餐放到他面前，说："最近我改行开早点餐厅了，因为大家都说喜欢。"

"哪些'大家'？"

"就是除了你之外的'大家'嘛，老板做的饭既有营养又好吃，所以最近我只要一下班，就顺路来吃饭了……我有给钱，不像你关王虎，你只会蹭吃蹭喝。"

"顺路？"

如果没记错的话，关琥想这位大小姐过来吃饭，是要绕很大一个圈子的。

"是下班顺路了，我这次替班，刚下飞机，接下来可以休息三天，所以就跑来跟老板交流下感情。"

叶菲菲说着话，拿着小叉子把关琥盘子里的水果叉走了，关琥没阻拦，因为他现在的注意力都被叶菲菲的话吸引过去了——姑奶奶放三天假，他有种会一直被骚扰的预感……

"先说好，我很忙的，我没时间陪你。"

"神经病，谁用你陪？我约了老板还有凌云跟小魏这个周末去郊外BBQ，吃大餐看流星雨，还有见鬼。"

大冬天的你们要去 BBQ？还、还见鬼？

假如抛开最后那两个字，整句话还算正常，虽然关琥无法理解这些人冬季户外 BBQ 的动机，不过这个问题先放一边，他更在意另一个问题，看看张燕铎，问："为什么没人通知我？"

"因为这半个月来你都没出现。"

"所以这是你个人的问题。"

叶菲菲再次叉去了关琥盘子里的水果，看着自己的食物愈加减少，关琥急忙用手护住盘子，对张燕铎说："我也想参加，现在报名还来不来得及？"

张燕铎去吧台里取饮料了，叶菲菲替他说："参加费两千。"

"两千？我半个月薪水进去了，杀人啊！"

"那你可以不参加啊，老板出钱采购，凌云出地方，小魏出力，你想半路插进来，当然要付参加费了。"

"那你出了什么小姐？"

"出人，跟我这种大美女一起 BBQ，可以让你享受到赏心悦目的感觉，你还有什么不满足的？"

"难道主题不是看流星雨跟鬼吗？请问这位美女，你是星星吗？还是你是鬼？"

"关王虎你欠揍啊！"

叶菲菲伸出叉子叉关琥，关琥闪身躲避，两人正打闹着，身后传来说话声。

"对不起，请问……"

柔和低沉的嗓音传来，给嘈杂的空间混进了一曲不太和谐的音符，关琥停止跟叶菲菲的争吵，转头看去，就见酒吧门口站了一位穿长裙的长发女生，长得高高瘦瘦的，高领毛衣外面配了件薄外套，脸上架了一副不太合气质的大黑框眼镜，看上去像是那种只喜欢读书，不擅长交际的女孩子。

被大家注视，她急忙点点头，这局促的表现证实了关琥的猜想，假如让张燕铎帮她选一副合适的眼镜的话，一定可以更好地体现出她的气质。

"不好意思，我们还没有开张。"他站起来，有礼貌地解释道。

"我不是来吃饭的，"发现被误会，女孩急得连连摇手，"我是来找江楚魏的。"

"江楚魏？我们这里没有这个人。"

"不会呀，他说他在这里打工的。"

听了女生的话，关琥本能地看向在吧台里忙碌的人，他快速跑过去，趴在台子上靠近张燕铎，小声问："你以前有化名姓江吗？"

"没有，我只有一个名字，"张燕铎抬头看他，轻描淡写地说："你姓关，所以我姓张。"

这个姓可能是取自桃园三结义的关与张，也可能取自关琥母亲的张姓，有关张燕铎取名的真意，关琥无从得知，只是没想到一个名字对方会如此看重，他不由得一愣。

"会不会是指小魏啊？"叶菲菲在旁边提醒道。

关琥再去看张燕铎，后者仍旧一副不了解的脸孔，关琥感觉头更晕了，呻吟道："小魏来面试时，你没看他的身份证件吗？"

"没有。"

"至少有问全名吧？"

"没有。"

张燕铎理所当然的表情让关琥没话说了，不过想想他以前生存的环境，也不是不能理解——对张燕铎来说，姓名身份都不重要，他只要知道对方的存在是否会威胁到自己的安危，小魏一看就是个没什么危险的学生仔，这可能也是张燕铎雇他做事的原因。

"是他吗？"

听了他们兄弟的对话，叶菲菲拿出手机里他们的合照给女生看，女生连连点头，表示小魏就是江楚魏。

"他白天有课，晚上才来这里，"张燕铎在吧台里倒着饮料，看都没看女生，随口说："你可以去他学校找。"

"我去找了，但没找到，打他电话他也不接，之前有听说他在这里打工，所以我就过来了。"

"请问你跟小魏是……"叶菲菲问。

"我们是亲戚，我叫曲红线，论辈分的话我们算是表兄妹，我刚搬来这里没多久，租的是表哥以前租的房子，不过最近我发现房子有些问题，想找他去看一下。"

"房子有问题？"叶菲菲兴致勃勃地插嘴问："是闹鬼吗？"

关琥把叶菲菲推开了，这么喜欢见鬼，不要做空姐了，去摄影棚演灵异片好了。

曲红线也脸露尴尬，看看他们三人，一副想说但又不不方便提的表情。

"我也不知道算不算闹鬼，但总之就是发生了好多奇怪的现象……"

话被唐突地打断了，张燕铎问："小魏是什么时候搬家的？"

"啊……"没想到张燕铎会突然发问，曲红线愣了一下，才回答："是上个周，我也是上周才搬过去的。"

"小魏没提过。"张燕铎回复得很冷淡。

关琥发现张燕铎这个人很任性，他有时候待人非常有绅士风度，但有时候说话就很随性，完全不顾及对方的感受。

看来即使在现代社会住了三年多，他还是没有完全掌握跟人和睦相处的方式，尤其是在面对陌生人的时候——他是习惯了张燕铎的毒舌，可是别人不适应啊。

见曲红线表现局促，关琥忙打圆场说："可能是搬家这种小事，没必要特意提到吧。"

"不是啊，大家都这么熟了，小魏帮女孩子搬家这种事都不说，真没义气。"

义气不是这样用的好吧！

关琥瞪了叶菲菲一眼，就听张燕铎说："打电话给小魏，看能不能联络上。"

叶菲菲一个指令一个行动，跑去餐桌前拿手机打给小魏，关琥在旁边看傻了眼，很想说身为前男友，他都没敢这么支使过叶菲菲，当然了，就算支使，叶菲菲也一定不会理睬他的。

过了一会儿，叶菲菲关掉手机，冲他们摇头，"没人接。"

"那怎么办？"女生着急地跺跺脚，说："我没问他新住所的地址，下午我还有事，本来想上午让他帮忙去看看的，可没想到……问题不解决，我怕我今晚都不敢在那里睡了。"

"房子有问题，不能找房东吗？"

"我不知道房东的联络地址，房子是表哥转给我的。"

可能是病急乱投医，曲红线没再顾忌，直接跟他们说了，"其实房子没有问题，而是地下室里总有声响传来，弄得我晚上都睡不好。"

"这么奇怪？是不是老鼠啊？"

"不知道，我不敢一个人下去看，要是老鼠跑上来就更糟糕了。"

叶菲菲用力点头，表示万分理解她的处境，又看看关琥，见他完全没反应，她用手肘拐拐他，"关王虎你去看一下吧，到了你们男人表现的时候了。"

"不好吧……"

其实关琥更想说今天是自己大假的最后一天，他还想好好享受一下自由生活呢，而不是为一个不认识的女生去拿耗子。

"小魏的表妹有事，作为朋友不帮忙，那才叫不好呢，再说你是警察，这时候你不上阵谁上阵？"

"警察？"

曲红线看向关琥，那惊讶的表情证明她无法相信眼前这个穿着睡衣、邋里邋遢的男人会是警察，但马上就反应了过来，对他说："警察就更好了，能麻烦你去看看吗？你们也经常解救掉到井里的小猫小狗，所以检查地下室也是你们的工作吧？"

不，解救小动物那是消防队员的工作，他的职业是刑警。

关琥张张嘴想要解释，叶菲菲已经把她的随身小旅行箱拉了出来，又把手机屏幕当镜子用，整理完发型后顺便自拍了一张，然后自告奋勇地说："我也去好了，反正接下来我也没事做。"

没想到这种事叶菲菲也要掺和，关琥急忙拦住她，"刚下飞机，你该睡觉吧？"

"我在车上睡啊。"

"那谁开车？"

叶菲菲不说话，眼神在他全身上下打量，像是在说当然是你，这还用问吗？

关琥不是不想开车，而是他还有点宿醉，担心自己现在的精神状态驾车会有危险，最后还是张燕铎发了话。

"我开车送你们过去吧，地址是哪里？"

"西郊，西郊花园小区……"

"啊，我知道，就是那片别墅小区，没想到你们表兄妹这么有钱。"

"不是不是，是离小区有点距离的旧房子，听说将会被拆迁规划，所以租价很低。"

"这样啊。"

在叶菲菲跟曲红线聊天的时候，关琥跑回房间换上了外衣，张燕铎也将餐桌收拾了，取了外套跟车钥匙，在他要关灯离开时，手机响了起来。

关琥从卧室里出来，就见张燕铎站在厨房里讲电话，他半侧着身，但是从紧绷的侧脸可以看出他的紧张表情，关琥的目光往下游走，看到了他握紧的拳头。

张燕铎很快就打完了电话，保持着跟平时一样懒散的模样走出来，关琥忙问："出了什么事？"

"没事，房东突然来电话，要谈房租的事，所以我没法陪你们去了，你能开车吗？"

张燕铎把车钥匙递了过来，关琥没有马上接，他现在比较想知道谈什么房租的事需要这么急，张燕铎的表情很正常，但就因为太正常了，反而让人感觉不对劲。

"你不会是没钱交房租吧？"他拿过钥匙，故意开玩笑说。

"当然不是，我不会比你更穷的。"

"还是我来开车吧。"

叶菲菲察言观色，见关琥状态不佳，她伸手要拿钥匙，关琥转身闪开，问："你一晚上没睡觉，行不行啊？"

"总比你酒驾要好。"

"我没酒驾，我的酒已经醒了。"

叶菲菲还要再说，曲红线小心翼翼地举起手，"我有驾照，我可以开的。"

张燕铎的车型比较大，关琥有点不放心让女生开，但叶菲菲已经把车钥匙抢过去，递给了曲红线，看样子她很期待去见鬼，根本没在意驾车的问题。

"那就拜托曲小姐了，你慢点开没问题的，我们不赶时间。"

"关王虎你不要这么啰唆啦，又没人像你那样整天飙车。"

"我哪有整天飙，我那是查案……"

张燕铎站在那里，听着他们的对话渐渐远去，他敛起了微笑，计算着他们走远了，他才将酒吧的灯关掉离开，来到外面的街道上。

车被关琥开走了，张燕铎得叫车去约定的咖啡厅，那里离酒吧有些距离，坐上出租车后，他不无怀疑地想吴钩为什么要特意跟他约在那种地方？

咖啡厅到了，张燕铎推门走进去，里面环境看起来很正常，客人不多，吴钩坐在靠墙的角落里，看到他，笑嘻嘻地扬手跟他打招呼。

那是个死角，既可以一目了然地观察咖啡厅的全景，又利于躲避攻击，张燕铎走过去，心想他们这种随时防备外界的心态可能早就刻进了骨子里，这辈子都改不掉。

这个想法让他心中涌起憎恶，吴钩感觉到了，微笑说："你今天心情不太好。"

张燕铎调整好情绪，坐到他对面，同样微笑回复道："希望你不要说让我心情更糟的话。"

"别这样嘛，大家都是老朋友了，融洽一点不好吗？"

"我只记得在角斗场上，你很想我死，我也很想你死。"

"那些事都过去了，大家都是身不由己，现在小岛都被海吞没了，更何况是仇恨？"

张燕铎没说话。

吴钩其实没说错，他们杀人或是被杀都不是出于本意，罪魁祸首是老家伙，是那个魔鬼毁了他们的人生。

服务生过来向张燕铎询问点餐，眼神却不断瞟向吴钩，看得出她对这位帅气的男人更感兴趣，可惜两人都没有注意她，张燕铎随便点了杯饮料，等她走后，直接对吴钩说："如果你这次来是老头子的意思，那就不需要说了。"

"说话别这么呛，如果你对我有对你弟弟一半的好，我就考虑跟你合作。"

吴钩用汤匙搅动着眼前的咖啡，特意没有说下去，但好半天不见张燕铎追问，他只好接着往下讲："我来主要是问你两件事——一，老头子说如果你来帮他，那之前的一切他可以既往不咎。"

"二。"

"二是我个人想问的——你有没有考虑跟我合作？是跟我，不是跟我们。"

这句话的意思很明显，张燕铎不动声色地说："我以为你对老头子很忠心。"

"可惜他现在已经出不起我想要的东西了。"吴钩搅动着他的咖啡，又说："你懂的，当一只猎豹习惯了自由后，就无法再回到牢笼去了。"

"我不会跟滥杀无辜的人合作。"

"这话说的就好像你从来没杀过人似的。"

"今后不会有。"

"那……如果有人要动你弟弟呢？"

听出吴钩的暗示，张燕铎的表情阴沉下来，冷冷道："你可以挑战一下我的耐心。"

杀气随着他的眼神射向吴钩，吴钩像是怕了，停下搅拌的动作，往后退了退，笑道："我懂的，所以我不会那样做。"

"所以是有人想那样做？"

"我的提议你考虑下，我会再找你的。"吴钩没有直接回答张燕铎的提问，丢下这句话后就站起来离开。

那杯被搅拌得面目全非的卡布奇诺被他毫不留情地抛弃了，临走时在张燕铎的身旁稍微停下脚步，淡淡地说："我懂你想拥有亲人的心态，不过别傻了，我们这种人是不可能有朋友跟亲人的，关琥没有跟你经历同样的事，他不会是你的同路人，能跟你并肩作战的只有我。"

他说完就扬长而去，对女服务生投来的仰慕目光视而不见。

张燕铎的脸色更难看，吴钩话里有话，在暗示他不跟老家伙合作的后果，时至今日，老家伙不能对他怎样，但他那些变态的手段可能会用在其他人身上，自己越在意谁，他就会去对付谁。

想到这里，张燕铎坐不住了，急忙打电话给关琥，电话顺利接通了，关琥爽朗的声音让张燕铎觉得自己是不是多虑了，或许让自己心慌意乱正是吴钩想要的结果。

"事情办完了？"

听到关琥的询问，他随口敷衍了过去，反问："你那边没问题？"

"曲小姐的驾驶技术挺好，所以现在我身边有只猪在打呼。"

关琥说的是叶菲菲，张燕铎想假如叶菲菲有听到的话，一定会跳起来揍他的。

"那你小心一点。"

"好，我们马上就到了，这片住宅区开发得不错，不过离酒吧挺远的，等有消息我再打电话给你好了，你顺便也联络下小魏。"

通完电话，关琥挂了手机，他感觉张燕铎有些欲言又止，他好像在担心什么，要不也不会特意打电话过来了。

不知是不是跟老家伙有关？

"那位老板是你的朋友？"曲红线在前面开着车，问道。

"是……我哥。"

"那这位……"她透过后视镜看看歪在关琥肩头上睡觉的叶菲菲。

"我女朋友……前任的。"

关琥开了句玩笑，不过曲红线没有成功理解，尴尬地笑笑，车里又恢复了最初的寂静。

车辆绕过住宅小区，再往前面开了没多久，在面对山峰的空地上停了下来，关琥探头看去，就见路边有个小公交车站，附近三三两两地坐落着一些旧房子，空地上停放着掘土机等工事车辆，旁边还竖着开发的大牌子，看来这里不用多久就会被拆迁重建了。

曲红线下了车，关琥见叶菲菲还在睡，他推了两下，在换来迎面一拳头后，他选择了自行下车。

"她看上去好像很累。"

"只是补觉。"

至于要补多久，关琥心里没底，虽然他跟叶菲菲交往了一段时间，但两人聚少离多，他对前女友的生活习惯并不熟悉，不过明明是这家伙率先提出来帮忙的，现在却一个人大睡，实在太过分了。

关琥还想再叫她，被曲红线拦住了，说："她睡得这么香，还是别吵她了，有警察在，你应该什么问题都能解决的。"

也是，叶菲菲最大的本事是添乱。

反正曲红线的家就在对面，关琥没再叫叶菲菲，锁了车门，在跟随曲红线去她家的路上，给叶菲菲的微信留了言，告诉她曲红线家的位置，自己先过去，等她睡足了再联络。

曲红线的房子在这一区的最边上，附近的房屋都被拆掉了，显得很空旷，建筑物是栋两层小楼，看陈旧状况应该有些年数了，外墙用白颜料重新涂过，似是以求翻新，但是廉价的漆料在风吹雨淋后斑驳脱落，导致不同的颜色东一块西一块，反而更显得萧条。

房门也是同样的状态，上面加了两把锁，曲红线解释说因为一个女孩子独住不安全，所以表哥特意为她加了一把锁。

"这里离你上学的地方很远吧？"

"虽然我比表哥岁数小，不过已经工作了，这次被突然调到这里，没时间找房子，就先凑合一下。"

"是什么工作？"

似乎没想到关琥会问到私事，曲红线稍微停顿了一下，才说："做保险的。"

她打开门请关琥进去，里面打扫得很干净，墙壁曾经重新粉刷过，地面是水泥地，冬日里这样的搭配很容易让人感觉到冷意，关琥进去时，走廊那边有风吹过来，曲红线也发现了，急忙跑去关窗户，说早上走得匆忙，忘了关窗。

"下次要记住了，这样很危险的。"

"因为刚搬来，家里什么贵重东西都没有，所以就大意了。"

曲红线带着关琥穿过走廊来到一个房间门前，经过客厅时，关琥随便扫了一眼，发现里面很空，只有一副桌椅，桌上堆满了书籍资料，好像有人站在里面，在地面投出斜长的身影。

"这里本来是储藏室，但因为房间小，易于保温，所以我就当卧室来用了。"

曲红线的话打断了关琥的观望，他走进曲红线所说的房间，就见里面摆了张床，这一样东西几乎将房间占满了，床对面的角落地上有个正方形的活动隔板，正中还有个提环，曲红线指指那里，示意声响就是从那里传来的。

关琥趴在地上侧耳倾听，里面没有动静，他又用手指勾住提环往上提了提，地板稍微活动了一下便被卡住了，他从缝隙间往里看，下面很黑，什么都看不到。

他尝试着移动地板，又问曲红线，"你是什么时候听到有声音的？"

"从我搬进来就有了，表哥说不用怕，这房子密封性不好，那是刮风传来的响声，可是我觉得是脚步声，人的咳嗽声或者是动物跑来跑去的声音。"

关琥觉得可能真让叶菲菲说对了，房子里闹老鼠，看这里的结构会闹鼠患也不奇怪，至于其他怪异的声响，多半是害怕的心理因素导致的。

地板在他的调整下打开了，原来隔板的另一边用铁钩钩住了，关琥双手拿住石板的两边将它移开，就见下面是台阶，最上面的几层放着涂料、石灰还有家用工具箱等一些琐碎物品，看起来挺普通的，他探头往里看看，说："这个地下室应该很久都没用到了。"

"是的，二楼也没人住，表哥说原本有合租的，但那人说这房子不干净，就搬走了，房东也没加价，他就一直住着。"

关琥把杂物推开，顺着楼梯走下去，越往下走里面越黑，他问曲红线，"你有手电筒跟笤帚吗？"

"有的，我去拿。"

曲红线跑出去，很快又跑了回来，手里拿了个很大只的手电筒，却没有笤帚。

"我还没来得及买笤帚。"她不好意思地说。

关琥打开手电，走下去，曲红线小心翼翼地跟在他身后，说："我很怕老鼠的，我们要不要拿个什么东西防备着？"

刚才他就想到这个问题了，所以才说用笤帚，关琥说："我也怕老鼠，不过我们防备着不要被它咬到就行了。"

曲红线不说话了，大概面对关琥这种似玩笑又似真话的回应，她不知道该做什么表示。

楼梯不长，很快就到底了，不过下面的空间却很大，两边墙壁上胡乱涂了许多荧光剂图案，一直延伸到前方。

可能是因为没什么摆设，地下室显得很空荡，关琥目测了一下面积，觉得这里开个小型聚会什么的完全没问题，里面还算干净，没有老鼠活动的痕迹。

再往里走，顺着墙拐过弯，关琥发现隔壁的通道更宽敞，他用手电筒在附近照了一圈，找到了电源开关按开，地下室的灯居然还可以用，虽然光芒昏黄，不过比手电筒亮堂多了。

就在他打量墙壁时，前面突然传来窸窣声，曲红线啊的叫起来，指着那边喊道："那里！那里！"

被她的叫声影响，关琥无法分辨那是什么声音，他冲过去，前面被石柱挡住了，他绕过石柱，待看到眼前的景象后，不由大惊，本能之下，刹住了脚步。

昏暗的灯光照亮了空间一隅，那里砌了张简单的石床，床上平躺着一具骸骨。

不错，这里既没有老鼠也没有什么鬼魅，有的只是这具已经腐烂到只剩下骨骼的躯体。

曲红线再次发出惨叫，向后连连踉跄，一个没站住，跌倒在地上。

"没事没事，冷静一点。"

曲红线过度的反应拉开了关琥的注意力，他想搀扶曲红线，曲红线却甩开他的手，站起来一直向后退。

见她吓得不轻，关琥只好说："事情有点糟糕，你先上去好了，顺便报警。"

"是……是是。"

不知道曲红线有没有听懂他的话，边回答着边转过身，匆忙向外跑去，急切之下还差点撞到柱子，关琥想安慰她不要害怕，还没等他想到该说什么，她已经跑远了，只留下一串嗒嗒嗒的脚步声。

这时候要是叶菲菲在就好了，叶菲菲通常都是在普通人会大吼小叫时保持冷静，看曲红线的样子，也不知道她能不能顺利报警。

关琥拿出手机想联络叶菲菲，但目光扫过眼前的骸骨，他临时改了想法，转为给尸骨拍照。

仗着从舒清沆那里学的皮毛知识，关琥目测尸骨是男性，看腐烂程度应该是多年的陈尸，骨骼表面看不出明显的外伤，他从各个角度将骸骨的形状拍下来，在绕到头部的方位时，看到骸骨的里侧有个金色的长方形小盒子，盒盖紧闭，为了不破坏现场，关琥没有去碰它。

他拍完骸骨，又转去拍房间的其他地方，地下室看起来是连通的，除了石柱外，没有墙板分隔，也没有多余的摆设。

这个地下室最早可能只是单纯为了储藏东西或是抵挡飓风所建，应该很久没人踏入了，地面上覆了一层灰尘，石床上骸骨上也同样布满灰尘，关琥仰头看看天花板，推算它的上方是客厅，也就是说小魏曾跟一具陈尸同住了很久。

关琥沿着走廊将几个重点地方都拍了下来，一路上他没看到虫蚁鼠患的痕迹，这里除了怪异的霉味外没有其他明显的问题。

霉味这么大，证明这里的通风不好。

关琥一边想着一边走上楼梯，很快就发现不妥，上面没有光亮投下，不知道曲红线是不是太紧张，在跑上去后，顺手将隔板盖住了。

关琥走上去，举手推隔板，板子纹丝不动，他又照着刚才自己拉开隔板的做法调节，却发现锁扣别在外面，在里面的人无法打开，只好伸手拍隔板，叫道："曲小姐，曲小姐你在吗？麻烦打开一下。"

连叫数声，外面却一点动静都没有，关琥只好提高声量，又掏出手机准备拨打，就在这时，外面隐约传来脚步声，他立刻拍打隔板，以图引起对方的注意。

惊呼声响起，有人叫道："谁呀？"

"菲菲，是我，"听出是叶菲菲的声音，关琥大叫："我被关在这里了，帮忙打开。"

"关王虎？你怎么在里面？被瓮中捉鳖了吗？"

"……"考虑到还要接受对方的援手，关琥选择了沉默。

# 第二章


头顶上方响起一连串的声音，看来是叶菲菲不得要领，在尝试着怎么打开隔板，关琥问："有看到曲小姐吗？"

"没有，我进来时这里没人。"

"外面可能有危险，你小心一点。"

"明白，有危险我会马上逃的，不会为了你死撑，放心吧。"

"……"

关琥没话说了，还好他担心的事没发生，叶菲菲很快找到了开锁的方法，拉着扣环将隔板拉开了，关琥配合着她将隔板移到一边，然后趴在出口边缘上呼呼喘气。

叶菲菲蹲在一边看他，问："你脸色很难看欸，难道真见鬼了？"

任谁在发现骸骨，并且有可能跟骸骨困在一起时，脸色都不会好到哪去。

"下面没鬼，只有一具尸体。"

"啊，尸体？你没看错？"

"应该说是骸骨，那人死了很久了。"

关琥说完，双手撑住洞口跃了上来，跑去其他几个房间寻找曲红线，叶菲菲莫名其妙地跟在后面，说："你在找什么？曲小姐不在，我进来时没看到她。"

"你怎么知道我在这里？"关琥边查看房间，边问。

"我醒来后看到了你的留言，不过我回信给你，你没理我，所以我就过来找啰，刚好这间房门开着，我想可能是这里，就试着进来看看，又刚好听到你的拍打声，我还以为大白天闹鬼呢，吓得差点跑掉。"

"你不就是为了见鬼才来的吗？"

吐着槽，关琥走进他最初经过的那间客厅。

里面很空，除了桌椅，还有桌上堆放的书籍纸张外，就没有特别重要的东西了，桌角下放了个纸篓，对面还有个树形衣架，阳光从窗外射进来，可以看到书桌上堆积的灰尘。

这里怎么看都不像是有人住的样子。

发觉了事态的严重性，叶菲菲主动去其他房间查探，又飞快地跑回来，抓住关琥的胳膊，紧张地说："这里没人住的，关王虎，说不定我们真见鬼了。"

"你又怎么了大小姐？"

"厨房餐具也很久没人用过了，楼上的门锁着，那里的灰更多，难道曲红线就是那具骸骨？她显灵让我们发现她的尸体，然后就消失了。"

"你鬼故事看多了。"

"绝对有可能啊，关王虎你想想，她是小魏的远亲表妹，说不定他们在租房中因为感情或是金钱纠葛，小魏就把她杀了，藏在地下室里，否则小魏在这里住了那么久，不可能不知道骸骨的。"

小魏不会杀人。

杀过人的人是不同的，这一点他相信张燕铎一定可以看得出来，张燕铎不会请那样的人做事，张燕铎可以信任小魏，那就代表他是无辜的。

可是曲红线却消失了。

关琥将楼下找了一遍，又上了二楼，楼上只有三个房间，正如叶菲菲所说的，房门上着锁，地上跟门把上都落了灰，看来这里很久没人上来了。

关琥又返回楼下，心里泛起狐疑，也许有人弄晕了曲红线，将她带走了，又顺便锁了地下室的隔板，以防自己救人，那人可能没想到他们还有一个同伴在外面，这一点对叶菲菲来说是幸运的，否则她可能会被一起劫走。

看一楼的摆设状况，不像曾有过争执，假如他的怀疑是正确的，那曲红线被迷晕带走的可能性很大，问题是是谁劫持的她？尸骨已经被发现了，隐瞒不了多久的，难道是曲红线还知道一些内幕，有人不想她说出来，所以才铤而走险？

想起了在跟随曲红线去卧室时，那个在客厅一闪而过的人影，关琥越发确定了自己的怀疑，这让他很后悔，假如当时他的警觉性高一点的话，就不会出现这种结果了。

关琥掏出手机，拨通报警中心的电话，他先报了自己的警证编号，询问曲红线是否有报警，在得到否定的回答后，又转打给重案组，但奇怪的是，电话响了好久都没人接听。

这种情况只有一个解释，关琥正自嘲地想不会这么巧，电话接通了，听到是蒋玎珰的声音，他说："我是关琥，我刚遇到新案件。"

"咦，关琥你到现场了？头儿还说你在休假中，反正组里的人够了，就不叫你了，没想到你这么快就接到消息了。"

虽然不知道蒋玎珰说的是什么案子，但绝对不是他眼前的这桩。

"不，我说的是另一件白骨案，希望马上提供援助。"

"不会这么巧吧？"蒋玎珰小声嘟囔完，说："我们刚接到报案，在淮河区西城路口发生警员伤人事件，我们组的人都去处理现场了，鉴证科那边的人估计也过去了，你那边是什么情况？"

关琥将自己的经历简单说了，白骨的现场鉴定倒是不急，他担心的是曲红线的安危，交代蒋玎珰派警员来保护现场，又详细描述了曲红线的衣着外貌，让蒋玎珰调查附近路段的交通监控。

电话挂断，关琥回过头，就听脚步声嗒嗒嗒地响起，叶菲菲像是侦探似的在周围东瞅瞅西望望，一副寻找证据的样子。

"你来的时候，有没有看到可疑的人？"

"这个问题你刚才就问过了，我在路上没有遇到任何人，不管是男人女人还是劫持女人的男人，"叶菲菲领悟了关琥想问的问题，说："也许你杞人忧天了，难道她不能是因为害怕吓跑了吗？"

"害怕的正常反应是报警吧？"

"假如她看到了鬼呢？哇塞，看到鬼还不吓得掉头就跑，哪有闲暇报警啊。"

"这世上没有鬼的，叶小姐。"

"那你怎么解释地下室隔板被锁住的原因？难道是曲红线关的？"

曲红线没理由那样做，所以他才怀疑有第三个人出现。

听着叶菲菲的信口开河，关琥果断放弃了跟她的交流，出了房子，再次给小魏打电话，同样是无人接听的电子音，叶菲菲在旁边小声说："小魏不会是出事了吧？"

这个怀疑不无可能，但他不清楚小魏的住所跟学校地址，叶菲菲也不知道，只好打电话问张燕铎，但同样无人接听。

"老板很少不接听电话耶，他不会也……"

看到关琥投来的不悦目光，叶菲菲一秒闭嘴，改打给谢凌云，谢凌云那边直接转入留言信箱了，叶菲菲嘟囔道："大家都很忙啊。"

关琥猜想谢凌云的忙碌跟蒋玎珰所说的伤人事件有关，他只好联络小柯，报了小魏的名字，让他马上搜寻小魏的住址跟学校，并在小柯发出抱怨之前挂掉了电话。

一切都交代完毕后，关琥又围着房子转了两圈，房子四面很空，一楼的窗台外沿落着厚厚的灰尘，看不出有什么古怪，不远处坐落了类似格局的陈旧房屋，有几个小孩子在玩耍，看到他们，不断好奇地张望。

关琥走过去，向仰头看他的孩子们自报家门，然后指着对面通向马路的小径，问："你们刚才有没有看到有人离开？往那个方向走？"

孩子们一齐摇头。

"一个都没有吗？还是你们玩得太开心，没注意到？"

"没有啦，没有人去大马路上。"大家异口同声地说。

关琥皱起了眉。

从孩子们站的方向往前看去，不管是曲红线一个人离开，还是被人劫持，他们都不可能看不到。

为了保险起见，他又问了几次，得到了是完全相同的回复，最后叶菲菲下判断，"看来我的推断没错，果然有鬼。"

关琥瞪了她一眼。

他从不信这世上有鬼，就算有，也是人的心里有鬼。

对面一户人家的门打开，一位老太太走出来，疑惑地看关琥，大概是注意到外人一直在跟孩子们搭话，把他当可疑人物来看了。

为了解除老人的疑心，关琥赶紧说明了自己的身份，但他现在正在休假中，没有随身带警证，老人听完他的解释，又看看叶菲菲，说：

"不用装了，我知道你们是私人侦探，你们来查那户人家的对吧？"

"不是的，我真的是警察……"

"看你这样子就是装的，你也不用给我看警证了，看了也肯定是假的，不过那栋房子的事也不算什么秘密，它空了很久，前两年才有人来租，是个本本分分的男生，应该还在上学吧，看他平时挺忙的，我们遇见了就打个招呼，没有深交。"

"是这个人吗？"叶菲菲及时将他们跟小魏的合照从手机里调出来给老人看。

"就是他。"

老人看完后，又看关琥，那表情像是在说还说你不是侦探，你看你们都跟当事人混得这么熟了。

做了这么多年的警察，居然有一天会被怀疑身份，关琥啼笑皆非，他继续问："那这个人最近的行为有没有反常的地方？"

"很久没见到他了，这算不算反常？"

"那你知不知道他去哪里了？"

"不知道啊，这里快拆迁了，年轻人都搬出去了，就剩我们一些老人跟小孩，大学生跟我也没什么好聊的，不过看着是个挺好的孩子，应该没做什么坏事吧？"

关琥呵呵笑着含糊过去了，又问老人有没有注意到有人去马路那边，老人摇头否定了，还帮关琥询问那几个孩子，答案跟刚才的一样，关琥见问不出什么，只好向老人问了那栋房屋的具体地址，跟她道谢离开。

两人回到房子那边，刚好小柯的电话打进来，他给关琥报了小魏的学校名字，听说是燕通大学中文系，叶菲菲急忙举手，在旁边插话说："我有学妹学弟在那边上学，我了解。"

关琥用眼神示意自己明白了，跟小柯道了谢，又说："再麻烦你一下，我报个地址，你帮我查查户主是谁。"

"关琥我不是你的专属情报员！"

"我知道我知道，这不就麻烦你帮下忙吗？回头我请你吃饭，你是想吃德国猪脚还是北京烤鸭？"

听到有美食，小柯冷静下来了，嘟囔了句让他等回信后挂了电话。

收线后，关琥看看表，重案组的人都去处理刑事案了，这里一时半会儿不会来人，干等也不是办法。叶菲菲看出了他的心思，说："你要不要去现场看看？这边我来等，大白天的，附近还有人，没人敢劫持我。"

"你不怕鬼了？"

"怕啊，所以我准备下载个驱鬼软件试试。"

叶菲菲冲他亮亮手里的"爱疯"（iphone），关琥觉得她闲着没事玩自拍的可能性更大，不过她的提议不失为一个好办法，两人商议了一下，最后决定关琥先去案发现场，叶菲菲留守，等警察到来，然后再去燕通大学找小魏。

"我把车开走没问题？"

"没有没有，往前走不多远就有公交车站，我之后搭车回去就行。"

看到刚才那位老人拿着小板凳跟茶水走过来，叶菲菲调皮地冲关琥眨眨眼，"说不定我跟老人家聊聊天，可以聊到意想不到的消息呢。"

"那你小心一点。"

关琥交代完毕，大步流星地跑回车里，照蒋玎珰报的现场地址把车开了出去。

路上他联络到重案组组长萧白夜，萧白夜已经在现场了，他从蒋玎珰那里听说了关琥这边的情况，说会派李元丰带人去保护现场，并交代交通部门的同事，一查到有问题的监控录像，就马上向他汇报。

想起那位刚调进重案组，眼高于顶却异常倒霉的新同事，关琥奇怪地问："李元丰没去跟案子？"

"来了，然后吐得天昏地暗，所以我让他去你那边，见干尸他总不会也吐吧？"萧白夜说："本来我还犯愁这里人手不够，刚好你就出现了，你们对调一下，血腥案你最拿手的。"

他并没有最拿手，如果可以，他也不想每天对着尸体骨骸做事。

"啊对，你哥也在现场，我刚给他做完笔录。"

关琥踩油门的脚往旁边滑了一下，急忙问："案子跟他有关系？"

"一两句话讲不清楚，总之你过来就知道了，我还要继续做笔录，先这样。"

不等关琥再问，萧白夜把电话挂了，可是他丢的这颗炸弹的威力极度强大，听说张燕铎又跟案子扯上了关系，关琥开始头痛，踩油门加快了车速。

"张燕铎，你到底要给我惹多少麻烦才甘心！"


现场到了。

事发地点是个交通流量拥挤的区域，因为突发事件，路段很混乱，临时调来的警员们协助交警疏通车流，案发地也拉了警戒线，警察围守在警戒线外，拦住围观的好事者跟为了抢案子高举照相机的记者们。

一个夹在人群中穿红衣外套的女生很显眼，不用特意看就知道是谢凌云，这让关琥不得不佩服她们做记者的消息灵通程度，出现得比他这位警察还要快。

江开站在里面，看到关琥，冲他招招手，关琥弯腰穿过警戒线，后者依例将手套递给他，观察着他的脸色，问："你喝酒了？"

关琥一脸震惊地看江开，很想问他是昨晚喝的酒，难道身上还有酒气？

"不是了，我只是觉得只要你一喝酒，绝对就有案子发生，恐怖的墨菲定理。"

"没那回事。"关琥打量周围，"我哥呢？"

"你是有多想你哥啊，一时见不着就急成这样。"

被吐槽，关琥很想翻白眼，他绝对没有想见张燕铎，他只是担心张燕铎跟犯罪事件扯上关系——他当然知道张燕铎做事有分寸，但他的背景太复杂了，光是想想红笔吴钩，关琥就感觉头又痛了起来。

他将手套戴上，跟随江开往现场走，道边停了辆大卡车，一个脸色灰白的男人正站在车旁接受询问。

前方地面上溅着零星血迹，法医正在勘查现场，透过人墙，关琥看到了歪倒在地的人体，而那个他担心的家伙就站在鉴证人员身旁观看，表情严肃，偶尔还开口询问，不知道的会以为他也是警察。

看到关琥，张燕铎跟他点点头，算是打了招呼，关琥按捺住过去质问的冲动，听江开讲述事件经过。

"死者罗林，五十岁，曾在警察局负责刑事案件，后调到区派出所工作，他家到这里步行有一公里。罗林的工作不功不过，这个周他女儿结婚，他请假休息，今天经过这里时，突然袭击了在路口等红灯的女人，并抢走了她怀里的婴儿，他在逃走时慌不择路，被卡车撞到，当场死亡，婴儿已被送去医院，暂时还无法确定伤情。"

江开照着他调查来的记录简单讲完后，又说："我刚才打电话询问过负责罗林的心理医生，医生说他没有精神病史跟暴力倾向，虽然偶尔会产生焦虑情绪，不过这是我们做警察的职业病，几乎可以忽略不计，至于罗林的具体就诊资料，我要跟医生见面后才能拿到。"

"警察伤人，我有种预感，这几天的报纸又要大事渲染了。"

关琥走到尸首前，面对死者，他礼貌性地合了下掌，这时鉴证工作差不多已经结束了，舒清沲正跟几名同事将收取到的物品分别装入证物袋里，其中有张红卡片，不是血染成的，而是纸张原有的颜色，烫金的请柬二字在阳光下闪烁出怪异的光芒。

女儿婚期在即，按理说不会因受刺激而做出过分的举动。

"女儿婚期在即，按理说不会因受刺激做出过分的事。"

有人将关琥的心里话说了出来，关琥不爽地瞟向张燕铎，后者没看他，眼睛盯着尸首，继续往下说："但许多事情是无法用常理来推论的，在众人眼中的喜事对他来说，也许是祸事。"

这家伙又在神神道道了。

关琥扳住张燕铎的肩膀，将他带到一边。

对于这过度亲密的动作，张燕铎皱起眉头，他想甩开，却反而被关琥搂得更紧，皮笑肉不笑地说："请告诉我，亲爱的大哥，为什么你会出现在案发现场？"

"有关这一点，你可以看下萧组长给我做的讯问记录，上面写得很清楚。"

"我想现在就知道。"

因为萧白夜都不知去了哪里，以关琥对他的了解，他所在的位置离血案现场至少有二十步以上的距离。

"简单地说，这件案子是我报的警。"

张燕铎跟吴钩见面后，从咖啡厅出来，去附近的公交车站等车，谁知半路遇到了警察伤人，由于距离较远，等他赶过来时，悲剧已经发生了，他所能做的只有报警跟叫救护车。

"这就是你不接我电话的原因？"听完张燕铎的解释，关琥问。

"因为我没办法一边回答警察的讯问一边接你的电话。"

"那出事后，凶手的状况如何？"

"他还没有断气，嘟囔了几个字，我听不懂，不过都录下来了，本来要给萧组长的，可是他临时有事离开了。"

在反应敏锐这方面，关琥不得不为张燕铎竖下大拇指，说："我回头来听，那婴儿呢？"

"已送去医院抢救了，不过我认为不用抱期待，除非奇迹发生。"

关琥观察着现场状况，再对比江开做的记录，凶手是跟婴儿一起被车撞到的，地上大面积的血迹证实了事件的残忍程度，死者的半边身体被碾得血肉模糊，脸部一侧贴着地面，眼珠暴突出来，处于死不瞑目的状态。

血泊里还有一些眼镜片碎屑，死者的一只手里紧紧攥着一块毛毯，江开说那是属于婴儿的，由于他抓得太紧，救护人员不得不剪断了毛毯。

死者衣着简单，接近于随便的程度，从半边脸来观察他的长相，是普通的中年男人的形象，脚上穿的运动鞋比较旧，看起来像是出门散步，不需要特意装扮的感觉，唯一的违和感是证物袋里被血染红的警察证。

"他身上连钱包都没带，如果没有这个，我们还真没办法马上锁定他的身份。"见关琥一直在打量警察证，舒清漉说道。

没带钱包，难道是特意步行一公里来这里行凶的吗？

"死者跟受害者是否认识？"他问江开。

江开还没回答，张燕铎先开了口，"不认识。"

"你确定？"

"那女人自己说的，我看她的眼神应该没说谎。"

舒清滟说："所以有可能是随机杀人，至于是否有动机，是你们要调查的工作。"

"我有预感，接下来我们会很忙碌。"

"包括我，"舒清滟对他说："听萧组长说你休假闲着没事，又发掘到一具干尸？"

什么叫闲着没事发掘干尸？就好像他有多期待面对血案似的。

关琥说："是无意中发现的，这件事说来话长，美女你要去现场吗？"

"我把这边处理完就过去，你呢？"

"我去医院。"

关琥想那是多年前的干尸，他已经拍过现场照片了，再跟过去也发现不了新情况，既然萧白夜让他跟李元丰对调，负责警察杀人案，那他就直接等舒清滟的鉴定报告好了。

尸首被抬走了，鉴证人员也陆续离开，留守警员们负责清理现场，关琥将同事们做好的笔录汇集到一起，又让江开去调查当时的交通录像，他一忙起来，就把张燕铎忘记了，等反应过来，才发现那人不见了。

他以为张燕铎离开了，没在意，等萧白夜跟老马取证回来，双方交流完调查的情报，他准备赶去医院，就在这时，手机响了起来。

看到来电显示是张燕铎，关琥首先的想法就是这家伙又在做坏事了，他按下接听，果然就听张燕铎说："我在九点钟方向。"

关琥顺着他说的方向看过去，见那边是个小咖啡屋，张燕铎就坐在靠窗的位置上，朝他摆手。

关琥跑了过去，一口气冲进咖啡屋。

外面刚发生了伤害事件，咖啡屋里客人不多，空气中透了一股凝重感，当中就数张燕铎最放松，看到他桌上摆放的红茶跟吃了一半的糕点，关琥哈了一声，敢情在自己忙着办案的时候，这家伙正在尽情享受美食。

不过想想他的身份，关琥泄了气，好吧，他不是警察，关琥觉得不能要求他跟自己一样拼命。

"你早饭没吃多少，饿了吧？把它吃掉。"

张燕铎把自己的茶点推到关琥面前，假如那不是吃剩的话，关琥想他会感激对方的体贴的。

"我很忙的，没时间在这里跟你喝茶。"

"再忙也要填饱肚子，你先吃饭，我把刚问到的消息跟你说一下。"

一听张燕铎不单纯是来这里吃东西，关琥立刻坐下来，两三口将剩下的点心吃完。

张燕铎又帮他叫了份三明治，指着外面让他看，关琥发现从他们的角度看过去，右边是被害人等车的十字路口，左边往前走就是车祸现场，在这里刚好可以一览全景。

"我注意到交通监控，这里是死角，加害者跟被害者都不会被拍到。"

不愧是受过专门训练的，在这么杂乱的状况下，张燕铎可以首先注意到探头角度的问题。

"所以？"

"所以我就过来跟店员打听情况，她们说那两人没来过，店里录像也没有录下他们。"

关琥转头看柜台里的两名店员小姐，她们也在偷偷往这边看，表情里带了些害怕跟好奇的色彩。

"你怎么会想到到这里来问？是不是有什么发现？"

"没有，只是乱枪打鸟，顺便问一下。"

"你不会是以警察的身份随便问的吧？"

"弟弟，你真是越来越了解我了，"张燕铎托托眼镜，向他微笑说："为了方便起见，我是那样说的没错。"

"你这是诈骗。"

"关警官，你现在好像正在吃诈骗犯的食物。"

关琥被三明治噎了一下，他放弃了这种无谓的辩论，吃完东西起身就走，等张燕铎付了钱追出去，他已经走到停车场了。

关琥打着引擎，看到张燕铎手里提着两个点心盒，他问："这是什么？"

"一盒给菲菲，一盒送给你的同事，突然出大案，大家一定很忙，没时间吃饭。"

想得还真周到，关琥狐疑地问："你不会是想跟我一起去警局吧？"

"有问题吗？"

面对张燕铎无辜的笑脸，关琥问："我说有问题的话，你是不是会收回车？"

"还会毁掉我录的凶手临死前的录音。"

靠，这简直就是赤裸裸的威胁！

关琥气得无话可说，他系上安全带，等张燕铎上车后，踩油门将车一溜烟地飙了出去。

回到警局，在张燕铎用美食点心跟大家交流感情的时候，关琥接到了小柯的联络，说小魏的租屋登录的物主名字叫陈靖英，现年三十七岁，职业是私家侦探，由于他的工作性质特殊，常年居无定所，小柯查了他的私家侦探社的运作情况，发现已经废弃多年了，所以这个人现在在哪里，只能询问他的房客小魏。

但偏偏现在小魏不知去向。

没多久叶菲菲的电话也打了进来，说警察已经在勘查租屋现场了，她的任务完成，现在要去燕通大学打听小魏的事，关琥本来想让她回家休息，但是听她在电话那头兴致勃勃的样子，只好闭了嘴。

下午，去租屋查案的李元丰跟蒋玎珰回来了，萧白夜也开完了高层会议，他拿了指令回到重案组，先召集大家开会，着手处理警察杀人案。由于牵扯到警察作案，上头的意思是为了避免新闻宣传的负面影响，让他们将调查重点放在这件案子上，尽量保证三天内破案，至于骸骨案，因为法医鉴定结果出来还需要一段时间，可以延后处理。

张燕铎作为外部人员，原本不该参与会议，但不知道是他的美食攻势达到了效果，还是因为他提供了重要情报，萧白夜默许了他的存在，大家也都没有异议。

关琥本来还以为李元丰会找借口挑衅，但很快发现这位刚调进重案组的新成员状况不佳，他脸色发白，坐在那里一副神不守舍的样子，根本没去在意张燕铎。

难道比萧白夜更恐惧血腥现场的警察出现了？

关琥用眼神询问蒋玎珰，蒋玎珰凑近他，小声说："二世祖被血吓到了，去老房子查骸骨时也是那副德行，什么忙都帮不上，还不如菲菲呢。"

糟糕，叶菲菲也跟他的同事搭上话了？

一想到叶菲菲唯恐天下不乱的个性，关琥有种乌云盖顶的预感。

江开将案发当时的交通监控录像都调了过来，录像里罗林的动作非常突然，被害人方婉丽正抱着孩子跟其他行人一起等红灯，罗林低着头，从后面的人行道上匆匆走过，经过方婉丽时脚步停顿了一下，然后冲过去将旁边的行人推开，抢过方婉丽怀里的孩子就跑。

由于事发突然，方婉丽还有周围的行人都是稍微呆愣后才追赶的，罗林就趁着这个微妙的时间差跑远了。

听到众人的惊呼声，罗林曾一度回头看，接着他便转身冲到了马路正中，被呼啸而来的卡车撞飞出去，随后是卡车刹车跟众人冲到近前的画面，现场一片混乱，由于人太多，镜头无法把在场众人都清楚摄下来，率先冲过去抢救的行人也被盖住了，不过从大家的证词可以推断出那是张燕铎。

看完后，江开说："罗林特意推开了其他人，专门对付方婉丽，像是有目的的行为。"

老马持否定意见，"也可能是柿子挑软的捏，你看方婉丽身旁的人都比较强壮，罗林未必是他们的对手，像那些在公众场所冲动杀人的凶犯一样，他们看似突然发疯，其实会潜意识辨别强弱。"

"两个可能性都有，"萧白夜问："查到罗林跟方婉丽有过接触吗？"

"暂时没有。"

关琥翻动着他搜集来的资料，说："方婉丽，三十五岁，五年前结婚，今年十月产下第一个小孩，出事时她正跟她妈妈在一起，这个女人就是她的母亲。"

关琥把录像往后倒转，在某个较清晰的画面上按下暂停键，指着一个中年妇人说："方婉丽的娘家住在这附近，方婉丽今天是来看望母亲的，她以前在一家五金公司做事务员，怀孕后辞掉了工作，丈夫跑保险，到目前为止，没发现他们跟罗林有来往甚至结怨。"

方家离出事现场较近，所以这些情报很容易查到，据邻居们的反应，方家一家人都很本分，邻里和睦，没有跟人结怨的传言，至于方家跟罗林是否认识，那要询问当事人才得知，不过婴儿还在抢救，关琥想就算他们现在去询问，也没人会搭理。

"至少方婉丽不认识罗林，"张燕铎的发言把大家的目光引向他，"出事后我问过她，她当时处于呆滞状态，一直摇头说不认识。"

有关这一点，张燕铎在案发现场就提到过了，关琥相信他的判断力，蒋玎珰却疑惑地问："会不会是因为受太大打击，无法正常判断？"

关琥看到张燕铎的眉头挑了挑，这是他否定时的小习惯，但他没有坚持自己的观点，而是说："也有可能。"

张燕铎将手机取出来，调出录音的那部分，就听伴随着嘈杂的背景音，有个含糊的声音说："鹰……眼……红……判……"

由于太短太快，很难听清楚内容，张燕铎看看大家的表情，将录音重复放了几遍，蒋玎珰说："好像是在说鹰眼红眼……判案？"

"红脸？"

"判……官？"

大家七嘴八舌地讨论那几个含糊不清的字，张燕铎突然冷静地说："红线，判官。"

关琥被呛到了，趴在桌上咳嗽起来。

应该不是曲红线的红线，他侥幸地想，事情不可能这么巧合的，至于判官，可能是"判断"，或许是罗林死之前希望同事正确判断他的行为吧?

大家没注意关琥的过度反应,纷纷点头表示张燕铎的猜测不无可能,蒋玎珰又问:"那这是什么意思,鹰眼好像什么代码。"

"这部分让小柯去查。"

萧白夜复制了张燕铎的录音,又问起罗林的资料,在江开讲述时,关琥注意到李元丰像是不舒服,垂着头,一只手神经质地玩着笔,对大家的发言完全不理睬。

罗林的情况比较好掌握,他的履历档案都在电脑里,江开只是列印出来而已。

罗林的工作经验还有职历都很平淡,说得难听一点,就是那种混吃等死的生存方式,所以他没有升职经历,也没有过立功奖励,在警局总部混了好多年,还曾在隔壁的刑侦一课待过,一年前申请去了区派出所,继续过着混饭吃的日子。

对比心理医生提供的资料报表,这样的警察不该有什么压力过大的问题,但凡事不能只看表面,有时候越是看似无害的人,越有可能造成可怕的危害。

关琥看看张燕铎,张燕铎配合完他们的工作,就坐在后面的沙发上开始看报纸,这样子让关琥觉得他完全可以对号入座了。

听完大家的汇报,萧白夜将任务依次交代下去——蒋玎珰继续跟骸骨案,老马去追罗林这条线,关琥跟李元丰负责方家那方面,江开继续收集血案现场沿路的监控录像跟罗林在心理医生那边的就医情况,最后他对江开说:"你自己也顺便看看心理医生,最近你没有去过吧?"

这话引来同事们的哄笑,缓和了紧张的会议气氛,李元丰也捧场扯出个笑脸,但谁都能看出他笑得有多勉强,他嗫嚅了一会儿,对萧白夜说："头儿，我可不可以跟蒋玎珰调换一下？我去追骸骨案？我……怕血……"

李元丰年少气盛，又仗着出身好，说话一向很嚣张，他居然当众承认自己怕见血，这态度让关琥很吃惊，就听萧白夜说："你只是追线索，见不到血的。"

这话骗鬼去吧，查案要随时跟法医那边配合，别说见血了，见尸首见五脏六腑也是常事，关琥怀疑萧白夜根本就是在故意整李元丰，以报当初他挑衅之仇。

萧白夜笑眯眯的表情证实了关琥的猜测，对李元丰说："对了，罗林转去区派出所之前还跟你在同一组待过，同事一场，你对他比较了解，查起来也得心应手，所以这部分也由你负责好了。"

李元丰的脸色更难看了，关琥趁火打劫，拍拍他的肩膀，"那我要请你关照了，我们先分头查，回头交换情报。"

警察伤人案的会议告一段落，萧白夜又向蒋玎珰了解了骸骨案的细节，关琥也将自己今早跟叶菲菲的经历详细说了一遍。

旧屋附近的交通监控录像也调来了，那条路上的公交车不多，乘车的更没有几个人，但奇怪的是在那个时间段里镜头没有摄下曲红线，或是跟女人同行的怪异乘客。

更诡异的还不是这个，而是户口档案里查不到曲红线这个人，这样的可能性只有一个，那就是女生报了假名，听到这个情况，最震惊的当属关琥，他想起早上曲红线来酒吧找他们的情景，很难相信她的名字是杜撰的。

假如当时小魏在场，那她不就穿帮了吗？

他越想越觉得离奇，又转头去看张燕铎，张燕铎一副事不关己的样子，垂着眼帘看报纸，像是一切尽在意料之中，萧白夜还在讲话，关琥只好按捺住了询问的冲动。

"也许曲红线没走，因为某种原因还待在小区里，或是被人强迫待在那里，所以老人孩子才说没有看到有人离开，不过外来人员比较显眼，玎珰你再去问一下，看那段时间里是否有外人在小区里进出过。"

萧白夜做出这样的判断是正常的，但曲红线的唐突出现跟她之后的行为总让关琥心里有疙瘩，尤其她报假名这一点令人不解，萧白夜也有同感，他让关琥顺便帮蒋玎珰追查小魏的行踪还有骸骨案。

关琥应了下来，会议结束，大家各司其职做事，关琥本来还想跟李元丰讨论怎么配合行动，可是李元丰一句话都没说，推门匆匆离开了。

"看来你只能跟我搭档了。"张燕铎跟着关琥走在最后，看着李元丰匆匆远去的背影，他说。

"我可以换人吗？"

"你有钱吗？"

关琥张张嘴，想到目前的处境，他把反驳的话收了回去。

前不久去德国旅行，他把上半年的积蓄都花光了，现在完全在啃老本，搭档出去查案也是要花钱的，警察津贴根本不够用，他当然希望身边有个出手阔绰的搭档随行了。

"我也……不是没钱，但我觉得应该帮你锻炼融于这个社会的能力……兄弟一场，能帮就帮帮你喽，你不需要用这么感激的眼神看我的。"

欲盖弥彰的说辞，张燕铎笑了，用下巴示意他可以走了。

"你找时间查查李元丰，他可能了解罗林的事。"

"我这一天里拜托小柯无数次了，再让他帮我查事情，会被他砍的。"

"你该提高一下你的智商，关琥，"张燕铎用恨铁不成钢的语气说："这种八卦你随便找个人就能问到了，不需要黑客这么夸张。"

"八卦啊。"

说到八卦，关琥第一时间想到了他家组长，李元丰是"太子爷"，萧白夜的背景也够硬，这两人杠上的话，一定有不少爆料的，问题是萧白夜会不会跟他说八卦。

"先去医院看看方婉丽的情况吧。"他说。

去医院的路上，关琥想起早上张燕铎冷淡的反应，后知后觉地想到了一个可能性。

"你是不是一早就知道曲红线有问题？"

张燕铎不说话，只是奇怪地看他，关琥又说："你很少对女生那么冷漠的。"

"与性别无关，那种事只跟我的心情有关。"

呵，这话说得就好像他是元首似的。

关琥在心里吐着槽，又不耻下问："那敢问她哪里妨碍到张先生您的心情了？"

"说不上来，就是一种不喜欢的感觉，用你们警察的话来说，就是作为警察的直觉来判断。"

"对不起，我道行太浅，没有判断出她的话的真伪。"

张燕铎低头，用手指戳了戳眼镜中间的地方，说："我也无法判断她是否说谎，我只知道两点——一，她没有杀过人；二，她不会成为我的朋友。"

正常人不会用杀没杀过人作为判断的标准吧？

"谢谢你把我当朋友。"关琥自嘲地说。

"并没有，"对视关琥投来的惊讶目光，张燕铎微笑说："你从来不是我的朋友，你是我弟。"

那笑容太诡异，让关琥本能地联想到了狐狸，他有种身为弟弟会随时被算计到的错觉，握方向盘的手一抖，车头扭了个弯，差点撞去道边。

快到医院时，关琥的手机响了起来，他接听后脸色变得难看，随口应付了两句就挂断了。

"有变故？"感觉到他加快了车速，张燕铎问。

"孩子死了，头儿让我做笔录时，多照顾下被害人的情绪。"

他们到达医院，受害的婴儿已经送去了太平间，关琥乘电梯来到地下室，刚出电梯，就听到一阵哭叫声，走廊上站了不少人，大家都在安慰痛哭不止的女人，但关琥走近后，发现恸哭的不是方婉丽，而是岁数很大的两名妇人。

其中一个是方婉丽的母亲，另一个看起来像是方婉丽的婆婆，两家亲戚都闻讯赶过来了，导致太平间门口围满了人，有人在安慰当事人，有人在商议怎么处理后事，反而是受害人方婉丽最冷静，表情木然地靠在墙边站着。

她身边有个三十多岁的男人在不断地来回踱步，他长得不错，但扭曲的脸庞破坏了好面相，双手叉着腰，充满了焦虑愤懑的气息，转了几圈后，在方婉丽面前停下了，冲她大叫道："你到底是怎么看孩子的？我跟你说过没事少出门，你不听，你看出事了吧！？"

听男人的口气，他该是方婉丽的老公，资料上有提到他的名字，但关琥一时间想不起来。

面对他的质问，方婉丽无动于衷，男人还要再骂，他身边的老人劝道："已经这样了，你现在说这些还有用吗？又不是婉丽自己想遇到疯子的。"

"要是不出门，怎么会遇到疯子？我整天在外面跑，很辛苦的，她就在家带个孩子，还搞出这么多事，她到底是怎么做老婆的。"

关琥发现方婉丽在听到这句话时，脸颊微微抽搐了一下，但除此之外没有其他反应，孩子出事，她已经够可怜了，还要忍受埋怨，听着男人愤愤不平的指责，关琥想自己绝对不会找这样的人买保险。

"对不起，打扰一下。"

打断双方的争论，关琥走过去，亮出警证报了家门，说："有关这次的伤害事件，为了尽快破案，我们想跟当事人了解一下情况，还请给予合作。"

"凶犯都撞死了，你们还破什么案？现在你们才来，当初犯人行凶的时候，你们干什么去了？"

关琥的出现成功地将丈夫的怒火引到了他的身上，不过他早就习惯了在处理案件中面对各种指责，面不改色地说："我了解你们现在的心情，但身为警察，我有责任将整个事件了解清楚，以避免相同的悲剧发生，这位先生，也请考虑一下你妻子的情绪，她也是受害者。"

一番话说得不亢不卑，丈夫没法反驳了，撂下一句别人的死活与他何干的话就掉头走掉了，关琥见他一路走到走廊尽头，看来是上楼冷静去了。

张燕铎也注视着那个男人的离开，他没有像关琥那样马上收回眼神，而是一直看着走廊那头，神情若有所思。

"对不起警官先生，"先前那位老人向关琥道歉，"我儿子现在也是六神无主，才会乱说话，他们结婚好多年，总算有了孩子，没想到会出这种事……"

男方的家人很通情达理，大概也是知道事已至此，再说什么都没用了，再加上两边的老人一直在哭，他们还要负责安慰，反而无法顾及方婉丽。

看她欲哭无泪的表情，关琥不知道该怎么开口询问，斟酌着措辞说："方小姐，我知道你现在很难过，还请节哀顺变，事已至此，你……"

张燕铎直接把他推去了一边，对方婉丽说："我是案发现场帮你救小孩跟打报警电话的那个人。"

方婉丽有反应了，眼皮动了动，抬头看向他。

"我有几个问题，可以问你吗？"

喂，人家刚有亲人去世，这样询问太草率了吧？

面对张燕铎的不体谅，关琥气得在后面用拳头顶他的腰，张燕铎没理他，但奇怪的是听了张燕铎的话，方婉丽居然一反木然的状态，缓缓点了点头。

"今天你跟母亲逛街，是临时决定的？还是一早就有计划？"

"临时决定的，最近我常回娘家，妈妈可以帮忙带宝宝。"

说到宝宝，方婉丽的嘴角往上扯了扯，做出一个凄凉的笑，这让她眼角的皱纹变得很明显。

她长得原本就比同龄人要老一些，经历了这场变故，显得更憔悴了，头发凌乱，脸上衣服上都沾了血点，看起来摇摇欲坠，身旁有个中年女人扶住她，她没有拒绝，但也没有其他反应，像是身体不是她的一样。

关琥看在眼里，有点不忍再问下去了，张燕铎却视若无睹，问："你老公不帮忙照看孩子吗？"

"他要跑保险，很晚才回家。"

“最近你们常在现场附近散步吗？”

“有时候会。”

“你认识凶手吗？”

“不……”

“一点印象都没有？”

问到这里，方婉丽没有马上回答，像是在认真思索，然后才摇了摇头。

“那你的父母跟他是否认识？”

“不知道。”

“你有没有跟同事或邻里结过怨？”

“没有。”

“请再仔细想想，真的没有摩擦口角等问题？”

“没有！没有！”

不知张燕铎的哪句话刺激到了方婉丽，她一改最初的呆板，激动地大声叫起来，“到底是什么问题，会让人恨到来害我的宝宝？你没跟人吵过架吗？没做过亏心事吗？是不是这样别人就要杀你全家！？”

她越说越激动，冲上去跟张燕铎撕扯，被亲戚们拦住了，张燕铎不为所动，冷眼看着她从麻木转为疯狂，继而嘶声大哭，转头问关琥，“你还有什么要问的？”

关琥摇头，看方婉丽这副状态，再问下去，她会直接晕倒吧。

方婉丽挣扎不脱大家的压制，哭得更厉害了，她妈妈也陪着她一起哭，她父亲还有亲家那边的人负责安慰，张燕铎默默看着她的反应，对那些人说：“别劝她，她哭出来，心里会好一些。”

一句话戳到了方妈妈的伤心事，突然间哭得比方婉丽更大声。

“我女儿命苦啊，结婚这么多年才好不容易有了小孩，就这么没了，她老公对她也不好，这可让她怎么过？"

关琥本来想再跟两家人询问详细的情况，但方妈妈的哭声简直如河东狮，方婉丽婆家那边又因为她的话太过分，跟她对吵。关琥坚持问了几个问题后就撑不住了，眼看着现场越来越乱，他只好道了告辞，连电梯也不想等，直接爬楼梯上楼。

张燕铎交代了方家人几句话，从后面追上来，关琥问："你跟他们说什么？"

"让他们多注意方婉丽的行为，以防她想不开自杀。"

方婉丽的样子的确有自杀的倾向，关琥叹道："还是你细心，我被他们吵得头都大了。"

"但你至少问出了他们都跟罗林不认识。"

"所以暂时排除了结怨杀人的可能性。"

关琥伸手揉动两边的太阳穴，希望江开的调查有收获，否则凶手动机不明，警方的记者招待会开不了，他们全组的人都要被修理了。

到了一楼，往医院外走，张燕铎说："你让你同事再重新调查一下方婉丽的履历，越详细越好，看她跟罗林是否真的没有交集。"

"为什么这么说？"

"不知道，总觉得她在事发后的反应还有刚才火山爆发时的话很奇怪。"

你确定方婉丽发疯不是被你刺激的？

关琥正要吐槽，就看到方婉丽的丈夫站在医院门口，他刚打完电话，转头看到他们，表情僵住了，关琥故意走过去，说："那个……"

他想不起男人的名字，还好张燕铎帮他做了提示，说："林先生，方便回答我们几个问题吗？"

"我说不方便的话，你们会不问吗？"对方毫不掩饰对警方的排斥，不客气地回道。

无视他的抵触情绪，张燕铎推了推眼镜，说："我们不会勉强你，但为了查案，我们会转为询问你的家人、邻居、同事、亲友……"

"行了行了行了，你们要问什么，直接问吧。"

"你认识凶手吗？"

"不认识。"

"完全没有面识？比如在你帮客户投保的时候？"

"至少他不是我的客户，客户的名字都存在我的手机里，没罗林这个人。"

"那你在工作中是否有得罪过什么人？比如交了多年保金，但出了事却拿不到赔偿的客户。"

"没有，"男人很不耐烦地说："就算有，也是冲我来，怎么会当众抢一个孩子？还有问题吗？没有的话，我还要去处理后事。"

"有，"张燕铎抢先一步拦住他，"刚才你在跟谁通电话？"

男人一怔，但随即调节好表情，"客户，做我们这行电话很多的，为了信誉，就算家里出事也不能不接。"

他说完，眼神瞟瞟张燕铎跟关琥，意思像是在问他可以走了吗？

张燕铎退开了，目送他的背影，说："他在说谎。"

"大概他第一次遇到有人问隐私问得这么直接的。"关琥双手交叉抱在胸前，跟张燕铎看向同一个方向，说："儿子死了，老婆失常，他还有心情跟人通电话，很不地道。"

"查一下林青天。"

"谁？"

"就是你刚说的那个很不地道的人。"张燕铎瞟了他一眼，"你是不是该适当吃点猪脑了，你的记忆力差到了难以置信的程度。"

关琥被噎住了，等他想到反驳的话，张燕铎已经走出了医院大门，他气得追上去，叫道："你确定补猪脑，不会越补越笨？"

　　"你已经在最低值了弟弟，不可能比现在更差。"

　　"那你自己开车好了，老子是笨蛋，不会开。"

　　"自暴自弃真是个不好的行为。"张燕铎向关琥扬了扬车钥匙，微笑说："不过我会容忍你的。"

　　看着那把似曾相识的钥匙，关琥本能地摸摸口袋，这才发现车钥匙不知什么时候被张燕铎摸去了，跟着他往停车场走，关琥自嘲地说："我相信你在岛上一定还有经过神偷的特训，哥哥。"

# 第三章

离开医院，路上关琥联络小柯，又给他加了任务，并在他嗷嗷的惨叫声中挂了电话，接着去给罗林的家人做笔录。

罗家的混乱程度不亚于方家，警察还在搜查罗林的私人物品，在家里进进出出，门口不远处围着不少看热闹的邻居，这给关琥的询问提供了方便。

罗家的女儿马上就要结婚，原本是喜事，却因为这场突然而来的血案，喜事变成了丧事，再加上罗林的警察身份，他的家人更受打击，在关琥询问过程中，他们不断强调罗林为人性格有多好，工作有多认真，他会出现问题，一定是被诅咒了。

关琥不相信什么诅咒，但罗家邻里的口供也挺一致的，都是较好的评价，罗林算是个好好先生，在公寓里住了几十年，没跟人有过脸红拌嘴的事，他唯一的毛病是嗜酒，有事没事喜欢喝几杯。

另外，关琥还问到了一个重要的情况，这几天罗林有点精神恍惚，放假在家，他几乎没怎么喝酒，他的家人还以为他是因为女儿出嫁在难过，都没太在意，今天他出门前精神也很正常，老婆问他去哪里，他说出去走走，没想到没过多久就发生了惨案，所以罗家的人到现在也无法接受这个事实。

罗林没有带钱包，可能真如他所说的是随便走走，可是这一走就走了一公里的路，到底他在这段路上经历了什么，才会突然狂性大发，加害一个婴儿？

都询问完后，关琥不抱期待地追加了一句，"他最近有说过什么奇怪的话吗？"

"没有，不过他说打算等女儿结婚后就辞职，不理会那些烦心的事了，我问他是什么事，他不说，还骂我少管。"罗林的老婆抽抽搭搭地说："他还不到退休的年纪，拿不到退休金，这么一把岁数，也没人会请他做事，他一定是被诅咒了，才会这么说。"

话题又回到了原点，关琥只好耐心地提醒说："可是你们都说他没有仇家。"

"说不定是有人伺机报复，他毕竟是做警察的，要不是被诅咒，借他个胆他也不敢做那种事……呜呜，女儿结不了婚了，亲家那边知道了这事，也不知道会不会悔婚，我可怎么活啊……"

想想罗林的工作报表，关琥想有人伺机报复他的可能性应该不高。

两边的太阳穴又开始痛了，他安慰了罗妻几句，就匆匆离开了。


外面天已经黑了，跑了一整天，搜集工作总算告一段落，关琥这才感到饥肠辘辘，他就近找了家小饭馆，点了两碗面跟几盘小菜，饭菜上来后，他拿起筷子正要吃，手机响了起来，来电人是叶菲菲，让他想起早上他还遇到了另一桩案子。

"关琥，"电话一接通，叶菲菲就在对面叫道："我找到小魏了。"

"你们现在在哪儿？"为了争分夺秒，关琥一边吃饭一边问。

"其实是凌云遇到他的，现在他在凌云的报社，状况看上去有点糟糕。"

"不要让他乱说话哦！"

一听在报社，关琥急了，那些记者都是唯恐天下不乱的，要是把小魏随口说的话登上报，那后果就严重了。

"放心，我们没那么没分寸的，要带他去警局吗？还是……"

关琥没马上回答，抬头看看张燕铎，张燕铎听到了他们的对话，说："去警局说不定会刺激到他，反而没办法顺利问话，不如先去酒吧好了。"

关琥点点头，跟叶菲菲约了去酒吧的时间，挂上电话，他三下五除二把面跟菜都拨进了肚子里，这时张燕铎才吃了一半。

"你吃得也太慢了。"关琥没事做，趴在桌上看他吃。

"是老家伙训练的，他想创造出完美的成果，所以除了训练我们的超常技能外，对礼仪方面的要求也很严格。"

关琥有点后悔提到这个话题了。

看着张燕铎文雅的吃相，他讪讪地把眼神瞥开了，张燕铎吃着面，又慢悠悠地说："这是我唯一感谢他的地方，尤其在看到你的吃相之后。"

"做我们这行就是这样的，没有铁胃你都不好意思说自己是警察。"

关琥说完，才反应过来张燕铎是在讥讽他，他恼羞成怒，敦促张燕铎赶紧吃，并在他放下筷子的同时把他拽出了餐馆，开着车一路飞奔，回到了酒吧。

张燕铎先去开门，等关琥进了酒吧，发现谢凌云跟叶菲菲还有小魏都已经坐在里面了，张燕铎正在给他们倒水。

叶菲菲把关琥拉到一边，小声说："小魏好像被鬼迷了，要不要找个道士帮他收收惊？"

为什么一提到鬼，这家伙总是这么开心？

关琥没好气地制止了叶菲菲要说下去的话，"小姐，请冷静，这世上没有鬼。"

"可你看他这样子。"

叶菲菲指指小魏，小魏脸色蜡黄，耷拉着脑袋，一副没精打采的样子，连张燕铎给他倒水，他道谢都说得有气无力，这副模样，关琥觉得他嗑药的可能性更大。

"是我先遇到小魏的，就顺路带他去我们报社了。"谢凌云坐在小魏对面，解释道。

谢凌云今天一天都在外面跑新闻，傍晚在回公司的途中刚好看到小魏，当时小魏坐在路边长椅上，看起来状况很糟糕，谢凌云想起菲菲的留言，就把小魏拉上了车，又打电话通知叶菲菲，小魏一反平时活蹦乱跳的样子，自始至终都像木偶似的听从她们摆布，害得两个女生差点直接送他去医院。

"我去你的大学问过了，昨天下午你离开学校时还挺正常的，"叶菲菲走到小魏身边，模仿着关琥办案时的腔调说："所以你昨晚遇到了什么事，是被鬼迷？还是嗑药？"

"都不是。"小魏双手拿着水杯，小声嘟囔。

"那总要有个理由啊，没理由你会变这样？"

"就是想不起来啊。"小魏仰头咕嘟咕嘟把水喝完，将水杯放下，一脸烦恼地说："我昨晚像是在梦游，记不起来是怎么回事……啊不，不是梦游，应该说是在做梦，我梦到我去我的书里杀人，干掉了里面的配角。"

三秒钟的静默后，叶菲菲冲关琥打了个响指，"还是送他去精神病院吧。"

关琥没理她，问小魏，"那你昨晚去哪里了？"

小魏的眼神定不起焦距，嘴巴张张，像是想说，却因为没找到正确的答案而又闭上了嘴，关琥只好再问："那你从什么时候开始恢复记忆的？"

"遇到凌云。"

"之前呢？"

"在街上乱逛，像是磕了药后轻飘飘地踩在云朵上的感觉。"

"知道嗑药的感觉，难道你嗑过？"叶菲菲插嘴问。

"没有没有，"小魏急得直摇手，"我醉过酒，所以我想嗑药应该是比醉酒更厉害的反应吧，再之前好像是跟一些人说话，不过我不记得说什么了。"

叶菲菲还要再问，不和谐的咕咕声从小魏的肚子里传来，他恍然回神，说："哦，我好像一天没吃饭了。"

"我也是。"叶菲菲举手，斜瞥关琥，"因为在义务帮某人做事。"

"加上我，拜你们警方所赐，我今天为了搜集警察杀人的情报，也在外面跑了一天。"

"什么警察杀人？"

叶菲菲今天都在忙着找小魏，罗林杀人事件她不了解，关琥担心她们越说越离题，急忙举手打住，说："OKOK，两位姑奶奶，我请吃饭。"

说是他请，眼神却转向张燕铎，张燕铎将买的甜点盒放在了桌上，在女孩子们的欢呼声中，他说："我来做晚饭，所有事情都等吃了饭再说。"

"老板，真是太爱你了！"

叶菲菲经常来做客，对酒吧的餐具摆放很了解，她自来熟地去拿了餐盘，将点心放到盘子里，又倒了热饮，关琥在旁边看着她熟练的动作，不由得目瞪口呆。

"记得付钱哦关王虎。"

"是，女王陛下。"

两个女生跟小魏围在一起吃点心，关琥踱进了厨房，张燕铎正在切腊肉，关琥拿了一块塞进嘴里，听着外面的说笑声，他说："没想到你被关……不，住在孤岛上，却这么了解女孩子的心理。"

"我只是了解人的心理，"张燕铎抬头看了他一眼，"为了活下去。"

好像又触到了不该触及的话题，为了掩饰尴尬，关琥又拿了块腊肉，放进嘴里大嚼起来。

"你是不是还想问我有没有在岛上学过厨艺？"

心思被看出来了，关琥摸摸头，"嗯……也不是想问，就是有那么一点点的好奇。"

"以后想问什么就直接问，别吞吞吐吐的。"

张燕铎说："老家伙在饮食上很挑剔，连带着我们这些试验品也可以享受到美食，后来我一个人独住，实在无法忍受难吃的饭，就开始自己做了。"

气氛好像变得沉重了，为了不让张燕铎多想那些不快乐的过往，关琥扯开了话题，"那我如果跟你学做菜的话，会不会也变得受欢迎？"

张燕铎刚把冷盘拼好，听了关琥这话，他抬头捧场看了弟弟一眼。

"我觉得你还是乖乖等着吃吧。"

吧台外传来笑声，关琥转头看去，见小魏在跟叶菲菲和谢凌云的聊天中，脸色逐渐好转，他嚼着腊肉块，说："我怀疑小魏被人灌药了，你看要不要送他去医院做下检查？"

"再观察一下，要是他的情况不见好转，就送他去。"

说着话，张燕铎将牛排也煎好了，跟青菜盛在一起，让关琥端出去，小魏的那份量比较少，免得他没胃口吃。

不过张燕铎的担心是多余的，菜端上桌后，小魏吃得比所有人都快，又稀里呼噜地把汤喝掉，见他还不饱，谢凌云将剩下的甜点都给了他。

饭后，两个女生帮张燕铎清洗餐具，关琥坐到小魏对面给他做笔录。

小魏吃了饭，变得正常多了，脸色也恢复了红润，主动问关琥，"菲菲说你要问我租屋的事，有什么问题吗？"

关琥跟小魏聊过才知道，叶菲菲还没跟他说租屋事件，于是便将今早发生的事情，从曲红线来找小魏，到他们在小魏租屋里看到的骸骨以及曲红线离奇的失踪，原原本本讲了一遍，途中谢凌云跟叶菲菲陆续回来了，大家围着餐桌坐下，听关琥的讲述。

讲完后，关琥问："那应该是多年前的遗骨，你在居住的过程中，没发现地下室有问题吗？"

照小魏写怪奇小说的习惯还有他的个性，关琥觉得他不去探险的可能性不大，当然，从客观的立场上来说，更有可能是小魏杀人弃尸。

小魏半天没说话，看他的表情就知道他的神智还没有完全恢复正常，需要努力读解关琥说的话。

半晌，他开口说道："你讲的我都听懂了，可是我并没有叫曲红线的表妹啊。"

关琥做记录的手定住了，小魏又说："我家是有姓曲的亲戚，但我们这辈里就数我最小了，我根本没表妹的。"

"那表姐呢？"

"表姐有，但没有叫这个名字的。"

想起会议资料里也提到没有曲红线的户籍，关琥沉默了，转头看张燕铎，张燕铎不说话，只是目不转睛地注视小魏。

"我觉得这是个很好的灵异素材，凌云你看要不要写下来？"叶菲菲说："有人被谋杀，冤情迟迟无法大白，所以鬼就自己出面来向警察喊冤，事后鬼消失了，道路监控也拍不下鬼的影子。"

"那具骸骨是男的。"关琥没好气地纠正。

"借尸还魂，鬼魂最喜欢玩的招数。"

"那男鬼走后，他借的躯体总该存在吧？为什么摄像镜头没拍到？"

叶菲菲不说话了。

张燕铎说："明天先去查一下曲红线的指纹，她一直在开车，方向盘上会留下。"

关琥记录下来。

谢凌云说："先把鬼怪的话题放一边，曲红线出于某种理由，冒名顶替来找小魏，目的可能就是为了让大家发现骸骨的存在，所以当警察找到骸骨后，她为了不被发现身份，就离开了，或者被其他人绑走，绑架的人还把关琥关在了地下室里。"

关琥觉得谢凌云的话有道理，叶菲菲却说："她如果想让人发现骸骨，直接打报警电话就行了啊，干吗这么麻烦？"

"她这样做一定有她的理由，只是暂时我们还不知道。"

"那她怎么就肯定我们联络不到小魏？"

"因为……"关琥跟张燕铎同时说出来，"给小魏动手脚的就是她！"

听到这里，小魏突然大叫道："啊，我想起来了，昨晚我在咖啡厅敲文时，有个大胸脯美眉来跟我搭话，还请我喝饮料，后来我们聊到我的飞机模型，聊得很 high，她说她家里也有很多模型，邀请我去看，我就迷迷糊糊地跟她走了。"

"陌生人的邀请你也敢去，作死啊！"叶菲菲气不过，狠狠地拍了他脑门一下，"你真是没眼光，放着这里两位大美女不看，去看别人，关琥你说，曲红线有我们漂亮吗？"

火烧到自己身上了，关琥连连摇头，"怎么可能？你们要去选美，其他选手连出场都不用了。"

这话取悦了叶菲菲，谁知小魏比比胸脯，嘟囔："可是她胸很大，你们……"

一巴掌再次拍到了小魏的脑门上，这次是谢凌云打的，问："你跟她去了哪里？"

"不记得了，后来的事我都迷迷糊糊的……好像有坐车，然后我们坐在一张大床上聊模型，再后来我就做梦，进入我的书里杀配角……早上有人来叫我离开，我就离开了……不过那是哪里，我不记得了。"

跟个大胸脯美女在床上聊模型？这到底是有多宅啊。

众人无从吐槽，最后还是谢凌云问："你有没有拍她的照？"

"你看他这模样，有可能玩偷拍吗？"叶菲菲说："可惜我们也没拍曲红线的照片，否则对比一下，就知道是不是一个人了。"

"就算不是一个人，这件事也一定跟曲红线有关，这种事只要花点钱请人来做就行了。"

看小魏的状况再问不出什么，张燕铎改为问："那说一下租屋的事吧，你现在还住在那里吗？"

"没有，我一个月前就搬出去了，因为那里太偏僻，上学还有打工都不方便，我最近赚了几笔钱，就搬到了离学校近的公寓里，不过那个租屋我还没退，因为房东说那片地界很快就要拆迁了，他不会再出租，我不需要的东西就放在那里好了，不用我多付租金，刚好最近我也挺忙的，许多写稿的资料还没时间整理，就接受了他的好意。"

看来租屋桌上堆放的书籍都是小魏的，而不是曲红线的。

"你有房东的联络方式吗？"

"没有，我当初租房子时是在学校的 bbs 上留言的，房东就找到了我，看房子租房子时他出现了两次，后来都是手机或是邮件联络。"

"手机号码报一下。"

"哦……"小魏拿出自己的手机，调出号码，递给关琥，说："最近打不通了，可能他换手机了吧。"

关琥试着打了一下，听到无法接通的电子音，他把号码记了下来，又问："有那人的相片吗？"

"没有。"

"可以画下图吗？"

"我只在几年前见过他一次，完全不记得了，不过我记得他叫陈靖英，还挺年轻的。"

看小魏的表情就知道要让他画图是件很困难的事，关琥想只能回头去警局调陈靖英的照片让他确认了，虽然对这种认人方式他不太抱希望。

他在笔记本上写下陈靖英的名字，说："房东先放开，我们转回刚才的话题，你在老房子里住了那么久，完全没发现地下室有问题吗？"

"没有，我搬进去后，看下面挺乱的，懒得收拾，就搁置了，上面作为储藏室来用，本来我楼上还有一位房客，后来他说房子不干净，就搬走了，我倒没觉得有什么……"

说到这里，小魏突然兴奋起来，问："地下室真的有尸骨？是什么样子的？这题材太好了，可以直接拿来当写文的素材了！"

关琥断定小魏还没有完全清醒，否则他不会说这么白痴的话。

"你有没有想过一个问题，江同学，"他说："你的租屋里出现骸骨，最受怀疑的人是你？"

"啊……"小魏挠挠头，看他的表情就知道他没想过。

"是的，"叶菲菲在旁边点头，"正常人都会注意到，更何况你是写怪奇小说的。"

"我的个性是很好奇，但我也很懒啊，假如我知道地下室另有乾坤，我一定会探索的……"

关琥相信他没说谎，地下室的台阶上堆放了不少杂物，要不是曲红线说下面有问题，他也不想去那种脏兮兮的地方探险。

他把自己的想法跟疑点写下来，对小魏说："明天请你跟我去警局做份详细的笔录。"

小魏同意了，叶菲菲却没听过瘾，在旁边插嘴问："说来说去，小魏到底是不是凶手呢？"

"我当然不是啦，叶菲菲你到底还是不是朋友？是朋友就不应该怀疑我！"

"我也是就事论事，如果你跟这件事完全没关系，那你表妹为什么要嫁祸你？"

"都说了没有表妹了！"

"那会不会是你以前始乱终弃的女孩子？"谢凌云推测说。

"姐姐你真是抬举我了，我也想始乱终弃啊，但前提是我得先有个女朋友。"

"那你跟你的前女友是怎么分手的？"

问到这个问题，小魏不说话了，观察着他的表情，叶菲菲夸张地叫起来，"哇塞，你不会是没有过女朋友吧！？"

"有的！"小魏红着脸大叫，随后把脸埋在了桌面上，闷闷地说："在幼稚园。"

周围传来闷笑声，面对这样的答案，大家都不知道该说什么才好，最后还是张燕铎说："看来曲红线没有在这栋房子里住过，她的嫌疑最大。"

关琥抬起头，发现自己的手机不知什么时候跑到了张燕铎手里，他正在翻看自己在老房子里拍的相片。

同样的事发生过无数次后，关琥变得没脾气了，问："有什么发现？"

"没有属于女人的东西，房子里的物品都是小魏的，所以曲红线只是找个借口带你们过去而已，大冬天她却开着窗，应该是为了让空气流通，那里很久没住人，房子里多少会有些霉味，她是怕你发现疑点，还有房子里没有笤帚，却有手电筒也很奇怪，相比之下，笤帚才是更常用到的东西吧。"

"你的意思是手电筒是曲红线特意为我准备的？把我关在地下室的也是她？"

"第一个问题我可以肯定地回答你是，后面那个要等现场勘查结果，不过我个人的观点倾向于她是自己离开的。"

听到这里，小魏忍不住了，问："她到底是谁？她为什么要这么做？我没跟人结过怨啊，她为什么要害我？"

"也许她只是要达成目的，刚好你成了替罪羊而已，至于原因，那要找到这个人还有房东才会知道。"

听完张燕铎的讲述，小魏惨叫了一声，再次把头埋在桌面上不起来了。

"装死也没用，该面对的还是要面对。"叶菲菲拍了他一巴掌，"赶紧回去洗个澡睡一觉，明天去警局备案。"

"我可以不回去吗？我怕再被鬼迷。"

"相信我江同学，这世上没鬼的。"

"明明就是你一直在强调有鬼的啊！"

被质问，叶菲菲吐吐舌头不说话了，张燕铎说："小魏你今晚睡我家好了，我睡隔壁关琥那儿。"

你家不是只有一个卧室？收留小魏你也不用跑去别人家住吧？

没等关琥开口反驳，张燕铎又对叶菲菲跟谢凌云说："这么晚了，你们回去也不方便，也住我家好了。"

"好啊好啊！"叶菲菲第一个举手赞成。

谢凌云却有点犹豫，"我还有新闻稿要赶的。"

"你可以在老板家赶稿啊，反正你带了笔记本电脑，去哪做事都是一样的，再说警察杀人案明显不如小魏的案子有噱头，今晚你好好调教一下小魏，让他把知道的全说出来，到时你就可以妙笔生花，还可以顺便避开讨厌鬼。"

生怕谢凌云不去，叶菲菲贴在她耳边小声说。

见谢凌云毫不犹豫地同意了，关琥很好奇她们在打什么哑谜，说："你们聊天归聊天，不要把待查的案子外泄知道吗？"

"知道知道，大家都同生共死这么多次了，关琥你该信任你的朋友。"

被教训了，关琥摸摸头，没再跟叶菲菲继续口舌之争，他把自己的笔记本合上，大家一起出了酒吧回家。

路上两位女生去便利商店买必要的生活用品，在外面等候的时候，关琥左右看看，感觉有人在暗中偷窥他们。

已是凌晨，附近除了几台停放的车辆外，没人经过，关琥又看向不远处耸立的高楼大厦，怀疑是有人透过望远镜进行窥视。

"是不是吴钩在暗中监视我们？"他悄悄问张燕铎。

"是你多疑了。"张燕铎淡淡地说："吴钩如果做坏事，他会恨不得全世界的人都知道。"

听起来有点道理，关琥放弃了搜寻。

没多久女生们出来了，大家往公寓走，张燕铎看了眼后面的大厦，那里是有人在偷窥他们没错，不过看手法不是内行，应该跟老家伙无关，所以他就没特别点出来了。

回到公寓，张燕铎将自己的房门钥匙给了叶菲菲，让他们三人随意使用，自己跟随关琥去了他家，这间公寓的保安措施做得很好，两家又是隔壁，万一有什么事，他们直接敲墙就行了。

"原来你们是邻居的，真是兄友弟恭，"叶菲菲开了房门，让大家进去，然后冲关琥和张燕铎摇摇手，"老板晚安，关王虎晚安。"

关琥道了晚安，看着张燕铎用自己的钥匙开门进去，熟门熟路的像是进自己的家，他忍不住叹道："希望这个案子早点结束，我不希望好不容易买了房子，却变成跟人同住。"

"你怎么不说你可以免费吃到早午晚三餐？"

张燕铎斜瞥他，还没等关琥回话，房门钥匙就扔回给了他，张燕铎说："我先洗澡，帮我把睡衣准备好。"

"……"三秒钟的停顿后，关琥偃旗息鼓，"是，哥哥。"

关琥是被激烈的手机铃声震醒的，他眯着眼摸到枕畔的闹钟看看，才刚六点多，从他入睡到醒来，只过了四个小时。

铃声还在响个不停，看到来电显示是江开，关琥拍了下自己的额头——从搭档合作的经验来看，通常江开在这个时间段给他电话，都不可能是报喜事。

"关琥，出事了！"

江开的大嗓门成功地将关琥的瞌睡虫踢走了，他坐起来，半眯着眼睛摸衣服，说："别告诉我又是凶杀案。"

"不是。"

"哦。"

关琥的一颗心还没放下，就听江开叫道："是自杀案，方婉丽凌晨自杀了！"

关琥的大脑有几秒钟的当机，在记起方婉丽就是警察杀人案的受害人时，他从床上跳了起来。

"你没开玩笑吧？"

"你觉得我大清早来骚扰你就为了开个无聊的玩笑？不过头儿说是自杀，他就不过去了，你也知道他怕见血的，你是现在过来？还是等事后再来现场做笔录？"

听江开的意思，他也没把这个自杀案放在心上，要不是这件案子跟警察行凶案有关联，可能重案组根本不会插手。

关琥打了个哈欠，很想躺回床上再睡一觉，但不知是什么促使他改变了想法，说："我马上就过去，回头见。"

收了线，关琥以最快的速度穿好衣服跑出去，客厅那边很静，张燕铎应该还没起床，微光从窗帘缝隙里透进来，关琥蹑手蹑脚地跑去洗手间洗漱完，拿着外套准备往外跑，却在拐角跟人撞个正着。

"哇！"

鼻子被撞痛了，关琥捂着鼻尖向后跳去，借着微弱的光亮，他看到张燕铎笔直地站在走廊上，头微低，动也不动，宛如一塑雕像。

"这人不会是梦游吧？"

为了确认自己的判断，关琥伸手在张燕铎面前晃了晃，马上就被挡开了，张燕铎将车钥匙绕在手指上转了一圈，说："我在等你。"

"你怎么知道我要出去？"

"你那么大嗓门，狮子也被吵醒了。"

更何况是睡在他隔壁的人。

听出了张燕铎的暗示，关琥不好意思地挠挠头，伸手去拿他的车钥匙，"我有事出门，时间还早，你再睡个回笼觉吧。"

"我陪你，反正醒了，我也睡不着。"

关琥伸过去的手探了个空，张燕铎拿着钥匙走出房门，关琥亦步亦趋地跟在后面，到了走廊上，他发现张燕铎衣着整齐，眼镜银灰，跟衣服同色，头发也打了发蜡，看上去像是早就整备好，等他一起出门似的。

"你什么时候收拾的？"他不无怀疑地问。

"在你接听电话时。"

"你就肯定我会出门？"

"直觉。"

"可你也不用特意跟着我啊，你可以陪隔壁那三个人……"

"我陪你不好吗？"

"啊？"

"陪你查案。"两人进了电梯，看着因为睡眠不足露出傻傻表情的弟弟，张燕铎微笑说："比起陪他们，我更喜欢血腥现场，那会让我感到兴奋。"

关琥张张嘴巴，很想问他所谓的"兴奋"是指哪方面的感觉，不过这话题有点微妙，为了避免尴尬，他放弃了询问。

张燕铎看着不断下降的楼层灯，淡淡地说："我讨厌血的气味，但如果长时间看不到血腥，我也会变得十分暴躁，这就是常年养成的习惯，我明知有问题，却改变不了。"

关琥讶然地看向他，却无法从他脸上看到任何表情，这让他突然想到张燕铎或许有着更可怕的习惯，就比如暴力甚至杀人，为了克制那些习惯，适当的血腥对他来说反而是有益的。

"以后……"关琥琢磨着说："在不妨碍我做事的前提下，你可以跟我去现场。"

"这么好？"

"别误会哦，我跟你讲，我只是想更方便地做事，你这人虽然全身都是毛病，但偶尔还有点用——我这只是照头儿的指示去做。"

张燕铎笑眯眯地看他，不说话，电梯到一楼了，为了不被窥测到自己的心思，关琥大踏步走了出去。

"那就谢谢关警官的提携了。"张燕铎在他身后笑道。


去现场的途中，关琥给小魏他们留了言，让他们有事随时联络自己，路上两人又分吃了张燕铎在出门时带的点心，关琥吃着点心，将方婉丽的事说了，叹道："你昨天都叮嘱过她的家人了，没想到他们还这么疏忽。"

张燕铎听完后眉头挑了挑，似乎想说什么，最终却没说出口。

方婉丽的家到了。

那是栋不太高的公寓，方婉丽住在五楼，天还没完全亮，楼下的围观者不多，他们到达时，刚好看到救护人员退离现场，这就代表了回天乏术，老远还传来痛哭声，一名妇人拼命往现场里冲，要不是有人拦住，她会抓住地上那具尸首不放的。

关琥昨天见过她，她是方婉丽的母亲，几位阻拦的是方家的亲戚，方婉丽的老公林青天却不在。

在现场的重案组成员只有江开一个，他正在配合同事做勘查，看到关琥，冲他点头示意，眼神还顺便在张燕铎身上瞄来瞄去。

关琥无视了江开欲盖弥彰的动作，戴上手套走过去，就见方婉丽的身体呈"介"字状态，后脑着地，面容还算安详，她的衣服跟昨天的一样，手指微屈，眼睛也半睁着，带了一种解脱的气息。

关琥礼貌性地合掌后，掏出手机拍摄现场，问："她老公呢？"

"在上面接受问话，"江开凑近，小声说："他本来在楼下，被丈母娘骂得狗血喷头，说女儿外孙都是他害死的，让他也去死，我们的同事实在没法录口供，就劝他上去了。"

关琥抬头往出事的楼层看去，这边是公寓的后阳台，方家的阳台上有人影在晃动，应该是在检查现场的同事。

他拍完现场照片，又查看江开做的笔录，那是刚好晨练经过的居民提供的。

居民当时正在附近跑操，听到很沉重的声音传来，由于当时天色很暗，他还不知道是有人坠楼，等他顺着响声走过来，看到仰卧在地的躯体，当场吓得尿裤子。

没多久方婉丽的家人纷纷赶了过来，她老公拉着她的手叫个不停，接着是她的父母，大家围在一起又哭又叫，乱成一团。

看来现场采证不会有什么结果了。

关琥看完笔录，去了五楼方家，方家家居面积宽敞，从装潢跟摆设来看，这家人的生活属于中上层，林青天已经录完口供了，坐在沙发上闷头抽烟，他脸上有几道划痕，给他做笔录的警察偷偷告诉关琥，那是方婉丽的母亲抓的。

关琥拿过笔录看了一遍，惨剧发生在五点十分前后，正是大家熟睡的时间段。

宝宝出事后，方婉丽表现异常，所以后事由林家那边负责，方家父母一直陪着女儿，当晚也是方妈妈陪方婉丽的，而林青天跟方父则睡在另外两个房间里。

家里出了这么大的事，林青天一直睡不安稳，凌晨起来想抽支烟，谁知刚来到客厅，就隐约看到阳台有人影，他最初还以为是自己看错了，但马上想到可能是妻子，就急忙跑过去，谁知就差了那么几秒钟，方婉丽就从阳台上跳了下去。

"我差一点就可以抓住她了！"

沙发那边传来男人痛苦的自责声，林青天将抽了一半的烟狠狠地掐灭在烟灰缸里，双手抱住头，大声说道："孩子没了，我心情不好，就骂了她几句，我没想到她真会听在心里，妈说得不错，是我害死她的，是我……"

说到最后，林青天的喉咙哽咽住，话声变得喑哑，他还要再往下说，被个冷清声音打断了。

"你妻子的尸体马上就要被带走了，也许你该下去看看她。"

关琥转头一看，不知道什么时候张燕铎也跟了过来。

林青天一愣，"带……带去哪里？"

"请法医做详细的解剖鉴定，有问题吗？"

"没有，配合你们的工作也是应该的，不过我岳母那边可能不同意，我去说服她。"

林青天站起来往外走，在走到门口时又被张燕铎叫住了。

"方婉丽出事时客厅里亮着灯吗？"

林青天脸上露出困惑，显然不明白张燕铎为什么这么问，不过他还是答了，"没有，客厅里只留了盏小地灯。"

他指指脚下的小灯，灯还亮着，不过在日光灯的反射下，地灯的光芒微弱得几乎无法看到了。

林青天离开后，关琥凑过去，问张燕铎，"你发现什么了？"

"没有，"张燕铎冲他一笑，"我只是想了解一下自杀者在临死前的想法。"

别看关琥负责了这么多大案，这个问题他还从来没去想过——自杀者的心情也许是一心求死，也许是向往解脱，也许什么都没有想过。

摸索着方婉丽的心境，关琥检查了她的卧室跟阳台，卧室床上的被子随意掀去一边，床前放着拖鞋，方婉丽没有穿鞋，直接赤脚走出去，一路去了阳台。

她临死前大概抱着跟孩子在一起的想法吧？所以才会走得这么毫不犹豫。

关琥攀着阳台向下看去，尸体已经被移走了，警察正在清理现场，哭声隐约传来，林青天要过去安慰，被方婉丽的娘家人推开了。

看着陆续闻讯赶来的记者，关琥想警察杀人案的后续报道可能会愈演愈烈了。


等看完现场，回到警局，关琥发现局里的气氛很凝重，还不到上班时间，办公室里却坐满了人，同事在看早间新闻，全都是关于罗林杀人的报道。

方婉丽的自杀事件算是雪上加霜，唯恐天下不乱的记者们将她的死亡归咎在警方身上，萧白夜开完早会，回来就把他们召集到一起，说上面下了通牒，让他们在二十四小时内给出明确的凶案侦查结果。

"一天时间找到结果，让他们自己去查好了。"江开愤愤不平地说。

"要不给凶犯直接安排个患忧郁症倾向的罪名？"

老马翻看着江开搜集来的罗林就医的资料，说："心理医生说他有些精神焦虑，最近没去就医，所以突患忧郁症也不是不可能的。"

"如果二十四小时内我们找不到新的突破点，局里可能会在记者招待会上做出这样的定论，所以不管是为了受害者还是罗林本人，希望大家再努力一下，尽可能找到更多的线索，玎珰你先从骸骨案那边撤下来，协助……李元丰。"

萧白夜本来想点关琥的名，但目光扫过张燕铎，临时改了口，李元丰的脸色比昨天更难看了，手里下意识地转着圆珠笔，突然被点名，他的手一颤，笔管骨碌碌地滚到了地上。

蒋玎珰伸脚挡住了笔，捡起来还给李元丰，她看不惯李元丰颓废的模样，瞪了他一眼，点头接下了任务。

开会时，关琥口袋里的手机传来震动，为了不影响做事，他无视了，等会议结束，他拿出手机一看，是叶菲菲的来电还有微信上的留言，说小魏状况不太好，自己现在在陪他，让关琥有时间联络自己。

关琥把电话打了过去，一接通，就听叶菲菲很紧张地说："关王虎，小魏好像又犯病了，你能不能回来一下？"

她有意压低声音，再加上对面的电视响声，导致关琥不得不竖着耳朵听。

"把电视声关小点，或是把你的声音提大点。"

"是小魏在看电视啦。"

叶菲菲另外找了个地方，这次关琥听得比较清楚，问："怎么回事？我不是让你找时间带他来警局吗？"

"可是他现在好像对电视更感兴趣。"

从叶菲菲的描述中，关琥大致了解了情况——小魏早上起来时还挺正常的，叶菲菲还以为他没事了，后来谢凌云接到同事来电，先离开了，叶菲菲负责早饭，小魏在客厅看电视，等叶菲菲做好饭，叫他吃饭时，就发现他的表情不对劲，目光呆滞，状态很像昨天那样，跟他的对话他也心不在焉，叶菲菲怕出事，就马上给关琥电话了。

小魏这状况怎么跟李元丰很像？关琥自嘲地想，难道这是什么新型感染性病毒？

"你有没有注意他是在看到什么后失常的？"

"没有，早上只有新闻节目，几个电视台都在热播你昨天经手的案子，我都循环看了两圈了，没看出有问题啊，你说会不会是昨天那个神秘女人给小魏吃了奇怪的药，导致药性到现在都没过去？"

这个可能性不能说没有，但什么药可以导致人的精神状态不断反复？

为了保险起见，关琥让叶菲菲找借口带小魏去医院抽血检查，之后再来警局录口供，反正上头现在把所有追查重点都放在了罗林的案子上，出租屋骸骨案可以适当延缓。

叶菲菲答应了，关琥挂了电话，发现张燕铎不见了，几个办公室里都没有找到他，关琥满腹疑惑地来到鉴证科找资料，隔着对面的玻璃窗，他赫然发现张燕铎站在里面跟舒清滟聊天。

"他什么时候来的？"过于吃惊，他指着对面问小柯。

"早就在里面了，他跟舒美女聊得挺投机的，"小柯靠在椅子上，仰着头敷黄瓜面膜，说："其他警察来，我可没见舒大美女这么热情地接待过，真是个看脸的世界。"

"那你觉得舒美女对我的态度如何？"

"还不错，要不是因为你长得过得去，我想她应该不会跟你这种智商的人交流的。"

听了这话，关琥不知道自己该开心还是生气，他准备进去，被小柯叫住，碰碰旁边一台电脑的滑鼠，黑屏重新亮起来，显示出交通录像的画面。

"这是江开让我帮忙找的，你是在这里看？还是拿回去一起观赏？不过我自己看了一遍，什么都没有看出来。"

关琥转身回来，用滑鼠拖动进度键观看，那是罗林杀人的路段附近的录像，小柯在罗林的影像上打了红圈，很好追踪。

关琥盯着屏幕看了一遍，发现罗林举止呆板，在同一条路上反复走动，但没有人跟他搭讪，途中他离开了监控探头一段时间，很快又转回来，再往前走了一会儿，就是血案发生的路口，不久后镜头里就出现了罗林抢孩子被撞致死的画面。

"看他的行为举止，他的神智的确有问题，像是磕了药或是喝醉了酒。"

不知为什么，听到小柯这句话，关琥想到了小魏，他没看到小魏昨天在路上的样子，说不定也是这样的表现。

关琥拉动进度条，将整个录像重新看了一遍，又给叶菲菲留言，让她不要带小魏出门，以免出事，叶菲菲马上给他回了信，说在跟她的聊天中，小魏精神好多了，他们已经出来了，现在在出租车上，不会有事的。

关琥担心的不是小魏有事，而是他去伤害别人，急忙给叶菲菲打电话，但这种事电话里也说不清楚，他只好再三叮嘱叶菲菲注意小魏的情绪，尤其是一些暴力的表现，假如他有异常，千万不要跟他争执，要先保护好自己等等。

一番话说得叶菲菲莫名其妙，碍于小魏在身旁，她没多解释，应付了几句后就挂了电话。

关琥跟小柯要了录像的存档，然后推门进了隔壁房间，就见那两人在品红茶，房间里弥漫着浓郁的茶香，旁边的桌上还放着舒清滟做好的报告资料。

真难得这位大美女今天没喝番茄汁。

"你要的东西都在这里。"舒清滟把资料推给他，又问："要来杯红茶吗？"

"如果美女你能在我品茶的时间里帮我解惑，我会更高兴。"

舒清滟耸耸肩，帮关琥倒了红茶，又转身去了对面，看张燕铎也走过去，关琥急忙拿起资料跟上，小声问："你什么时候过来的？"

"你开会，我没事做，就来跟舒小姐聊聊天。"

"你想泡美女的动机更大吧？"

"不好吗？"张燕铎笑眯眯地对他说："这样你就不用担心我跟你抢菲菲了。"

"我跟叶菲菲没什么，我现在更喜欢御姐，所以你不能跟我抢。"

关琥用手比量着身体曲线，示威地瞪张燕铎，面对他的挑衅，张燕铎鄙视地嗤了一声，"等哪天你面对死尸还有食欲的时候，再来追求舒法医吧。"

像是配合他的话似的，下一秒，舒清滟将隔壁的门打开了，看到里面并排三具尸体后，关琥成功地打消了喝茶的念头。

最边上的是他在租屋发现的骸骨，另外两具分别是罗林跟方婉丽，这两人的死状都不怎么好，虽然身上盖了白布，但还是将属于死亡的阴晦感传达了过来，关琥本能地伸手揉揉鼻子，想找地方放下他的茶杯。

舒清滟看了他一眼，打开旁边的液晶屏幕，说："三具尸首都没有特别离奇的症状，为了你的胃口，在这里看看照片就行了。"

看着几乎跟实物一样清晰的画面，关琥还是选择了放下茶杯。

"听说你们现在重点放在罗林的案子上，骸骨案就之后再说吧。"

"不，既然来了，就一起听听好了，反正也花不了多少时间。"

因为小魏还要来做笔录，他这边至少要对案件有个大致的了解。

舒清滟点点头，表示明白了，用指尖拨动屏幕，将骸骨的照片调出来，说："这是具男尸，年龄大约在二十中间到四十中间左右，从骸骨表层的颜色来判断，这个人至少死了有十年，骨骼上没有外伤，也没有中毒迹象，合理的解释是窒息死亡或是饿死，但不排除自杀的可能。"

"选择饿死这种自杀方式，那他生前一定有自虐倾向。"关琥问："会不会是他因为患了某种疾病而无法进食，所以衰竭而死？"

"患重病的话，一定服用大量药物，骨骼上会显示出来，但暂时我们没发现这方面的情况，总的来说，这具骨骼除了出现的地点蹊跷外，它本身没有太大的调查价值。"

"那金盒呢？它放在死者身旁，有没有什么线索？"

舒清滟指指架子上的证物袋给关琥和张燕铎看，那只是个十几厘米大的金色小盒子，看高度无法放大件物品，而盒子本身的价值也不高。

"这只是个普通的镀金盒子，里面只放了条红线，显得很空，可能本来还有其他东西，但是被拿走了。"

舒清漪拿起另一个证物袋，里面装了条十几厘米长的红绳，关琥凑上前仔细看，发现是几股线编在一起的类似手链的线绳，色调暗红，两端系着圆形银饰，既是挂扣，又是饰物，银饰上还印着祥云花纹，看起来挺精致的，但不属于贵重物品。

"像是女孩子的手链，那盒子会不会是装情书用的？"关琥推测道。

"可是它却放在一具男尸身旁。"

"所以有可能是男人移情别恋，最后导致被情人杀害。"舒清漪提供了她的观点。

"你以为在演侦探剧啊，美女，"关琥吐完槽，说："不过金盒放在死亡现场，总不可能是个毫无用处的东西。"

"所谓的价值因人而异，也许对我们无用的东西，对物品的主人来说却价值连城。"

张燕铎的话总说得很隐晦，关琥不知道他在暗示什么，说："那看来金盒的线索算是断了。"

"但这个案子有一个奇妙的地方，就是报案人，我听叶菲菲说了你们的经历，假如叶菲菲没有说谎的话，那整个事件都是矛盾的。"

"什么意思？"

舒清漪打开骸骨案的资料夹，指着里面记录的重点还有现场照片给他们看。

"我们曾怀疑那个叫曲红线的人是被歹徒掳走的，并将你关在了地下室里，但勘查结果证明房子里没有第五个人的脚印，也就是说现场只有你、叶菲菲、曲红线，还有一个是原本的租客，也就是江楚魏留下的，现场没有挣扎打斗的痕迹，证明曲红线是自己离开的，可奇怪的是我们查过那条路段的监控，没有拍到她。"

"也许是因为某个原因，她害怕逃走了，再因为某个原因开了私家车，或是公交车的空间比较大，不容易被拍到？"

关琥提出了几个连他自己都觉得很勉强的理由。

"道路录像档案我给你哥了，有关这个问题，你们兄弟可以回头慢慢讨论。"

等等等，交通监控录像也算是很隐秘的资料了，怎么可以随便给个外人？他跟张燕铎不熟的……当然，也不能说不熟，但警方内部资料，就算是家人也不可以私传，更何况是身份背景那么复杂的人？

仿佛看出了关琥的想法，张燕铎向他点头微笑，关琥正要质问，被舒清滟接下来的话打断了。

"那个数量最多的脚印是否是江楚魏的，还要再进行核对，另外还有一点比较离奇，那就是指纹，现场只有三个人的指纹。"

"三个？"

关琥用指头算了算，加上小魏的，至少应该有四个吧？

"是不是小魏长时间没回去，所以他的指纹被灰尘盖住了？"

"可是叶菲菲说小魏曾帮他表妹搬家，时间没有隔很久。"

关琥啊了一声，有关小魏的事情，他还没时间向上头汇报，其实那个所谓的表妹根本就是不存在的。

"小魏今天会来录口供，到时提取他的指纹，就知道是怎么回事了。"

"好，骸骨案暂时到这里，你们还有什么要问的吗？"

"你们会给骸骨做面貌复原吗？"张燕铎问。

"会的，死者死亡时间拉得太长，这是唯一可以追踪到线索的办法，接下来小柯要忙了。"

"等做出复原图片，请第一时间联络我，美女，还有租屋户主陈靖英的资料，你们这边有什么线索？"

"我让小柯把他调查的情报都放在文件夹里，你可以慢慢看，不过陈靖英人间蒸发很久了，我怀疑那具骸骨就是他的。"

假如陈靖英是骸骨，那跟小魏联络的人又是谁？

关琥满怀疑惑，张燕铎问舒清漪，"另外两具尸体的尸检有什么新发现？"

"罗林的死因是脾脏破裂，他生前没有患过重大疾病，当天也没有喝酒，血液里有验出微量的阿魏酸跟植物甾醇，这些都是调节神经方面的药物，不过量非常小，所以他的所有行动仍属于自发行为，但自发行为是他原本就精神异常，还是受到某种刺激突然爆发出来的，暂时无法下结论，还需要更精密的查验。"

舒清漪调出罗林死亡现场的画面，又陆续点开其他尸检的部分图片，让二人对比着看。

血案现场关琥见得多了，但各种解剖过程中的镜头出现在眼前，他还是有些心理不适，急忙挥挥手，挡住画面，说："明白了明白了，有什么发现？请直接说。"

"死者近期抽烟酗酒严重，可能跟他的精神状态有关。"

舒清漪指指屏幕上其中一个画面，那是罗林的右手指尖特写，罗林的食指跟中指指尖泛黄，指甲里有些细小的灰色杂质。

"我们从罗林的十指指甲里都找到了烟灰粉屑，其中右手中食指最多，死者有轻度的脂肪肝，却大量吸烟，证明他近期精神状态不稳定。"

舒清漪又将画面切换到罗林的衣服上。

"死者行凶当天没喝酒，上衣却检测到很多酒渍，说明死者是穿了没洗过的衣服出门的，我们检查了死者的手机，里面的记录清晰整齐，说明死者不是不修边幅的人，他会穿脏衣出门，假如不是有特定的理由，那就是当时他的精神很恍惚。"

这一点跟罗林家人的证词吻合。

关琥问："手机有什么发现？"

"你可以看下一览表，不过近期跟罗林有联络的都是他的亲友。"

关琥做好记录，舒清滟又将画面转到方婉丽的尸检报告上，说："这具尸首死因是后颅骨损伤，死者生前无疾病，除了后脑外伤外，身体其他部位没有划伤，证明死者在坠楼前没有跟人发生过撕扯等行为，不过她的指甲尖稍微有摩擦的痕迹。"

舒清滟放大了指甲部分的照片，死者的左手食指跟中指指甲尖端沾了点淡银色粉末，好像是挥手时碰到的，粉末很淡，假如不是放大检查，很难发现。

张燕铎眉头微皱，往前靠近仔细端看，关琥说："昨天死者的孩子出事，现场状况混乱，也许这是她在哪里蹭到的。"

"也许。"

舒清滟点点头，认可了他的说法，将屏幕关掉，说："这些情况我都写在尸检记录里了，希望对你有帮助。"

关琥道了谢，跟张燕铎离开，走到门口时，舒清滟叫住了他，"关琥，我一天解剖三具尸体很辛苦的，短期内你最好不要再给我找新尸来。"

关琥一个没踩稳，向前跟跄了几步，张燕铎跟在他后面，取笑道："现在你还打算追这位美女吗？"

# 第四章

回到重案组，关琥一进门，就看到有位长腿美女靠在椅子上玩手机，他先是惊讶，其次是失望地发现美女是他再熟悉不过的人——叶菲菲。

"你们来这么快？"看到在隔壁房间里给小魏做笔录的蒋玎珰，关琥问。

"是啊，就抽个血化验一下嘛，看他没事，我就直接把他带过来了，顺便还友情提供了曲红线的肖像图。"

叶菲菲把手机收起来，拿出化验单跟报销单，塞到关琥手里，"检验结果，小魏的身体一切正常，什么药物反应都没有，所以关琥你太杞人忧天了，他只是累着了。"

难道大清早来电话咋咋呼呼的人不是叶小姐你吗？

关琥的吐槽在看到账单后打住了，看看上面的金额，他额头上的汗都冒出来了，大叫："怎么这么贵？"

"我没有小魏的医保卡，就全额负担了，这个是出租车费，关王虎，你不要说你不付啊！"

"也不是不付……"

被瞪眼，关琥不敢说话了，但他怀疑付了这个，下半个月他就要喝西北风了。

账单被张燕铎抽过去了，说："这个我来付吧，你去给小魏做笔录。"

"谢谢哥！"

钱字当头，关琥毫不犹豫地为了五斗米折腰，拿着鉴证资料跑去了隔壁，就听叶菲菲在身后叫："关王虎你真没出息哦，总让哥哥养……啊呀呀，太多了，这怎么好意思呢，那我下次请老板你吃饭，嗯，还是老板好！"

关琥往后看了一眼，刚好看到叶菲菲从张燕铎那里接过钱来，一脸开心的模样。

这不只是个看脸的世界，还要看钱。


关琥走进房间，蒋玎珰的笔录已经做一半了，桌上还放着叶菲菲所谓的曲红线的肖像图。

他拿起来看了看，怎么看都觉得跟自己记忆中的感觉不符，除了大黑框眼镜外，这是张毫无特色的面孔，凭这种图找人，那从警局出去走路不用十米，就能碰上无数个相似的人了。

这绝对不是绘图员的问题，而是叶菲菲的表达出了差错，但要说要改正哪里，关琥也说不上来，这让他突然发现大部分的人戴上黑框眼镜，再穿套相似的衣服，都可以成为曲红线。

原来那个女人从一开始就做了准备。

关琥放下图，坐在旁边将鉴证资料浏览了一遍，这让他不得不叹服鉴证科人员的工作速度，才一天时间，还要赶警察杀人的案子，他们还是将屋主陈靖英的资料都调出来了，从陈靖英的履历到他的生活背景，都记录得很详细，旁边还配着他的照片。

从出生年来计算，如果陈靖英现在还活着，年纪应该是三十七，照片是十年前的身份证照，他戴着眼镜，脸颊消瘦，看起来文质彬彬的样子，大学上的是中文系，但神奇的是毕业后他从事的不是文字方面的工作，而是开了家名叫明易的侦探社。

关琥用手机在网上搜索了一下侦探社，都是多年前的讯息，侦探社所在的商业楼的租房也早就易主了，小柯在附注上写了近年来网上没有陈靖英的活动情报，在这个无网络就无法生存的环境下，连小柯也找不到的人只有一种可能——他人间蒸发了。

小魏的口供录完了，关琥把陈靖英的照片给他看，问："你说的房东是不是他？"

小魏面露茫然，看了照片好久，苦笑说："别逼我了，两三年前见过的人，我哪能记住？我就记得他戴了眼镜。"

看小魏的状态不佳，难怪叶菲菲会担心他了，但既然他的身体没问题，那多半是心里有事，关琥故意问："你是不是有心事？"

一语中的，被问到，小魏打了个颤，立刻用力摇头，"没有没有！我很好的！"

"你家里出现了骸骨，你还能很好？"蒋玎珰吐槽他。

"那真的不是我做的，而且我搬家好久了，我不认识那个叫曲红线的女人，我也不知道为什么她要陷害我。"

"别激动，我们只是例行询问，"关琥安慰他，"那具骸骨年数很久了，不关你的事，不过你要是有什么想到的疑点跟线索，最好全部告诉我们，方便我们追查凶手。"

"该说的我昨晚都说了，我跟陈靖英就是在学校的 BBS 上联络的，他几乎没给我打过电话，我有事联络他，也是在版上留言。"

蒋玎珰小声对关琥说："手机号码我们查过了，是易付卡的号，已经不用了。"

"这样好了，我在BBS上给他留言，找个借口让他出来怎么样？"

"你先试一下，不过要约见面一定先通知我。"虽然关琥怀疑小魏的做法很难钓到鱼，但还是叮嘱道。

小魏答应了，又签了字，配合提取了指纹。

关琥送他离开，说："这几天你就不要回家了，住在张燕铎家比较安全。"

小魏又打了个寒战，"你的意思是我也会有危险？"

"你别这么紧张，这只是以防万一，对了，陈靖英跟你一个学校，这件事你知道吗？"

"他是燕通毕业的？"小魏的反应很惊讶，"他没提过，难怪他经常上学校的网了，原来是学长。"

看小魏的反应，他还没把陈靖英跟那具骸骨联想到一起，关琥也没点明，等手续都办完后，带他离开。

张燕铎在外间看郊外的交通录像，叶菲菲陪他一起看，关琥让叶菲菲带小魏离开，又暗示她注意小魏的情况，她不情愿地站起来，嘟囔说："我休假很无聊的，帮你查案还有点刺激感。"

"你可以去看小魏的小说，他也写得很刺激的。"

旁边传来咳嗽声，小魏被呛到，咳得脸都红了，他急匆匆地往外走，却在门口跟进来的人撞个正着。

"咦？江楚魏？"看到他，江开率先打招呼。

小魏愣了一下，然后指着他，犹豫地叫："你是……江……开？"

"叫堂哥，叫堂哥，别没大没小的，"江开亲热地拍拍他的肩膀，"几年不见，你又长高了，为什么来这里？做坏事了？放心吧，同乡又同族一场，我会罩你的。"

"也没大事，就是我的租屋里出现了一具尸体。"

江开看看小魏，再看其他人，总算明白过来了，后退一步，撇清关系，"牵扯到杀人事件，恕我帮不了，我还有事，回见。"

关琥拽着江开的衣领把他拉了回来，指着小魏问："你们是同乡？"

"我可以否认吗？"

"是一表三千里的那种，"小魏解释完，又问江开，"堂哥，你记得我有个叫曲红线的表妹吗？"

"你家的表亲我怎么可能知道？"

"老实回答，这跟骸骨案有关。"

关琥的话起到了效果，江开老老实实想了一下，说："好像是没有，不过我记得小时候一起玩的女孩有叫红线的，不知道是不是重名。"

"姓什么？"

"那只是小名啦，而且就算是同一个人，岁数也应该比江楚魏大。"

"那我打电话回家问下，有消息再联络你们。"

小魏说完就匆匆走掉了，叶菲菲紧跟上去，还不忘回头给关琥做了个 OK 的手势，让他不用担心。

他们走后，关琥出去买了便当，顺便带了几份给张燕铎和其他同事，等他回来，发现张燕铎又不见了，同事们早饿了，饿狼似的把他的便当抢走了，只留了两个素菜的给他们。

关琥坐在一边吃午饭，顺便看罗林行凶前的录像，才看了个开头，张燕铎就回来了，手里拿了份文件递给他，示意他看。

看到是指纹鉴定报告书，关琥有些惊讶，再看内容，他更惊讶，鉴定的地方居然是张燕铎的轿车方向盘。

他看向张燕铎，张燕铎冲他微微一笑，"你们早上开会，我没事做，就请舒小姐帮了个忙。"

"你说一句，她就帮你了？"关琥震惊得嘴巴都张大了。

要知道鉴证科那位美女有多难对付，每次他去拜托人家帮忙，都要好话说着外加请客的。

"还附赠了一个微笑，下次你可以学着点。"

"我不会因为工作出卖色相的。"

"当你看到新线索，就知道那个微笑值得了。"张燕铎指着报告书给他看，"轿车方向盘上只有我跟你两个人的指纹，没有曲红线的。"

"不会吧！"

"我也很惊讶，本来我只是想通过这种方式寻找曲红线，没想到会这样，对了，舒法医将小魏的指纹跟老房子里的对照了，证明是同一人的，也就是说房子里的指纹只有你跟叶菲菲，还有小魏三个人的。"

"这么神奇？"关琥瞪大眼睛问："不会真被叶菲菲那个乌鸦嘴说中了，大白天见鬼。"

"关琥你是不是想我揍醒你。"

哥哥不高兴了，关琥急忙一秒回归正经，说："假如曲红线不是鬼，那整件案子的发展都在她的算计当中——为了自己的行踪不被搜索到，她事先用药水遮盖了自己的指纹，可是她的目的是什么，她又是怎么人间蒸发的？"

"我想你忽略了一点，如果她不是被挟持离开的，那从一开始你就想错了方向，你问孩子们有没有看到女人离开，去马路那边，却没有问是否有人进住宅区。"

关琥被说得瞠目结舌，仔细想想，当时他的问话是有点问题，但那些孩子都没有提到有人进住宅区，也很难想象。

观察他的表情，张燕铎又说："我看过住宅区的地图，楼房当中有不少小路，离开的话，大家最后都会转到大路那边，也就是显眼的地方，反之，往住宅区里走，借着楼房的遮掩进小路，很容易被忽略，你的提问又事先混淆了大家的判断力，所以才会造成曲红线人间蒸发的假象。"

关琥拍了一下脑袋，"也就是说她在那片物业还有房子，她一直在另一栋房子里等着，然后趁警察不注意的时候，找机会溜掉。"

"你还记得你说在租屋里看到客厅有人影吗？如果那影子不是人，而是衣服，那就说得过去了。她先将你关在地下室里，又换了其他装束躲起来，事后我们就算调查一整天的交通监控，也不可能找到她。"

"那你还看录像？"

"但她总是要离开的不是吗？"张燕铎说："只要她动，那就有迹可循，不过看你们这么忙，你应该没时间去管这件事，还是我去看一下吧。"

"欸，你去？你不需要看店？"

"今天我休息，闲着也是闲着，就帮帮你好了。"

看着张燕铎兴致勃勃的样子，关琥很想说不用，这是警方的工作，他整天跟着自己一起查案就算了，现在要独立调查是要闹哪样啊？

没等他开口，张燕铎又说："你不用感谢我，我这样做也是出于私心，我个人对陈靖英这个人很感兴趣，你知道我没机会接触私家侦探的，现在好不容易碰到一个，想玩一下。"

别自作多情了，谁要感谢你啊？

关琥翻了个白眼，可惜张燕铎没看到，说完后离开，关琥把头转回去，准备继续吃饭，张燕铎又转回来，问："如果提到红线还有金盒，你会联想到什么？"

关琥一愣，弄不懂他的意思，琢磨说："把线放在盒子里，针线盒？"

"你听说过红线盗盒的故事吗？"

观察着张燕铎的表情，关琥问："如果……我说不知道，你会不会觉得我很白丁？"

张燕铎没说话，不过鄙视的表情一览无遗，然后转身就走，关琥急得在他后面叫："那到底是什么意思啊？你说完再走。"

"你这智商，还是去查警察杀人案吧。"

"我还给你留着便当呢，你不吃了？"

"你自己吃吧，记得多补点猪脑。"

不吃就不吃，还损他，这什么人啊！

关琥闷头吃饭，用筷子狠狠地戳便当里的肉片，嘟囔："我自己吃，我一个人包圆！"


一个便当在他的风卷残云下很快就吃完了，关琥伸手正要拿第二个，有人急匆匆走过来，按住了便当盒，他还以为是江开跟他抢饭吃，抬起头，才发现来的是李元丰。

李元丰一改早上神不守舍的模样，将手里拿的资料放到他面前，说："我查到一些消息，也许对查案有用。"

太子爷也会做事查案了？

关琥有点吃惊，取过李元丰的资料一看，却是一份意外保险，投保人是方婉丽，再看下面受益人可以领取的金额，关琥成功地被呛到了。

"五百万的生命保险？"

"你也觉得奇怪吧？"

李元丰挑起眉角，得意洋洋地对他说："这是三个月前签的保单，我查过林青天的收入，他每个月光是交保金，就要付一半以上的薪水，还要交房租养家，根本就没有剩余，他是做保险的，他如果这样让客户投保，这生意早就做不下去了。"

"也许他只是想买个平安，家里有了孩子，有份保险的话，心理上会比较踏实。"

"他才是一家之主，正常情况下，他该给他自己投保，但事实恰恰相反。"

见关琥提不起劲，李元丰马上进一步讲解，"我今天去了林青天的保险公司打听消息，听说他私生活很不检点，他们夫妻经常吵架，所以他常找借口不回家，说是去谈业务，但是实际上是跟女同事约会。"

"你确定你收集的这些情报都是真的？"

"无风不起浪，如果他没有问题，怎么会有谣言？"李元丰说："会不会有一种可能，昨晚方婉丽的坠楼不是自杀，而是他杀？"

三秒钟内，关琥什么话都没说。

假如前一天没有出现警察伤人事件，在方婉丽坠楼后，关琥一定第一时间把目标锁定在林青天身上，但现在这种说法就有点牵强。

他反问："林青天又怎么知道在他投保三个月后，家里会遭遇不幸，让他有借口杀害妻子？如果说林青天雇佣罗林杀自己的孩子，这个理由太站不住脚了。"

"当然不是！"

李元丰用力摇头，快得像是怕关琥真把这个猜测当成是事实似的，"我的意思是在林青天投保那天起，他就有了杀妻的打算，碰巧昨天罗林的行凶给了他机会——因为自己的问题导致孩子死亡，方婉丽在过度打击之下选择自杀，这在情理之中，没人会怀疑是丈夫动的手脚。"

"你好像对这件案子很上心啊？"

前几次合作，关琥不记得这位太子爷做事这么认真过，他有点怀疑李元丰的动机。

李元丰狼狈地把眼神瞥去一边，"我只是尽职做事而已，罗林杀人跟方婉丽的死是没有直接关系的。"

"你的推测的确有道理，但任何推测都要站在持有证据的前提下。"

关琥将法医鉴定报告推给他，"现场勘查结果证明方婉丽是自己走去阳台的，在坠楼时也没有任何撕扯的痕迹，没有物证，再多的怀疑也只是怀疑。"

"怎么可能？"

看到这个结果，李元丰的脸色变了，抓住报告书看了一遍，然后气愤地丢回到桌上，反复地说："不可能的，林青天投高额保险，一定有他的理由！"

"我没有说你说的就是错的，也许我们还可以再调查到其他的情报。"

假如李元丰带来的消息是真实的，那罗林行凶就未必只是随机杀人案了，虽然关琥也觉得林青天雇佣罗林杀人的做法有点匪夷所思，但任何怀疑都需要去调查，才能判断出它的真实程度。

关琥将报告书重新拿到手里，琢磨着下午要不要再去拜访一下罗家跟林家，但是眼神落在报告书的某一处，他定住了，再联想早上张燕铎对林青天的问话，他有点明白张燕铎的想法了。

"等等，也许最有力的情报我们已经找到了。"

张燕铎出了警局，坐出租车来到小魏的租屋，这里出了事，门上贴了封条，大白天的，周围却一个人都没有，也没有孩子在外面玩耍，看来是居民听说了一些风声，担心惹事，不让小孩子们靠近。

张燕铎来到租屋门前，琢磨着曲红线的想法——为了避开孩子们的注意力，她会绕到住宅的另一边，走另一条小径，再反方向往住宅区里走。

这里居民不多，假如曲红线在这里还有其他租屋的话，邻里应该会注意到，抱着这个想法，他敲门打听了几家住户，大家听说他是警察，都表现得很热情，有问必答，但很可惜，没有他想要的答案。

居民们都说这里地角偏僻，到了晚上，公交车也少，别说在这里租房子的单身女生了，就算是普通住家里也没有年轻女孩子，住在这里的人岁数普遍都很大，小魏算是个异数，所以居民十有八九都认识他。

张燕铎把在这片住宅区租房子的几户人家的地址记下来，跟大家道了谢，就在他对照门牌顺着路径查看时，对面有两个人走了过来。

其中一个是年过半百的老人，另一个走在他身后的男人才二十多岁，从岁数上看两人像是父子，但老人仪表堂堂，头发整个向后梳拢，走路时昂首挺胸，充满了自信，把年轻人衬托得失去了存在感，再加上年轻人清秀的五官，就愈发显得弱气了。

两人都穿着半长的呢子外套，但一眼就看出了档次的高低，张燕铎确定他们不是父子，不过他们也不是普通的上下级关系。

老人戴着一副金边眼镜，再加上儒雅的气质，让他看起来属于搞研究的很有修养的那类人，他的出现跟这里的环境格格不入，却不会让人生厌，反而具有无形的影响力，很容易成为群众中的领导人物，至于那位年轻人的长相还有穿着，则被张燕铎完全忽略过去了。

因为老人的出现带给他的冲击力太大。

张燕铎的手不自禁地握住了。

直觉让他讨厌这个男人，因为男人的气质还有他的华发以及极为郑重的打扮都很像老家伙，走近时，张燕铎注意到男人手上戴着的纯黑皮手套，这一点也跟老家伙类似，那个变态有重度洁癖，任何东西他都认为是不洁净的，所以他很喜欢戴手套。

觉察到了张燕铎的注意，在经过时，男人也看了他一眼，可能以为他是这一区的居民，跟他点了下头，年轻人一直在观察男人的表情，看到他打招呼，也慌忙配合着向张燕铎做出同样的动作。

两个人的气质都不错，尤其是那位老人，他的举止配合着礼貌性的微笑，给人一种很容易接近的感觉。

但偏偏张燕铎无法对他有好感，或许是先入为主的观念，男人这友好的笑容在他看来也透满了虚假，老家伙就是这样的，他在把他们当成工具做试验还有教唆他们拼命时，脸上永远都挂着微笑，所以在张燕铎的认知中，微笑这个表情是这世上最邪恶的面具。

这也是为什么他在欺负关琥时总是喜欢微笑了。

抱着这样的想法，张燕铎也向老人报以微笑，双方略微点头后，擦肩走了过去，但是短暂的接近让张燕铎足以观察到老人的细节行为，他很快发现男人还是有许多地方跟老家伙不一样，不管是个头还是那种更邪恶的气质。

至于那位跟随他的年轻人，也跟老家伙训练出来的手下完全不同，这么纤弱的身材跟气场，在那个环境下是无法生存的。

看来是他想多了，他只是单纯讨厌这类打扮的人，就像关琥讨厌眼镜男的感觉一样。

张燕铎这样说服着自己，但还是忍不住转过头，追着两个人的背影看过去，正犹豫着要不要去跟他们打听一下住宅区的事情，对面传来叫声。

"老板。"

张燕铎转过头，发现竟然是谢凌云，她斜肩背了个包包，脖子上还挂着形影不离的照相机，就像生怕别人不知道她是记者似的。

"你怎么在这里？"她走过来，好奇地问。

"你来这里是什么目的，我就是什么目的。"

"哦，原来是帮宝贝弟弟啊，那你可能要失望了，我在这里问了几个小时，什么都没问到，正想回报社呢。"

张燕铎跟随她的脚步，一同向马路那边走去，问："你没去追罗林的案子？"

"那案子被前辈抢去了，我没事做，就说来看看这边有什么线索，也许又可以大爆冷门。"

说到这里，谢凌云脸上露出神秘的色彩，故意压低声音对张燕铎说："现在看到你，我就更确定自己可以爆冷门了，你们兄弟所到之处，都能遇到大案子，然后我的年终奖就有指望了。"

张燕铎明白她的意思，微笑说："你希望我爆料，那也要拿出你手里的情报才行。"

"就是什么都没有啊，我问了这里一些老住户，他们说租屋以前的户主姓陈，早年丧妻，等小孩长大工作后，户主也生病过世了，那小孩叫陈靖英，在这里没什么朋友，但他很聪明，毕业后自己开了家侦探社来做，居然搞得不错，还把房子都重新装修了，不过后来他就回来得很少了，居民偶尔才见到他一面，再后来这里就变成租屋了，陈靖英搬去了哪里没人知道，啊对，还有个算不上八卦的八卦，据说陈靖英很风流，在大学就是校草，后来做了侦探，变本加厉，常带不同的女人回家，不过我个人倾向于他是为了工作。"

"还说没有情报，这些情报够多了。"

被称赞，谢凌云不好意思地捋捋耳边的头发，说："我怀疑那具骸骨就是陈靖英，不知道从他就诊的牙科那里能不能找到线索。"

如果真是陈靖英的话，那就是过了十年了，是否能从骸骨的牙齿形状跟牙医的资料上对比出相同点，张燕铎不敢确定，这要问舒清漉才行。

"问题是就算骸骨真是陈靖英，为什么会在十年后被人翻出来？"

谢凌云继续往下说："曲红线到底是什么人？听你们的描述，十年前的话，她最多十岁吧，陈靖英再怎么风流，也不会向一个孩子出手，如果真出手了，曲红线该做的是报复他，而不是为他申冤。"

张燕铎不置可否，说："我听说这片住宅区很快就要拆迁了。"

"对的，最晚明年春天大家就要陆续开始搬了，所以或早或晚，尸体都会被发现，问题就在这里，既然都等了这么久，为什么不再等下去？偏偏在拆迁动工之前大费周章地报案？老板，你觉得这有没有可能是有人为了不搬迁的报复行为？有了命案的话，会延长动工时间，或是让地产商改变主意。"

这个可能性不是没有，但商人是追求利益的，为了赚钱，坟地都不知平了多少，更何况是一具骸骨？

谢凌云把张燕铎的沉默当成了赞同，她拿出笔记本写下来，说："所以我觉得可以从这里下手，不管曲红线报警是出于什么心理，都是与案件有关的人。"

"你还问到其他什么情况？"

"只有这些，我本来想跟韩教授多打听一些事情，但他说他也不知道，他是教心理学的，陈靖英只是去大堂上课的学生之一，他完全没印象，建议我去燕通大学自己查。"

"韩教授？"

"就是刚才那位走过去的男人。"

谢凌云指指前面，却发现那两个人早已走得没影了，她只好说："他叫韩东岳，是研究心理学的学者，出了好多书跟小说，现在在燕通大学开设了心理学的大堂，在学校里有不少拥护者跟崇拜者。"

又是燕通大学？

张燕铎的脚步停了下来。

他发现整件事都跟燕通大学有着千丝万缕的联系，从消失的户主陈靖英到小魏，现在又多了个教授。

他向韩东岳离开的地方看去，问："你认识他？"

"我看过他写的一些书，挺喜欢他的，所以刚才看到他，我一眼就认出来了，跟他聊了两句，想打听陈靖英的事，但很可惜，他说这里是他前妻的娘家，他平时很少过来，所有完全不了解，这次是因为前妻的父母都过世了，家里没什么亲戚，他才来帮忙处理一下这边的房子。"

"帮前妻的忙？"

"韩教授是个很重感情的人，但他们夫妻性格不合，导致离婚，不过即使离了婚，他却依然深爱着他的妻子，后来他妻子在车祸中丧命，他也没有再娶——这些都是他在心理学书籍里自己提到的，我可没那么八卦，去偷查人家的隐私。"

"听起来挺有趣的，书可以借给我看一下吗？"

"好啊，回头我拿给你，里面还有不少有关心理学的讲解，都说得很有道理。"

"小魏跟他很熟吗？"

"这个我不太清楚，不过小魏有听他的心理课，他还给小魏的书写序，应该算熟吧。"

听到这里，张燕铎改了主意，他放弃了向住户们询问的想法，问谢凌云，"你有陈靖英大学同学的联络方式吗？"

"你这可是问倒我了，要查这个，只能去燕通大学找十几年前的旧档案，再顺藤摸瓜，问那些同学当年的事情。"

"没有更快的办法？"张燕铎想起警局里那位无所不能的小柯同学。

"没有啦，陈靖英都消失这么久了，就算你想网查，也要有他十几年前的同学信息啊，那才是最有效也最真实的，老板你没拍过纪念照吗？小团体的毕业纪念照都是几个要好的同学一起照的，他们也是能拿到八卦最多的人。"

张燕铎脸色微变，托了托眼镜，没有回答。

谢凌云发现自己说错了话，刚好停车场到了，她过去打开车门，对张燕铎笑道："我开报社的车来的，今天就给老板你当私人司机了。"

她很自然地把话题转开了，张燕铎上了车，说："进报社没多久你就拿到配车了，很厉害。"

"还不是托你们的福，报道了几个大案子，上头就打算栽培我了，不过也因为这个让不少人眼红，所以把罗林的案子从我手里抢过去了。"

"你在意吗？"

"我们也算是从死亡线上逃出来的人，你觉得我会在意吗？"

谢凌云将车开动起来，笑着对他说："我的理想是报道真相，将所有事件真实的一面还原给公众，所以接下来，老板你要有消耗时间的觉悟。"

三小时后，张燕铎彻底领会了所谓消耗时间的意思。

靠着谢凌云的人际关系，两人成功地混进了燕通大学的档案室，找到了陈靖英毕业时的相册跟学生簿。

那是十四年前的旧文档，查起来很麻烦不说，还要从中抽取有可能跟陈靖英有联络的同学名单，两人忙活了很久，收获了一大堆名字跟联络地址，但有没有价值，暂时还不知道。

天快黑了，谢凌云要赶回报社，两人商量了一下，决定先做到这里，如果还有要补充的，下次再来。

谢凌云开车送张燕铎回警局，走到半路，她忽然看看后视镜，说："好像有人跟踪我们。"

"还不止一拨。"

平静的语调，让谢凌云想问他是不是早就发现了，不过既然张燕铎发现了却没说，那证明对方没有危害性，她玩心上来了，话到嘴边改为——"要跟他们玩玩吗？"

张燕铎托了下眼镜，"你的飙车功力怎么样？"

"肯定不如老板你，但绝对比关琥强。"

张燕铎不再说话，伸手往前一指，示意谢凌云可以开始玩了。

引擎声刺耳地响起，下一秒轿车就在谢凌云的驾驶下向前飞快地飙去。

谢凌云灵活地转动着方向盘，不时透过后视镜观察后面的状况，跟踪的车辆似乎没想到她会突然加速，来不及跟上，没多久就被她甩得没了踪影。

不过她没因此减速，而是保持同样的速度顺着车道前行，并不时左右拐弯，让那些尾巴不至于马上跟过来，在一阵风驰电掣的狂奔后，轿车拐进了一个僻静的路段里。

前面信号器刚好亮起红灯，谢凌云减缓车速，将车停在了附近的道边上，往方向盘上一趴，大声笑起来。

"好久没飙车了，还好没手生。"

张燕铎依旧靠在车背上，淡淡地说："你很紧张。"

谢凌云停止笑声，惊讶地看向他，张燕铎又说："或者该说是心神不定，这个状态从你进燕通大学就有了，你是在躲谁吗？"

"你想多了，我只是不喜欢被偷窥的感觉。"

谢凌云坐直身子向后打量，这个动作让她很自然地避开了张燕铎的审视，张燕铎笑了笑，说："我也是，不过对于不是太讨厌的人，你大可以不必躲避，而是善加利用。"

"就像你对关琥那样？"谢凌云观察着后面的动向，问道。

"我对关琥怎样？"

"利用，顺便加欺负跟爱护，老板，你跟关琥到底是什么关系？"

"兄弟。"

确定尾巴没跟上来，谢凌云转回身，正色说："虽然我们大家都知道你不是关琥的大哥，但又觉得假如关琥真有哥哥的话，那个人一定非你莫属，这种感觉很奇妙，关琥本人应该也是这样想的吧，所以才会对你唯命是从。"

张燕铎笑了，谢凌云的话恰好对了他的胃口，不过还是嘲讽道："你确定他那么听话，不是因为有人给他提供一日三餐？"

"他应该不会那么笨……"

谢凌云刚说完，就见眼前光亮一闪，她还没明白发生了什么事，肩膀便被抓住，张燕铎按住她跟她一起卧身趴下，但隔了几秒后，四周寂静，并没有任何奇怪的事发生。

　　张燕铎说了声抱歉，拉着谢凌云重新坐起来，谢凌云朝车外看去，刚才光亮闪动的地方是一栋普通商业大楼，坐落在灰沉沉的夜幕下，看不出有奇怪的地方，但张燕铎表情冷峻，带着如临大敌般的戒备。

　　"是不是瞄准器反射的光芒？"她不敢肯定地问。

　　"也许是我搞错了。"

　　张燕铎会那样做，完全是出于对危险的本能反应，但平静的空间缓解了他的紧张，也许是他过于神经质了——老家伙如果要对付他，不会选用暗杀的方式，至于谢凌云，更不可能是有人要杀她，至少那不是瞄准器的光……

　　"老板，你看！"谢凌云叫道。

　　张燕铎顺着谢凌云手指的方向看过去，前面路口阴暗，隐约有一道身影在障碍物之间拐来拐去，看不清他的样子，不过他仓皇的举动证明刚才的事跟他有关。

　　身影的轮廓有些熟悉，张燕铎心里一动，突然明白了刚才的光亮不是瞄准器，而是闪光灯的光芒。

　　"抓住那个人！"

　　谢凌云说话的同时，迅速调换车挡，踩油门，朝着黑影逃离的地方冲了过去，谁知黑影发现了他们的追踪，转身跑进了小巷，谢凌云正要转车头，前面响起引擎的噪音，一辆黑色跑车从对面向他们飞驰而来。

　　为了躲避突然出现的车辆，谢凌云只能踩刹车，但对方并没有跟她冲突的意思，而是在快逼近时，车头一拐，放慢车速，擦着他们的车，堂而皇之地停在了道路中央，全然不理会这样的停法是否会妨碍到他人。

车窗逆向相对，谢凌云看到车窗缓缓落下，精巧的红笔在车主的手指间飞快地转着，映着路灯光芒，像是一滴滴飞溅的血花。

这个人她见过，他跟张燕铎很熟，在楚格峰雪山上算是帮过他们，但她无法对这个人有好感，假如要把所有人做一个定位，那她会把他放在敌人的类别里，尤其是在他阻止了他们的追踪之后。

"刚才是不是你在偷袭我们？"她无视对方的友好笑颜，冷声质问。

"偷袭？"

吴钩的眼神在谢凌云跟张燕铎之间转了转，耸耸肩，表示无法理解。

见他故意装糊涂，谢凌云二话不说，探身从车后座拿过自己随身不离的背包，再一抖背包，将装在里面的弩弓拿出来，拉弓搭弦，对准吴钩。

"你要是再敢做小动作，我一定对你不客气！"

谢凌云看似娇小，但体内暴力因子很重，看着她对付吴钩，张燕铎乐见其成，靠在一边观察吴钩的反应。

吴钩没把谢凌云的威胁放在心上，依旧面带笑容，他停止转笔，说："我看过你的档案，也许你适合干我们这行，有没有兴趣加入？"

"我现在只想干掉你！"

"真没意思，我本来想帮你们的，既然这样，那就再见吧。"

"你不会是说你跟踪我们，只是想帮我们吧？"

"不信问流星，他最了解我。"

吴钩指向张燕铎，就在谢凌云转头看的时候，油门声响起，吴钩驾驶他的跑车开走了，谢凌云急得想去追，但轿车半路转不了头，看对方的车速，只怕等她掉头追过去，跑车早不知开去哪里了。

"混蛋！"

发现被耍了，谢凌云气得一拍方向盘，将弩弓重重放下了。

身旁传来轻笑声，谢凌云看看张燕铎满不在乎的表情，她气愤地说："他跟暗算我们的人一定是一伙的，怕我们追到目标，就故意过来挡路。"

"不，他只是在看戏。"

"看戏？"谢凌云搞不清张燕铎的意思，疑惑地问："他说你最了解他，是真的吗？"

"我了解我的敌人，所以如果他真要杀人，你是不会有机会拿弓的。"

"他为什么要这么做？"

"暂时还猜不到。"

张燕铎也很想知道原因，吴钩可没那么闲，他这样做只有两个原因，要么是收钱办事，要么是想借此达到某个目的，骸骨案时他就出现了，他邀自己去的咖啡厅就在罗林行凶的那条街上，是巧合，还是……

想到这里，张燕铎心里一凛，奇怪的想法窜上他的心头——吴钩串联在骸骨案跟警察行凶案之间，难道他是在暗示这两桩案子是有关联的？

就他对吴钩的了解，只有这一个解释，正疑惑着，铃声响了起来，他拿出手机，来电显示的是关琥。

"喂，你出了什么事？"

关琥响亮的嗓门舒缓了张燕铎的紧张情绪，他说："什么'喂喂'，这是你对大哥该有的态度吗？"

"一着急，忘了，你十几通的电话打过来，到底是什么事？"

听关琥的口气，就知道他现在很急躁，张燕铎奇怪地看看自己的手机，发现刚才在飙车中，他无意中按了关琥的号码，导致电话不断地自动拨过去。

"我没事，只是个误会，"张燕铎微笑问："这么担心我？"

"鬼才担心你，我是被你吵得没法做事好吧，就这样，你没事的话，我要去忙了。"

对话声很大，谢凌云在旁边听得清清楚楚，这兄弟俩的对话让她觉得自己的存在很碍眼，她将手机拿出来，插上耳机看新闻，表示不打扰他们谈心。

张燕铎没注意她的小动作，问："你在忙什么？"

"在审林青天，我们找到了怀疑他的证据，不过那家伙死鸭子嘴硬，耗了半天都没收获。"

"要我帮忙吗？"

"你只会越帮越忙的哥，就这样，不要再乱拨电话打扰我做事。"

没等张燕铎说出自己的怀疑，关琥已经将手机挂断了，看来为了赶案子进度，他真的很急。

张燕铎收了线，谢凌云还在看新闻，见他打完电话，急忙用手肘拐拐他，说："出大事了，快看这个！"

"警方的记者招待会？"

"是啊，不过这对关琥来说也许是好事，至少上头有人出面，他就不需要再忙了。"

# 第五章

关琥跟张燕铎通完电话，确定他没事后，首先的想法是揍人，那家伙知不知道被十几通电话连环叫的感受？要不是现在他正在审讯疑犯，就冲那种暴风骤雨般的来电方式，他一定会直接跑出去揍人的。

可惜张燕铎离他太远，想揍也揍不成，他只好气鼓鼓地回来做事。

审讯室里，那位"太子爷"正在跟林青天斗智斗勇，透过单面玻璃窗，看到林青天一副死猪不怕开水烫的模样，关琥攥攥拳头，想把怒气发在他身上。

要说把林青天"请"到警局来协助调查，可算是费了他们不少工夫。

林青天做了多年的业务员，有一套应付警察的口才，李元丰问了他半天，最后都变成在相同的话题上打转，看着李元丰越来越黑的一张脸，关琥敢保证假如换个场所，他的拳头早就挥过去了。

关琥回到审讯室，在旁边坐下，继续刚才的记录内容，就听林青天用很无辜的口气说："警官，麻烦你们不要抓着相同的话题一直说好不好？我给妻子买保险有错吗？"

"为什么只给她一个人买？"

"我们家的经济能力有限啊。"

"我跟保险业务员咨询过了，在经济能力有限的情况下，大家的操作是减少投保金额，尽量让夫妻双方都加入，为什么你不给自己买，而给几乎不出门的妻子卖意外保险，而且入保三个月她就死亡，就好像一切都是算好的。"

"我警告你别乱说话啊，我可以让我的律师投诉你的，别忘了，我来这里是为了配合你们的工作，不是被你们当犯罪嫌疑人来审问的。"

换了其他警员，被这样警告或许会怕，但李元丰背景厚实，他根本没把林青天的话放在心上，冷淡地说："发生死亡事件，我们警察不会放过任何一个疑点，既然你要配合我们，那就请解释下你买高额保险的原因吧。"

"没有原因，我只是认为这种保险最适合我们，警官，既然你们都咨询过保险业务员了，那他们有没有告诉你投保三个月就自杀，是拿不到保险赔偿的？"

李元丰怔住了，用眼神询问关琥——是这样吗？

关琥扶额。

他相信这位出身富庶的"太子爷"是不会留意这些小细节的，只好默默点了下头。

林青天冷笑一声，又说道："现在我妻子儿子都死了，你们不追查凶手，却来怀疑我，是不是怕被舆论抨击警察杀人，所以想把罪名都推到我身上？"

不得不说这个人有点小聪明，他抓到了现在警方最忌讳的部分，关琥在旁边听着，见对话又开始鬼打墙，他想李元丰已经挑起了林青天的烦躁感，接下来轮到他出场了。

关琥拦住了他们的对话，让林青天再讲一遍方婉丽自杀的经过。

林青天不明白他的目的，低头沉默了一会儿，将经过复述了一遍，内容跟他之前提供的口供完全吻合。

等他讲完，关琥问："你确定当时客厅只亮了小地灯？"

"是的，有什么问题？"

关琥将舒清渑提供的现场勘查报告翻开，推到林青天面前，上面是客厅照片，鉴证人员做了特殊处理，地板上显露出几排相同的脚印，脚印呈来回逡巡状。

"这是什么？"林青天的眼中充满了不解。

"是方婉丽在跳楼之前的活动，她先去了阳台，途中一度转回，在客厅打转，这些脚印代表她在犹豫，也许最初她想一死了之，但中途有什么原因让她改变了想法，看脚印的数量她徘徊了很久，你当时一点声音都没听到？"

"没有，婉丽跟我丈母娘一个房间，我丈母娘都没听到，更何况是我？"

林青天避开了跟关琥的对视，这个动作揭示了他的心虚，他怕了，所以特意提出其他人来遮掩自己的行为——这是关琥读解到的信息，但他没有继续逼迫，而是问："你有没有觉得奇怪，既然你妻子已经放弃了死亡，为什么最后她又选择跳楼？她是不是想到了什么？"

"这我怎么知道？孩子被杀后，她整个人都变得精神失常，我如果早知道她的想法，就不会让她跳楼了。"

关琥无视林青天的解释，指着照片里的摆设，往下说："我们做过实验，在不开灯的情况下，由于这里有橱柜遮挡，很难注意到后阳台有人，你是怎么发现你妻子在阳台上的？"

"那是我家，你们看不到，不等于我看不到，那边门开着，有风吹

110

进来，我当然感觉到了。"

"可是口供里你说自己要拉开阳台门进去，才导致来不及阻拦你的妻子。"

林青天语塞了，马上又说："我忘了追加，当时门是开了一半的，所以我才需要挤进去。"

"有多宽？"

林青天伸手比画了十厘米，犹豫了一下，又改为二十厘米，接着又往里缩了几厘米。

关琥冷笑起来，"一个人来回走了两趟，这个宽窄她是怎么穿过去的？如果死者要自杀，在上了阳台后，还会随手关门吗？"

林青天这才明白自己被下套了，他恼羞成怒地说："都说了婉丽当时精神状态有问题，她做的事不要用常人的思维去判断，不要再问我，我不知道！"

关琥像是没听到，将报告书翻过一页，指着死者的指甲放大的图片给他看，中指跟食指的指甲顶端都有细微的污渍，他说："我们对照过了，死者指甲的污渍跟你家阳台外沿的刷漆是同一种物质，外沿上的划痕经证实是方婉丽坠楼时留下的，出于她的求生欲望。既然她要自杀，为什么又要努力去抓墙壁？这不是很矛盾吗？"

"都说了我不知道！"

林青天被逼得狂躁起来，伸手猛拍桌子，跳起来瞪着他们，说："我明白了，你们为了转移舆论视线，就想诬陷我，你们说我杀人，好啊，找出证据啊，这种划痕你敢不敢拿去法庭？如果没有其他证据，那就不要再耽误我的时间了，啊对，今晚我还约了记者，我会把你们怎么诬陷我的行为一条条说给他们听……"

张燕铎走进重案组，刚好听到这段话，他忍不住皱起眉。

林青天越说越嚣张，李元丰听不下去了，想动手，被关琥拦住，他们在里面又交涉了一番，林青天便大摇大摆地走了出来，李元丰在后面气得挥拳踢脚，一副要揍人的样子。

张燕铎站在门口，冷眼看着林青天走过去，在男人经过他身边时，他托托眼镜，说："你小心一点。"

"你威胁我啊？"

林青天冲他瞪眼，要不是张燕铎的眼神太厉，他可能会直接挥拳头，骂道："别以为警察就可以为所欲为，我也有……"

"我不是警察，我只是以普通人的身份提醒你——杀人者，人恒杀之。"

林青天握紧了拳头，对方的目光很冷很平淡，但不知为什么，在这样的注视下，他无法付之暴力，听到后面传来脚步声，他怕再留下来夜长梦多，冲张燕铎虚晃了一下拳头，匆匆走了出去。

"松手，你拦着我干什么？那小子那么嚣张，不打他一顿，我出不了这口气……啊……噗……"

李元丰挣扎得起劲，没想到关琥会突然松手，他一个前扑，趴在了办公桌上，就在他叫嚷的时候，关琥打电话安排警员暗中监视林青天，等他把任务吩咐下去，李元丰刚好爬起来，额头上还沾了一堆蒋玎珰放在桌上的贴纸。

"你要打人，请去外面打，在这里动手，回头我们还要收拾房间。"

李元丰立刻冲了出去，但一秒后他又冲了回来，关琥问："你不打了？"

"回头打，现在动手，他一定知道是谁在捣鬼。"

"呵，原来还有你不敢做的事啊。"

江开在一旁吐槽，李元丰冲他瞪眼，正要反唇相讥，江开抢先跟关琥说："刚才我接到一个奇怪的电话，说林青天可能有危险，让我们多留意他。"

"电话从哪儿打来的？"

"不知道，对方挂得太快，来不及查，不过是个男人的声音。"

"'可能有危险'？那就是说也可能没有危险了？"

李元丰的气还没消，双手叉腰，哼哼地说："他就是凶手，他还会有什么危险？说不定是他为了混淆我们的判断，特意让朋友打电话来这样说。"

"可是现在还在怀疑阶段，我们没有确凿的证据证明他就是凶手，关琥说的那几条证据别说法官那边了，只怕在检察官那里就被打回票了。"

李元丰冷静下来，想想江开说得有道理，他看向关琥，"那怎么办？要不要再去现场寻找其他的证据？"

"就算有证据，过去了这么久，现在也找不到了。"

假如没有物证，再多的怀疑跟推理都是纸上谈兵，关琥把希望放在林青天跟罗林之间的关系上，如果能从中找到什么线索，那林青天杀妻的可能性都会高出很多。

他说："现在我们有同事跟踪他，要是他搞什么小动作的话，我们就有机会找到他的马脚了。"

李元丰一边把脸上的贴纸拽下来，一边用鼻子哼气，"他又不蠢，在这种时候给我们提供线索，我怀疑今晚他会跟记者乱爆料，把所有问题都推到警方身上。"

"咦，以前没见你这么在意警方的声誉啊，这次怎么了？正义使者上身？"

听了江开的调侃，李元丰把头撇开不说话，就在这时蒋玎珰冲了进来，看到自己的办公桌一团糟，她直接把李元丰推开，在桌上翻了一下，找到电视遥控器按开了。

李元丰被她推了个踉跄，皱眉问："你搞什么？一个女孩子也不文静点？"

"我又不是'太子爷'，玩什么文静，你没事跑到我这里来做什么？还弄掉我的贴纸。"

"谁没事做？我在审犯……"

李元丰话还没说完，头发就被揪住了，蒋玎珰将粘在他头上的留言小贴纸扯下来，又无视他的痛叫，换着台对大家说："警方的记者招待会提前发布了，你们看。"

大家的目光都吸引了过去，一起凑到电视前面，李元丰再次被挤到了旁边，他张张嘴想抱怨，在发现众人的注意力都在电视上后，只好放弃了。

警方的发布会已经结束了，现在他们看的是新闻重播，里面不断亮起的闪光灯晃花了众人的眼睛。

警务处的几位处长都有出席，可见警方对这件事的重视程度，看到副处长萧炎将警察杀人事件完全归结于罗林的精神有问题，大家一片哗然，江开第一个忍不住了，叫道："不是说给我们二十四小时吗？现在还不到十二个小时。"

"没办法，舆论压力太大，上头是担心拖太久夜长梦多吧。"老马走进来，他已听到了消息，忍不住吐槽道。

"这是要把责任都归结为我们不定时看医生吗？"江开不爽地说。

"至少这是个大家都能接受的理由。"

警方也好，被害人家属也好，还有公众舆论也好，在听到了罪犯有精神方面的疾病后，很难再穷追烂打下去，最多是那些新闻人士转为抨击警方内部机制有问题，但罪犯的家人呢？他们是否可以接受这个解释？

两位警务处高级官员萧炎跟陈世天轮流回答了记者们的提问，轻描淡写地将所有问题都推到了罗林一人身上，关琥越听越不是滋味，他不是同情罪犯，但他无法容忍在案情还没有明朗之前，这些人为了维护所谓的声誉，擅自做出结论。

这种行为只会导致一个结果——罗林杀人事件已盖棺定案，别想再侦查下去了。

新闻很快就结束了，蒋玎珰又换了另一个台看起来，内容跟刚才的大同小异，关琥看不下去了，转身出去，在自动贩卖机旁边的长椅上坐下，掏出烟叼进嘴里。

打火机及时送到了面前，他抬眼一看，张燕铎站在自己面前，叮的一声，将打火机打着了。

关琥就着他的手点着烟，问："你什么时候回来的？"

"回来一会儿了，可能是我的存在感太弱，你没看到。"

张燕铎在关琥口袋里一摸，把手收回时，手上已经多了支烟，香烟在他的手指间灵活地转了个花，弹到嘴上衔住，做出抽烟的样子。

关琥心情不好，懒得理会张燕铎这种明目张胆的强盗行为，垂着头狠狠地吸着烟，就听张燕铎说："我说过很多遍了，不要让工作影响到自己的心情，那是自虐。"

"我整天被你虐，还在乎一点自虐吗？"

关琥的话让张燕铎反省了三秒钟，然后做出结论——他没有虐待弟弟，他只是在调教而已。

关琥抽了两口烟，突然问："你是不是一开始就知道方婉丽是被杀的？"

"是。"

"那为什么不说？"

"那只是我的直觉，在没有任何证据的情况下，我胡乱说话只会干扰你的判断力。"

"那你为什么会有林青天杀人的直觉？"

"不知道，或许是我更了解人性的黑暗面吧。"

"哼，我只知道那些领导一时一个想法，根本不管我们查案的辛苦，方婉丽自杀疑点重重，我们还需要时间追查下去，可他们这样一来，别说查林青天了，连罗林的案子也要这么糊里糊涂地结案。"

"这样不是很好吗？"

轻描淡写的说辞，宛如一盆冷水当头泼下，浇灭了关琥心头的怒火，他忘了吸烟，惊讶地看向张燕铎。

张燕铎依然那副淡漠的表情，拿下衔在口中的香烟，说："凡事看开一点，这世上没有绝对的真相，那些你认为破获的案子，它所呈现出来的真相真的是事实吗？"

"当然！"

"不见得，这就像是热力学里设定的绝对零度值一样，你可以无限度地接近它，却永远无法到达，你所谓的真相只是找到凶手，那凶手以及他背后隐藏的秘密，你都有掌握吗？"

"也许没有，但身为警察，我的任务是抓住凶手，至于他犯罪是出于什么样的心理有什么样的隐情，那不是我需要知道的，因为不管因为任何理由，都不可以犯罪！"

关琥的个性看似随和，但他的拗劲上来了，谁都劝不了，跟他相处了这么久，张燕铎很了解他的脾气，没再坚持自己的观点。

一件事只要认准了，就绝不会再犹豫，张燕铎其实欣赏关琥这样的个性，因为这一点，他自己永远都做不到。

脚步声响起，重案组组长萧白夜匆匆走过来，张燕铎巧妙地把话岔开了，用手肘拐拐关琥。

"混蛋的亲戚来了。"

关琥正不爽着，看到上司也只当没看到，反倒是萧白夜主动走到他面前，打招呼。

"小老虎，你看起来很没有精神啊。"

"没，一想到你是混蛋的亲戚，我就精神得想揍人了。"

关琥气呼呼地质问："上头不是说给二十四小时吗？什么时候改计划了？要是他们一开始就说十二个小时的话，我们也不用查了，一天时间，神仙也查不出什么来。"

"呵，火气蛮大的嘛，"萧白夜看看张燕铎，笑道："你哥在身边，都不能让你心情好起来？"

他的心情跟张燕铎的存在有什么直接因果关系吗？

关琥气得想呛回去，萧白夜先开了口，"其实我也是临时接到通知的，那时上头已经决定召开记者招待会了，身为警察，我们只能服从——你说对吧？"

关琥闷头不说话。

"这样也挺好的，案子破了，大家也不用开夜车，可以好好休息了。"

这话听着怎么这么耳熟？

关琥的眼神在萧白夜跟张燕铎之间转了转，狐疑地说："怎么感觉你们才是兄弟？"

"这是你的错觉关琥，我可不想有这样的哥哥，"萧白夜瞥了张燕铎一眼，又笑眯眯地对关琥说：“顺便说一句，在这里，混蛋的亲戚不单单只有我。”

“什么意思？”

萧白夜在关琥身边坐下，跟他做了个借烟的手势，关琥给了他一支烟，但他没打火机，张燕铎的眼神也瞥到一边，一副完全没看到的样子，关琥只好跟他摊摊手，表示自己无能为力。

萧白夜没介意，拿着香烟，说：“这次的案件你们应该也有发觉李元丰很古怪吧？所以我随便打听了一下。”

听出萧白夜随便打听的消息有爆料，关琥立刻问：“然后呢？”

“罗林跟李元丰曾在一课做过同事，不过两人相处得不好，一年前李元丰无意中听到罗林嘲讽自己，就联合其他同事排挤罗林，导致罗林被迫申请调去了区派出所。”

“所以罗林会精神失常乃至杀人，也许跟李元丰的迫害有关？”听到这里，关琥忍不住了，将香烟掐灭，说：“难怪罗林出事后，李元丰精神恍惚，原来他是心里有鬼。”

“我没这样说哦，我只说李元丰打压，罗林调职。”

“说不定是李元丰动用关系逼罗林调职的。”

关琥说完，站起来就往重案组里跑，萧白夜叫住他，问：“你不会是想继续查这个案子吧？”

“如果我说是，你会同意吗？”

“不会，”萧白夜把头撇开了，“你要做什么，我根本不知道。”

这就是默许的意思了，关琥给他打了个道谢的手势，跑回了办公室。

萧白夜的目光转向张燕铎，扬扬手里的香烟，微笑说：“借个火。”

张燕铎表情冷淡，站起来就走，萧白夜笑问："怎么了？不会是觉得宝贝弟弟只能你一个人欺负吧？"

　　"你想知道真相是你的事，别去算计他。"

　　"我没那样想过，只是看到他，就不自觉地这么做了，这种感觉你懂的，因为我们是同类人。"

　　"我跟你不是同类人，至少我不怕见血。"

　　打火机丢给萧白夜，在他手忙脚乱地接的时候，张燕铎扬长而去，萧白夜打着火把烟点上，抽着烟在后面微笑说道："静候佳音。"


　　关琥没有机会跟李元丰询问罗林的事，因为等他回到重案组，聚会已经散场了，大家看了新闻，确定他们不需要追查罗林一案后，都下班了，办公室里只有老马一个人在整理文件。

　　"晚了一步，被那家伙溜掉了。"关琥用脚尖戳着地板说。

　　张燕铎跟在后面，问："你认为堵住他质问的话，他就会老实坦白了？"

　　"至少可以了解当时的情况。"

　　"我不认为罗林的精神反常跟李元丰的打压有直接关系。"

　　关琥奇怪地看他，眼神里充满了迫切想知道真相的色彩。

　　张燕铎展颜一笑，转身离开，"到下班时间了，我们回家吃饭吧。"

　　"等等，你先说你的怀疑。"

　　"我现在更想吃饭 。"

　　"一边走一边说。"

　　用一个小小的诱饵，张燕铎就轻易把关琥钓上了钩。

　　两人并肩走出警局大门，确定关琥不会坚持熬夜查案后，张燕铎说："我看了罗林的履历档案，稍微了解他的处事风格，作为一个老油条，他知道该怎么应对李元丰，就算他不会，真被调职而造成心理压力，这样的人要报复的对象也是李元丰，而不是一个毫不相关的人。"

"他不是报复，而是工作不顺导致精神状态出现问题，于是任何人在他眼中都是敌人。"

"相信我，他精神没有问题，一个嗜好较多的人，患精神疾病的概率要低很多，他做事都出于自主行为，他很快就要退休了，所以不会选择报复，那样的话，他不仅拿不到退休金，甚至还有牢狱之灾。"

"你的意思是罗林抢婴儿自杀是出自他自身的意志？"

"那倒不一定，他喜欢抽烟喝酒，很容易被人唆使，就比如像小魏昨天那样子。"

"可是他体内没有验出任何药物物质。"

"要控制一个人的思维，用药太低俗了。"

关琥震惊地看张燕铎，很想说低俗这个词不是这样用的吧。

看到他的反应，张燕铎扑哧笑了，用手指指自己的脑子，说了句。

"精神控制。"

"精神控制？催眠术？我说哥，你以为演电影啊，把催眠术说得这么玄乎……别走这么快，等等我……"

他大踏步跟上张燕铎的步调，张燕铎又说："其实这些都是我的猜想，是不是真的，要有待追查。"

你要真是猜想，就不会说出来了。

关琥发出不爽的哼哼声，张燕铎当没听到，微笑说："今天我去查骸骨案，也遇到了一些有趣的事，要听吗？"

"好，是什么？"

两人穿过马路，经过他们住的公寓前方，张燕铎的目光不经意地

120

扫过对面的大厦，意有所指地说："挺有趣的。"

"什么有趣？"

"每件事都很有趣。"

关琥越听越迷糊了，见张燕铎走进公寓，他只好快步跟上，叫道："到底什么事，快点说，不要卖关子。"

乘电梯的时候，张燕铎将他跟谢凌云的经历简单讲了一遍，关琥听完，揉着头发说："你们才动手查，就遇到这种情况，会不会这两个案子真的有联系？"

"你终于聪明一次了。"

"什么叫一次？我每次都很聪明的。"

到了关琥的家门前，他掏出钥匙刚要开门，房门先打开了，穿着围裙的叶菲菲站在他们面前，手里还拿着一个……小平底锅。

"你……怎么会在我家里？"关琥看看她，再看看她手里的锅，"还有，你为什么随便使用我家的东西？"

"不是随便使用啦，是有经过老板同意的。"

叶菲菲转身回去，关琥跟在她身后，追问："这是我家，你征求他同意不是很奇怪吗？还有你那个平底锅，应该不是为了防身用的吧？"

"关琥你聪明两次了，我们在做晚餐，我就顺手拿它当武器了。"

关琥情不自禁地摸摸自己的头，感到心有余悸——进自己家门还要随时防备被平底锅砸到，这人生也太悲剧了吧。

走进客厅，他看到了坐在沙发上目不转睛看电视的小魏，还有正忙着往餐桌上摆食材的谢凌云，房间里飘荡着浓郁的中药跟香辣气味，看来今晚的晚餐是火锅。

"为什么要在家里吃火锅？"关琥用手捂住脸，呻吟着跌到了沙发上。

要知道火锅味道很呛人的，他这里还算是新房子，搞得整间屋子都是麻辣味，让他还怎么睡觉？

"为了犒劳你啊，看你整天办案这么辛苦，要多吃点营养食品补一补嘛。"叶菲菲误解了他的反应，很自豪地对他说："这是我的建议，看，我很体贴吧？"

"那能不能麻烦叶小姐你再体贴一点，去隔壁张先生的家吃火锅？"

关琥冲她勉强挤出笑容，却被小魏把话抢了过去，看到火锅好了，他跑过来坐下等待开饭，随口说："有什么关系呢？反正她是你女朋友。"

"前、女、友。"

两人异口同声地反驳了小魏的话，行动太一致，话声也够高，小魏吓得缩缩脖子，做出"不关我事，我还是吃饭吧"的样子。

谢凌云在旁边忍住笑，说："你们挺有默契的。"

叶菲菲冲关琥扬扬平底锅，张燕铎及时走过来，拦住了他们的对呛，说："钥匙是我给凌云的，我们在路上看到警方的发布会，为了宽解你的心情，才决定聚餐。"

"看，老板多善解人意。"叶菲菲附和完，问："关王虎你是选择吃饭呢？还是出去喝西北风呢？"

在四比一的状况下，关琥选择了吃饭。

火锅底料是张燕铎调制的，味道就不用说了，在第一口菜吃下肚后，关琥的心情顺利转好，决定将案子的事放一放，先填饱肚子，查案等明天再说。

电视里还在循环播放警察行凶案的始末，电视台还特聘了心理学专家来解说罪犯当时的心理，叶菲菲转了几个台，都是相同的节目，小魏看得津津有味，尤其是专家解说的那部分。

关琥起先还以为小魏没从恍惚状态中走出来，但很快发现他精神很好，餐桌上有说有笑的，跟在警局时的状况大不相同。

"你好像对罗林的案子很有兴趣？"他故意问。

"我主要是看教授，他说得很有道理。"

"韩教授是小魏的崇拜对象，小魏有几本小说还是他写的序。"谢凌云说："我们今天还跟韩教授见过面，老板有跟你说吧？"

关琥看向张燕铎，张燕铎指指屏幕下方的小标题，上面写着燕通大学心理学教授韩东岳，他忍不住叫起来，"这么巧？"

"也不能说巧，韩教授专门从事犯罪心理学研究，出了很多书籍，是这方面的权威，所以电视台请他做节目其实挺正常的。"

"可是他没说到什么具体的问题。"

韩东岳对着镜头说了很多在普通人看来比较难懂的话，但他所表达的概念很简单，那就是心理压力造成的异向反弹，比如工作压力大，又刚好处于孩子结婚跟即将退休的阶段，所以导致精神崩溃，见其他人都看得津津有味，关琥用手肘拐拐张燕铎。

"连专家都说罗林有精神病的。"

张燕铎没看他，注视着电视里的对话，说："一个人的精神是否有病，只有他自己才知道。"

呵，这家伙连专家都没放在眼里啊。

"我想去拜访一下这位韩教授，小魏，你能帮我引荐一下吗？"

"韩教授很忙，不知道能不能约到，我试试看。"

小魏回答得很爽快，关琥打量着他的脸色，问："你没事了？"

"没事，今晚她们去买菜还是我帮忙拿回来的，哎哟，姐姐，你干吗踢我？"

"你是帮倒忙吧？"叶菲菲指着他对关琥说："这家伙说跟我们一起去采购，结果半路他突然跑去电话亭打电话，害我跟凌云找了好久才找到他。"

"为什么要去电话亭打电话？你手机坏了吗？"

"不是，我是打给家里的，问曲红线的事，觉得给外人听到不太方便……哎哟，姐姐，你又踢我。"

"谁是外人啊，是我还是凌云？"

小魏被叶菲菲的微笑搞得发毛，端着饭碗想躲开，抬起头，刚好跟张燕铎投来的视线对个正着，张燕铎的目光深邃，让他更觉得心虚，慌忙把眼神闪到了一边。

像是没注意到小魏的反应，张燕铎问："那你问到了什么？"

"问、问到了。"

小魏躲闪着眼神，说："我爸妈说没有姓曲的表妹，不过有个不太熟的表姐小名叫红线，她很多年前在上学时跟个有妇之夫混到了一起，跑掉了，她的父母气得不管她，这些年好像都没有联系。"

"她学名叫什么？"

"那我就不知道了，这事挺难看的，她家人都讳莫如深，我爸妈跟她家不熟，也不好多问，"小魏说完，小心翼翼地问关琥，"你觉得会是冒充我表妹的那个人吗？"

曲红线怎么看都没有三十多岁的样子，而且就算是同一人，她这样做的目的是什么？

关琥说："这事你不用管了，我回头让江开去查。"

小魏貌似松了口气，又低下头大口吃起饭来，关琥跟张燕铎对望一眼，两人都觉得小魏隐瞒了什么，不过为了不再给他施加压力，没有问下去。

饭后，两个女孩子帮张燕铎收拾餐具，关琥去阳台上打电话给江开，将小魏的话转述给他，让他抽时间跟家里打听一下，江开同意了。

关琥打完电话，回到客厅，小魏正在看电视，看到他，立刻把他叫了过去，说："你看看这家伙，他在诋毁你们呢！"

叶菲菲把水果拼盘端过来，听了小魏的话，她跑去把张燕铎跟谢凌云也叫来，大家一起凑在电视机前看。

那是林青天跟记者对话的现场直播，他面对镜头声泪俱下地讲述自己的悲剧——儿子被杀，妻子受不了压迫自杀，他悲痛万分之际，还要顾及两方长辈的心情，并忙于处理家人的身后事，可是现实还不放过他，现在警察把疑点放在他身上，怀疑他是为保险金杀人，他可以对天发誓他跟罗林毫无关系等等。

"他好像在演芭乐剧（很普通的剧情，一看开头就知道结尾）。"看到最后，谢凌云不屑地说。

"而且是演技很糟糕的那种，"叶菲菲嚼着苹果，含糊不清地说："他要真忙的话，还有时间来电视台作秀？你觉得那位心理学教授在一旁看了他这番发言，会怎么想？"

林青天参加的节目跟采访韩东岳的刚好是同一家电视台，为了提高收视率，镜头还特意间断地转到嘉宾韩东岳的身上，给他来个大特写，但韩东岳没有明显的表示，一直面带微笑，做出倾听的样子。

这是个很有心机的男人，张燕铎这样想到。

由于是插播节目，所以内容仅有几分钟，随后就是广告时间，林青天起身离座时，镜头在韩东岳那边转了一下，张燕铎看到韩东岳手握成拳，用食指指关节触了触鼻子。

看来韩东岳虽然没有做出直接的反应，但他的小动作表示了他对林青天的行为是不赞同的，张燕铎还想再看他的表情，可惜镜头移开了，在切换到广告时间时，张燕铎看到了屏幕边上一闪而过的像是笔管的红色物体。

镜头移动得太快，张燕铎不知道自己是不是看错了，假如真是吴钩的话，那只有两种解释——他很闲跑去凑热闹，或是他有目的。

假如是有目的的行为，他会做什么？

"这人太过分了，警察问话也是例行询问吧，他买高额保险，不被怀疑才叫奇怪，有必要特意跑去电视台拉同情票吗？"

叶菲菲愤愤不平地说，又将手机递给他们看，张燕铎扫了一眼，见网络新闻已经上档，还跟警方发布会并列在同一个网页上，下面有不少人留评语，都在指责警方做事官僚主义跟无能，更有甚者，开始谩骂整个警界的人员。

"为了混口饭吃嘛，都挺不容易的。"关琥自嘲地说。

"不过林青天这样做，就更证明他有问题了，"谢凌云打开自己的笔记本电脑，敲着字，说："我明天来追他这条线，我想一定有很多同行对他感兴趣，我可不能被他们抢先。"

"玩反转剧大爆料吗？凌云加油，我最喜欢看这种故事了。"

"这不是故事，是追求事件真相，所以我需要再多一些有关林青天的资料。"

谢凌云把张燕铎之前要的韩东岳的著作拿给他，问："老板，今晚我可以再留宿一下吗？把时间用在往返上，太浪费了。"

"请随意。"

得到张燕铎的答复，谢凌云道了谢，拿起电脑起身离开，叶菲菲跟在后面，热心地说："我可以提供我的想法的，凌云你可以做参考，各种意想不到的反转情节，你一定很感兴趣。"

"叶小姐你该提供的对象是小魏，凌云是写纪实报道的，不是小说。"

被关琥提醒，叶菲菲看向小魏，小魏表情有些奇怪，盯着屏幕，自语道："你们说最好的反转是不是林青天被杀？"

"这有点异想天开了吧？他杀妻子还可以说是因为外遇啊因为保险金啊，别人杀他有什么好处？"

被反问，小魏回过神，急忙笑道："我随便说说啦，你们不是在玩反转吗？所以我就提供下自己的想法哈哈……我去洗澡，你们慢慢看。"

像是怕被再追问，他说完就急急忙忙地跑走了。

看着他的背影，叶菲菲咬着苹果说："我觉得他还没有从嗑药的后遗症里脱离出来。"

也就是说小魏的状态很奇怪。

这一点关琥早就觉察到了，还重点留意了小魏的推测，他决定联络同事，让他们多注意林青天的行动，他不相信林青天会被杀，但林青天可能会做一些迷惑警方的行为，那将是抓住他马脚的好机会。


林青天出了直播现场，他找了个不想被骚扰的借口，让工作人员带他离开，对方很配合，将他送去电梯，告诉他出去的路口，又叮嘱说接下来还要请他录音，请他配合，作为答谢，电视台方面也会为他提供许多便利。

所谓便利，大概就是舆论矛头会有所调整吧！

这一点对方没明说，林青天也没多问，反正对他来说，这种炒作对他们双方都是有利的。

乘电梯的时候，林青天看了下网上的留言，本来他还有点担心自己这么快就出现在电视上，会不会被舆论抨击，事实证明他多虑了，虽然有网友留言攻击他，但指责警方的言论更多，相比之下，他只是个被同情的受害者。

不错，他不需要怕，他跟罗林一点关系都没有，方婉丽也是主动去阳台的，那些警察怀疑他又怎样？没有证据，怀疑就永远只是怀疑。

电梯在慢慢下降，清晨发生的一幕幕在林青天眼前闪过，仿佛幻灯片重播——他在客厅抽烟，看着方婉丽无视自己的存在，木然地走上阳台，想到唾手可得的新生活，他开心得不得了，但就在他以为方婉丽会跳下去时，她居然又转了回来，在客厅里来回踱步，嘟囔着许多意味不明的话。

"报应、真相、报警……"

他不知道方婉丽在说什么，就当她是疯癫呓语，他那时只想着怎么开始新生活，虽然事情的发展跟他预期的不一样，导致保险赔偿拿不到，不过那都是小钱，只要今后重复相同的计划，想要获得保险赔偿，总是有机会的。

所以在发现方婉丽打算放弃自杀后，他急了，跑去阳台上大叫儿子的名字，方婉丽被他的叫声吸引了过去，也探头往阳台外看，他趁机弯腰抱住方婉丽的双腿，直接将她掀了出去。

林青天低头看看自己的手，很神奇的经历，那一瞬间重力失控的感觉他到现在都还记得，方婉丽的呼叫声比想象中要轻，随即他听到了重物坠地的沉闷响声，手在发抖，不是害怕，而是兴奋，那一刻，他仿佛看到了绽放在眼前的美景。

他没有杀人，方婉丽早就有了跳楼的想法，他只不过在最后顺手帮了她一把而已，孩子的死也跟他无关，所以他问心无愧。

电梯到达的铃声响了起来，是二楼，刚才工作人员告诉他这里有条空中走廊直通外面，可以避开好事的记者们。

电梯门打开，林青天走了出去，走廊上很静，拐过拐角，对面有人走过来，样子有点面熟，好像刚才在录音现场见过。

为了掩饰自己的身份，林青天刻意将帽子往下压了压，两人擦肩而过时，他听到男人低声说："有人在跟踪你。"

像是自言自语的说话，却让林青天心头一惊，等他弄懂了男人的提醒，转头去看，男人已经去了拐角另一边，很快就见两个陌生人追过来，看到他还站在原地，那两人很自然地转了个身，去看窗外风景。

欲盖弥彰的行为，林青天马上明白了他们是跟踪自己的警察，可能从他出警局就跟过来了，只是他一直没发现而已。

看来他们还是不想放弃啊。

林青天发出冷笑，加快了脚步往前走，刚好对面有些工作人员抬着布景板跟道具走过来，他在经过时故意将道具箱撞翻了，导致那些人不得不停下来捡东西，布景板横在走廊当中，挡住了便衣警察的路。

林青天趁机奋力奔跑，顺着楼梯一口气冲出了电视台，又往下压低帽檐，跳上了前面一辆公交车。

公交车行驶的方向跟林青天的家相反，他坐了几站后才注意到，在心里骂了句脏话，等公交车停下来，便匆匆下了车。

这片区域有点偏僻，林青天不太熟悉，正忙着找路，手机响了起来，是跟他有地下情的女同事。

林青天有些火大，继续在心里骂着娘，接通后，不等对方开口，就压低声音骂道："我昨天不是跟你说最近不要来电话吗？我老婆刚死，警察追得紧，你是想我有事吗？"

"我有宝宝了，我心里很乱，想跟你说说话啊，我很怕，你儿子死了，你老婆也死了，会不会是被诅咒了？"

"没有，那是意外！"

"我查了你做的保单，你给你老婆投了高额意外保险，没投多久她就出事了，是不是你做的……"

"不是，都是巧合，你想多了！"

"真的不是吗？可……"

"我说不是，你动脑子想想看，意外保还不到半年，我领不到钱的！"实在忍不住了，林青天冲对面大吼道。

女人都是这么烦，当初逼他离婚是她，现在害怕的也是她，有点脑子好不好，在这时候让他去陪情人，那不是自寻死路吗？

对面不说话了，取而代之的是呜呜的哭泣声，这让林青天更觉得心烦，但考虑到眼下的状况，他只能忍住气，好言哄道："你别生气，我今天被警察审了一天，心情不太好，你体谅我一下，等风头过去了，我们就结婚。"

好话说了大半天，女人终于停止了哭泣，还反过来劝慰他，林青天随口应付着，在她答应不再主动联络后，他立刻挂了电话。

通话键按下的同时，他的脏话就飙了出来，除了女人的来电破坏了他的心情外，他还发现自己只顾着应付情人，不知不觉地走到了完全不熟悉的地方。

眼前只有一条笔直而下的青石台阶，林青天往后看看，漆黑的道路让他打消了返回的念头，沿着台阶往下走，又顺便摆弄手机，渐渐的，一个计划浮上了他的脑海。

等再婚后，他也要给情人多投几份保险，不过要等她先把孩子生下来，这次虽然他拿不到方婉丽的意外保险赔偿，但是拿到了儿子的，他并没想让儿子死，不过既然悲剧已经发生了，总要有所收获才行啊……

身后传来急促的脚步声，林青天回过神，耳边忽然响起呓语，他还没来得及听清对方说了什么，后背就被重力撞到，身体瞬间失去了平衡，他沿着石阶滚了下去。

手机在翻滚中脱手而出，笔直的阶梯瞬间便到达了尽头，后脑重重磕在了地面上，他听到了骨骼碎裂的咔嚓声，一道黑影从上面向他走来，视觉在逐渐被夺走，他看不清对方的模样，只能确定他不认识这个人。

那人冲他扬起了手，在骨骼碎裂声再一次传来的时候，他终于听懂了那句呓语。

"杀人者，人恒杀之。"


关琥没想到再次跟林青天见面是在法医解剖台上，清晨他还在为没被手机铃声吵醒感到庆幸，几个小时后，他就明白了原因——萧白夜说他们这几天一直为了查案连轴转，实在太累了，这种失足滚落事故的案子就不用特意让他们出勤，自己全权处理就好。

那时候连萧白夜都没想到滚落死亡的人会是林青天，更没想到他的致死原因并非高处滚落，而是硬物重击导致的头骨碎裂。

当看到死者血肉模糊的死状，萧白夜在现场附近吐得天昏地暗，根本没办法调查死者的身份，等警察追踪到林青天这条线上时，已经是几小时后的事了。

据跟踪林青天的两名警察提供的线索，林青天在电视台里特意将他们甩掉后，上了路过的公交车，他们调出交通监控查看，可惜路段偏僻，监控无法锁定林青天具体是在哪里下的车。

关琥站在解剖台前，默默观看已经冰冷了的尸体，不能怪萧白夜没有认出林青天，因为他的半边头骨被砸得完全凹陷下去，断裂的骨片跟血液和脑浆混在一起，让人很难想象到那原本是属于人的头颅。

舒清漉在旁边平静地做着记录，张燕铎在观察放在证物袋里的手机，两个人正常得让关琥感觉正处于不适状态中的自己才是怪胎，他按捺住难受的感觉，说："我为头儿默哀一下，他好不容易亲临现场一次，就陷入了这样的噩梦中。"

"我以为你看死尸看了这么多年，早就习惯了。"张燕铎头也不抬，摆弄着证物袋说道。

接触多不等于就能习惯，他讨厌死亡，尤其是这种残忍的杀害手法，易地而处，假如被害的是他的亲人，他就不由得不寒而栗，也更无法容忍凶手的行为。

见他不作声，张燕铎又说："杀人者，人恒杀之，林青天早该想到自己也会有这一天。"

话声平淡，却如重锤一般击打在关琥的心头，他忽然想到，张燕铎会这样说，是不是早就料定自己将来也会面对相同的结果？

他不会允许这种结果发生的，不论采取任何手段。

为了奠定自己的信念，他大声说："坏人会有法律来惩戒，不管凶手杀人是出于怎样的目的，都无法原谅！"

正在忙碌的两个人被他的嗓门吼到，同时抬头看过来，关琥发现自己的失态，急忙解释说："我的意思是身为一名警察，我会尽自己最大的努力去维护社会治安，打击罪犯，阻止凶案发生！"

"他今天受什么刺激了吗？"舒清漪问张燕铎。

"可能是这具尸体造成的。"

"那关警官，你是继续在这里慷慨陈词？还是听我的尸检报告？"

"报告这么快就出来了？"

"我口述，你记录。"

舒清漪的口气就像女王，还好关琥被张燕铎训练习惯了，迅速掏出笔记本，进入记录的状态。

舒清漪将装有凶器的证物袋放到桌上，那是一柄铁锤，普通五金店就可以买到，靠近铁锤顶端的部分沾了血浆跟骨骼碎片。

"凶器是在案发现场的道边发现的，上面没有指纹，推断是凶手杀人后随意丢弃的，锤子是旧物，很难从购买途径上追踪到凶手。死者死亡时间在昨晚七点到九点左右，他接的最后一通电话是他公司女同事打来的，时间是七点十三分，通话时间为十分钟，现在女同事应该正在你们重案组接受调查。现场勘查的结果表明，凶手先把死者推下台阶，等他失去反抗能力后再用铁锤数次重击，行凶者男女皆可，善用左手，除此之外，现场没有其他线索留下，附近的交通监控也没有相关录像，证明凶手是个谨慎小心的人，并且这是一起有预谋的杀人事件。"

"看他下手的力度跟狠毒度，好像他跟死者有不共戴天之仇，"关琥说："也许我们该从方婉丽这条线上调查，看看方家的家人中有没有左撇子。"

舒清漪看了一眼张燕铎，没说话，张燕铎低头看着手机，轻声说："关琥，我很后悔昨晚没帮你做一锅猪脑汤。"

这么说就是否定他的怀疑了，关琥无视在对面忍笑的舒清漪，好学不倦地问："那请问哥，我哪里说错了。"

"方婉丽昨天早上才坠楼身亡，两家之间有多少矛盾暂且不提，林青天是否杀妻还不明确，如果是出于复仇行为的杀人，方家父母上了岁数，方婉丽两个哥哥也都结婚成家，现在光是料理后事就够他们烦恼了，他们有精力去对付林青天吗？"

舒清滟点头表示赞同。

"杀人并不是一件简单的事，假如一个人可以简单地杀人，那他之前一定有过相同的行为。"

关琥本能地看向张燕铎。

似乎没注意到他举的例子里也包括自己，张燕铎继续说："换言之，凶手冷静残忍，这一点就排除了冲动复仇行为，他是有预谋的杀人。"

"你的意思是林青天生前结的仇？"

"快感。"

"哈？"

张燕铎瞥了关琥一眼，对他的智商表示失望，随手拿起桌上的直尺向他挥去，关琥吓得往后一跳，以免直尺甩到自己身上。

张燕铎施暴的对象并不是他，而是把直尺当铁锤握住，一下下挥到旁边的靠枕上。

"复仇时的杀人是冲动的，漫无目的的，比起杀人，他只想泄愤，但为了快感杀人，凶手重在享受，看着被害人怎样一点点地在自己的施暴下变成碎片，你有玩过多米诺骨牌吗？那种不断倒下去，看着原本完整的物体一点点变散沙的兴奋跟破坏感你有体验过吗？"

看着被打得变了形的抱枕，关琥眨眨眼，说："我想，应该不会有人把多米诺骨牌跟变态杀人联系到一起。"

"实际都一样的，快感来源于两种动力——完成它，或是毁灭它。"

关琥不知道张燕铎说得对不对，但此刻张燕铎的眼神还有他神经质的举动都让他看上去像是凶犯附身，连带着关琥自己也被影响到了，忍不住认真思索他是不是该从另一个角度来重新调查这个案子。

舒清滟双手交抱在胸前，注视着张燕铎说："听起来你好像是犯罪心理学专家。"

"我只是比较了解变态。"

看着那个即将阵亡的可怜的抱枕，关琥很想说我看你现在已经很变态了，但话到嘴边，却变成了——"听你的意思，林青天确实杀了方婉丽。"

"现在杀人者跟被杀者都死了，讨论这个还有什么意义吗？"

"当然有，也许我们可以追着这个线索往下查。"

张燕铎停止了挥舞直尺的动作，盯着关琥不动，关琥被弄愣了，问："我说了什么吗？"

张燕铎将直尺丢去一边，返身匆匆跑出去，关琥莫名其妙地跟在后面，可是才跑出两步就被舒清滟叫住了。

"记得回头赔我一个抱枕。"

抱枕殉职不是他造成的吧？

关琥张嘴想解释，还没开口就被舒清滟抢了先，"还有一柄直尺，谢谢。"

"……"

无数个想反驳的理由在关琥的脑海中掠过，但看到舒清滟微笑的面庞，他只好偃旗息鼓，做了个 OK 的手势，追着张燕铎的脚步跑出去。

真不知道是哪里出问题了，为什么看起来那位张先生比他这个现役刑警更像是刑警呢？

抱着满腹怨言，关琥跑回了重案组，张燕铎已经在那里了，站在审讯室的窗口前观望，关琥跑过去，就见老马跟蒋玎珰在里面给一个女人做笔录，女人面容姣好，不过看上去很憔悴，拿手绢抹泪时，手指发出轻颤。

这个年轻女人就是林青天的同事，也是他的地下情人凌潇。

"他儿子出事那天我就觉得他反应不对头，我打电话是想安慰他的，但他当时的状态很平静，跟我说为了避免麻烦，让我最近不要联系他，第二天他老婆就死了，我开始害怕，心想是不是诅咒，所以晚上终于忍不住又联络了他，听他的语气，我确定他老婆的死跟他有关……"

"他亲口这样说的吗？"

"没有，他一直在否认，是直觉告诉我的，昨晚我一晚上都没睡好，没想到今天就听说他出了事，我本来以为是他杀的他老婆，现在想想，应该还是诅咒，不是不是我诅咒的啊，我虽然好几次逼他离婚，但我不敢杀人的呜呜……"

凌潇的情绪很乱，说话颠三倒四，不过这很正常，普通人在被请到警察局询问案情时，很多都会有这样的表现。

关琥观察着她的反应，觉得她虽然恐惧有余，却不心虚慌张，凭借多年办案的经验，他判断凌潇跟方婉丽还有林青天的死没有关系。

"关琥，关琥，有新情况，快来！"

那边江开在叫他，关琥看看张燕铎，张燕铎还目不转睛地注视着审讯室里的状况，他不知道张燕铎联想到了什么，听江开叫得急，只好先过去。

"什么事？"

"昨天那个神秘人又来电话了，这次我有录下来。"

江开打开专用的电话录音器，就听里面传来急切愤怒的叫声，"我说过林青天可能有危险，为什么你们不注意他？你们警察是怎么做事的？有人死了啊……"

"先生请你冷静一下，请问你跟这起案件有什么关联？如果你了解内情，我们希望你能配合……"

"我什么都不知道！我是直觉感到他会出事！"

"那接下来你能提供其他直觉感应到的事情吗？会不会还有人受伤害？"

接电话的警察在特意拉长对话的时间，对方像是觉察到了，慌慌张张地说："有的，应该是……让我想想……下一个会是谁……是……"

通话就此中断了，江开指着对面的电脑屏幕，说："通话刚好一分钟断掉，这个人挺有经验的，不过他低估我们的技术了，我们查到电话来自这个区域，报案人用的是公用电话，还加了变声器，看来是有预谋的警告行为。"

"这不就是我们这个区？"

看着屏幕上的地区坐标，关琥失声叫出来，再看红点特别标出的电话亭，离他们警局还不到五百米，通话时间显示是十分钟前，也就是说打电话的人现在可能还在附近逡巡。

"有派人去查吗？"他马上问道。

"第一时间就去查了，但没有发现。"江开苦着脸说："虽说电话亭离这里不远，但这附近都是商业大楼跟公寓，那人打完电话后，可以随便拐进哪栋楼里，根本无从找起。"

"奇怪，昨天他没加变声器，为什么今天要加？"

"会不会是特意买的？"

"这种东西最好是可以马上买到了。"关琥没好气地白了搭档一眼。

所以合理的解释是——报案人应该原本就有变声器，正常人手头上不会有这种东西，当然，也不能因此就说报案人有问题。

关琥又重新听了一遍通话记录，发现那人很急躁，还带了愤怒的情绪，像是在痛恨警察的无能，但被询问时，他又显得非常慌乱，他甚至不确定接下来是否还有凶案，需要想一想，这表现也很奇怪——需要想的话，那就证明他其实是不确定案件走向的，但他又抓到了一些警察还没有发现的线索……

通话记录开始重复第三遍，是张燕铎打开重听的，见他神情郑重，关琥等他听完，马上问："有什么想法？"

张燕铎还没说话，审讯室的门打开，老马带着凌潇走了出来，她眼睛都哭肿了，离开时还很担心地不断问老马。

"林青天做的事我真的不知道，你们会相信我的吧？"

她这些话已经反复说过多遍了，老马跟蒋玎珰都有些听烦了，急忙一起点头，表示会相信，她马上又问："那我会不会被起诉啊？他以前也说过杀人的话，我只是当笑话听，这算不算知情不报？"

"这要看实际情况，不过整件案子你没有参与的话，是不需要担心的。"

"可是……"

张燕铎走过去，打断了他们的对话，对凌潇冷冷地说："你应该庆幸林青天的死亡，否则下一个死的就是你。"

出人意料的发言，凌潇愣住了，看到其他人也僵在那里，关琥急忙过去想把张燕铎拉开。

"喂，这里是警察局，不是我们家……"说话要慎重啊！

关琥的话还没说完，就被推开了，张燕铎盯着凌潇，继续说："杀人会成习惯的，他杀了第一次，就会有第二次，为了寻求刺激，也为了钱——你自己应该也有所觉察了吧，所以你才会担心得一夜未眠。"

凌潇的脸色惨白，紧咬着下唇好久，突然哇的一声哭起来，用手绢捂着嘴，哭道："我以为他是爱我的，为了我杀人。"

"人是会变的，当他发现巨款可以唾手可得时，爱情就不是他的第一目标了。"

凌潇哭得更厉害，蒋玎珰不得不再次把她扶进审讯室里安慰，看着她的背影，老马说："看来我们可以问到更多的证词了。"

"问证词的手段不是这样玩的，"关琥很不赞同地看张燕铎，"我们并没有任何确凿的证据证明方婉丽就是被林青天杀的。"

"你该说——你们找不到可以说服法官给林青天定罪的证据，但他杀人的事实毋庸置疑。"

张燕铎说完，转身大踏步走出去，关琥不知道他又在搞什么，看看办公室里还处于震惊状态的同事们，他做了个抱歉的手势，也跑了出去。

冲到门口，他又临时转回来，对江开交代，"记得问你家人有关曲红线的事……啊对，还有找人保护凌潇。"

"知道了，您还是快去配合你大哥吧。"

张燕铎不是他大哥，他没有这么自以为是的哥哥。

吐槽归吐槽，关琥还是快步追上了张燕铎，问："你这么肯定林青天是凶手？"

"而且我敢肯定这场杀戮还没结束，下一个目标也许是凌潇。"

关琥脚步一顿，发现他没跟上来，张燕铎也停了下来，转头问：

"怎么了？"

"没什么。"

他只是发现自己推测的方式越来越接近张燕铎了，为了证明自己没那么变态，关琥揣摩着问："接下来你应该不会是要去找李元丰吧？"

"你都已经想到了，还需要再问我吗？"

说这句话时，张燕铎还附赠了一个完美的微笑，关琥却是一抖——他们果然想到一起去了，现在所有当事人一个接着一个死亡，他们不该被动地追在凶手后面跑，而是返回起点，从罗林身上找线索。

"不是，我就是……呵呵……我觉得吧，我一个正常人，在思维还有判断方面不应该总跟你一致的频率。"

后半句话是在嘴里嘟囔的，为了可以每天顺利吃到美食，关琥决定今后他要酌情让着张燕铎。

# 第六章

　　李元丰从警局的另一栋大楼走出来，手里拿了一叠资料，一上午的调查除了浪费时间外，没有找到任何有利的线索，他有点沮丧，出来后直奔停车场，准备再出去跑案子，谁知踏进停车场，远远就看到迎面走来的两个人。

　　两个他很讨厌的人。

　　"李大公子，你这是要去哪里？"关琥双手交抱在胸前，笑嘻嘻地问。

　　注意到张燕铎的目光落在文件上，李元丰立刻把文件转去另一只手上，支吾说："去吃午饭。"

　　"凶案一桩接一桩，亏你吃得下啊。"

　　李元丰怒视关琥，觉得他比罗林讨厌多了，如果说真要逼走哪一个，他绝对首选关琥。

　　手中一空，等李元丰注意到自己拿的资料被张燕铎抢了过去，已经晚了，他急得冲上前想抢回来，被关琥硬是插到了中间，笑道："我记得吧，组长是要你跟我搭档的？你这样总是自由行动，是不是有点不太好？"

"滚，老子想跟谁搭档就跟谁搭，关你什么事？"

"呵，说话这么冲，难怪不管去哪里，都没人愿意跟你搭档了，罗林也是这样被你逼走的吧？"

"没那回事，你别胡说！"

张燕铎伸手打断了两人的争吵，看着那些资料，他问李元丰，"罗林的案子昨晚已经宣告结束了，为什么你还要特意去心理医生那里查他的情报？"

"我是自己去看医生，顺便问问案情而已。"

"怎么你的心理也有问题吗？"

关琥的话在李元丰听来活脱脱就是要吵架的架势，偏偏他还一脸无辜的表情，李元丰气不打一处来，没好气地说："难道你们没有接到通知吗？今后我们所有警员每个月都至少去一次心理科。"

仿佛没听到他的解释，张燕铎自顾自地往下说："我们调查过罗林调去派出所之前的履历，他在总部做事时曾跟你搭档过，却因为你处处针对他，导致他不得不调去区派出所。"

"你们居然敢偷偷查我……"

"所以他出事后你变得心慌意乱，假如他作案是心理有问题，而心理问题又是因为职场关系导致的，那曾经打压过他的你要负大半的责任，即使警方内部不给予你处分，你心里也有鬼——因为你的一时气盛，导致蝴蝶效应的产生，除非你一点道德都没有，否则多少都会在意一些。"

"不是这样的……"

"所以你才会积极参加罗林的案子，希望他的死因还有之后几名死者的死与他无关，虽然你的做法出于私心，不过这条线你查对了，方婉丽还有林青天的死与罗林一案没有直接关联，但你还是在意罗林的案子，才会无视上头的命令，继续暗中调查。"

听到这里，关琥点点头，"没想到'太子爷'还是有点良知的。"

真相被一点点剖析出来，李元丰索性破罐子破摔，站在那里听他们兄弟俩对话，谁知接下来张燕铎的话是——"他有没有良知我不知道，我跟他不熟。"

"我懂，你跟变态比较熟。"

"关王虎，你在说自己吗？"

"喂，"听不下去了，李元丰忍不住插话进来，"我好歹也是警界世家出身，作为警察最基本的良知还是有的。"

他的辩解被无视了，张燕铎又说："李元丰是怎样的人不重要，但罗林会调去区派出所的事多半跟他无关。"

"欸？"另外两个人同时叫起来，相比之下，李元丰的声音更高一些。

面对他们的反应，张燕铎微微一笑，"想知道为什么吗？"

两人同时点头。

"我饿了，比起在冷风中聊天，我现在比较想先填饱肚子，"看着李元丰，张燕铎说："你不介意请我们吃饭吧？"

李元丰一脸便秘的表情，然后二话不说，闷头朝前走去，看着张燕铎笑吟吟地跟在后面，关琥有种感觉，他的狐狸哥哥又找到新的戏弄目标了。

死道友不死贫道，阿门。


不出关琥所料，李元丰为了避人耳目，没去警局的职员食堂，而是选了附近商业大楼里的一家很讲究的西餐厅，既然对方请客，关琥就没跟他客气，点了好几道平时不舍得点的高档餐点。

"现在你可以说了。"等餐的时候，李元丰对张燕铎说。

"你是左撇子？"看着李元丰调整刀叉的位置，张燕铎反问。

"我是不是左撇子跟罗林杀人有关吗？"

张燕铎没有回答这个问题，而是开始讲述自己的推测。

"罗林调职与你无关，是因为他在警局混了几十年，工作无功无过，是个老油条，就算他一开始不小心得罪了你，被你打压，最多跟你道个歉，找机会多讨好一下你就行了，你们是搭档，这种机会多得是，不至于被逼到不得不离开的程度。"

"还以为你们多有本事呢，看来这顿西餐我白请了，"听了张燕铎的话，李元丰的脸上露出鄙夷之色，"你说错了，他根本就没有来讨好我。"

期待同事都讨好他？这人到底是有多幼稚啊。

关琥很想吐槽，但想到李元丰调进重案组后的种种遭遇，又觉得他挺可怜的，说："是不是你没有注意到人家来讨好你？你这个人看起来智商平平，判断事物的水准多少会有落差的。"

"呵呵，敢情我掏钱请你们吃饭，还要接受你们的嘲讽？"

"我只是根据资料做出结论——罗林不会跟你对着干，这对他一点好处都没有，假如他没有向你示好，那一定是当时有其他的事情盖过了你的打压，让他没有精力理会你。"

"事实上当时他根本视我为无物，有什么事是比工作更重要的？"

"生命。当一个人的生命受到威胁，其他一切都变得不重要了。"

"想多了，我还不至于为这么点小事找人威胁他。"

"我知道，假如你真有那个本事，重案组这些人早就被调走了。罗林的事恐怕你根本没有跟家人提过，你能做的最多是联合职场同事打压他，逼他服输而已，谁知罗林会请调去派出所，当时你应该害怕了，担心自己的行为会给家族拖后腿。"

李元丰不说话，不过悻悻的表情证明了张燕铎都说中了。

说到正事，关琥收起了嬉皮笑脸，吃完饭，他将餐盘推开，说："既然罗林不是在意你的打压，那最大的可能是他在工作中遇到了麻烦，我们调查了去年你跟罗林搭档时处理的案子，最后一件是弃尸案，当时他的状况有什么不同吗？"

李元丰惊讶地看他们，"你们连这个都查到了？"

"只是翻了下档案而已，具体情况还是想跟你本人了解，"张燕铎笑眯眯地说："你也很想早日弄清事情真相对吧？"

李元丰成功地被他说服了，想了想，开始讲述去年他跟罗林搭档的经历。

其实他和罗林最初合作得还不错，要说嫌隙，主要是出于罗林一次酒后的嘲弄，罗林有点倚老卖老，而他则年少气盛，索性孤立罗林，没多久，罗林就精神恍惚，连着做错了好几件事，后来就以很快的速度请调离开，把他搞了个措手不及。

"拉帮结派玩孤立，你中学生啊。"听到这里，关琥忍不住呛他。

"我也就是想挫挫他的气焰，他背后说我坏话是他的问题吧？他不仅不道歉，还在搭档做事时放我鸽子，不打招呼就离开，要不就请假，把所有事情都推给我做，你们说我对付他也很正常吧？"

李元丰说完，很期待得到对方的肯定，但张燕铎根本没理会这点，问："他是在哪件案子里出现上述状况的？"

"就你们刚才提到的弃尸案，这样说来，在那件案子之前他还算正常，后来就像突然变了一个人，他居然敢无视我欸，你懂不懂被无视的那种感觉？"

关琥看看张燕铎，点点头，"再懂不过了，不过这种事习惯就好。"

"能把案子的具体情况说一下吗？"

"案子本身没什么特别的，特别的是发现尸体的场所。"

某栋老公寓在拆迁中，施工人员发现了公寓后的尸骨，公寓后面也是一栋陈旧的楼房，尸骨就夹在两栋楼房之间仅有三十多厘米的水泥墙缝隙里，直到要拆迁时才被发现。

由于时间久远，尸体早就化成了白骨，李元丰当时就在现场，他记得白骨呈头朝下的扭曲形状，骨骼上有一些不会马上致命的裂纹，后来看鉴证资料才知道死者是女性，鉴证人员说她在坠楼后没有马上死亡，而是经历了一段痛苦的挣扎过程，过程可能是几小时，也可能是一两天。

至于这是凶杀案还是事故，至今也没得出结论，当时他们分成几组分别追这个案子，却毫无进展，两栋公寓住户里没有失踪的人口，后来搜查范围扩展到附近几个区域，甚至调出了近年来的失踪者档案，但都一无所获，就这样，这件案子成了悬案。

听着李元丰的讲述，关琥渐渐想起来了，当时他在负责某个跨国毒品案，那段时间他一直在几个国家之间来回跑，等他忙完，这个案子也告一段落了，所以前因后果他都不是太清楚。

"除了场所外，还有其他离奇的地方吗？"张燕铎问。

"没有，要是硬要说有，那就是罗林对我态度很差，搭档需要做的事他不执行，还当着其他人的面跟我对呛，所以是他先挑衅我的，不能怪……"

听到话题又要回到原点，张燕铎抬手止住了，再问："你好好想想，罗林态度的转折点在哪里？"

"从他喝了酒后骂我开始，后来看到女尸，他的态度就更恶劣，那天在现场，他直接说身体不舒服就离开了。"

"他是进公寓后就是这样的态度？还是看到女尸后离开的？"

"嗯……是看到女尸后……那件案子是有点诡异，但作为老警察，他的反应也太过激了，所以当时我就认为他是故意在跟我作对。"

"你再想一下，女尸跟现场还有什么与众不同的地方？"

"没有了……啊对了，有一个地方比较奇特，在尸体的手骨附近我们发现了一条带银饰的细绳，应该是手链，绳子不知什么原因断掉了，落在尸体下方的地上。"

张燕铎的声音变得锐利起来，"手链有什么具体特征？"

"就普通的绳子编的，要不是上面缀了银饰，可能会被当成是垃圾忽略掉，可能是一直放在阴暗的地方，绳子还没有完全掉色，是那种暗红色调的……"

关琥心里一凛，他终于明白张燕铎反应强烈的原因了，急忙拿出手机，调出里面的照片给李元丰看。

"跟这个像不像？"

那是他在法医室拍的照片，其中一张是放大的金盒跟红线手链，李元丰看到手链，眼睛立刻瞪大了，连连点头。

"很像，连银饰形状都像，不过这个颜色深了一些……你是从哪儿弄来的照片？"

关琥没回答，而是对张燕铎说："好奇怪，为什么我们查那件案子时，没看到手链？"

张燕铎不说话，低头沉吟了几秒，突然站起来，匆匆向外走去，关琥立刻跟上，李元丰跟不上他们行动的节奏，有心要去追，看看桌上放着的账单，只好放弃，拿起账单先跑去付账。

等他付了钱出来，又一溜小跑地追到警局的停车场，张燕铎跟关琥已经上了车，为了不被落下，他直接扑到了车上，问："你们去哪里？"

"你的速度再快一点，我们就该去医院了。"

关琥及时把车门打开，李元丰前脚刚上车，张燕铎就启动油门把车开了出去，他在后面慌忙系着安全带，边问："你们是不是抓到什么线索了？"

"嗯，到了你就知道了。"

其实关琥自己也是一头雾水，不过他不会在李元丰面前泄底，免得回头被嘲笑，反正跟着张燕铎走就没错。

张燕铎去的地方是罗林犯案的那条路，关琥还以为他要重新勘查现场，但他却把车停在了附近，下了车，边走边打量四周，关琥很快就明白了他在留意交通监控，在周围逡巡了一会儿，突然加快脚步，向不远处的咖啡屋走去。

关琥记得那个咖啡屋，那天血案发生后，他们还去咖啡屋做过调查，张燕铎会再次来这里，看来他是发现了当初被忽略的线索。

三人进了咖啡屋，跟店主说明来意，店主很配合地将那天的录像调出来给他们看，却不是室内的部分，而是咖啡屋停车场门口的监控探头，由于探头很小，上次被他们忽略过去了。

"这里面会有线索？"看着张燕铎不断按着快进键，李元丰忍不住问。

"碰运气。"

他们运气很好，在案发的前五分钟，镜头里出现了罗林的身影，他像是在等人，在停车场附近来回逡巡，没多久，有人向他靠近，但那人打着伞，无法看到她的长相，只能判断那是个中等个头的女人。

女人穿着长至膝盖的风衣，下面是灰色长裙，她打着蕾丝花边的太阳伞，跟罗林有短暂的接触，但很快就离开了，罗林在原地打了个转，也向前走去，跟刚才相比，他的脚步有些蹒跚，摇摇晃晃的，像是喝醉了酒。

张燕铎立刻倒转录像带，从女人接近罗林的地方重新看，但那个太阳伞太碍事，再加上角度的关系，几乎将女人的上半身都遮住了，根本抓不到明显的特征，他们甚至无法确定这两个人是否有说过话。

"罗林好像是在跟她接触后，行为就变得异常了。"在连续看了三遍录像后，李元丰说。

"她会施法术吗？可以控制一个人的行为？"

关琥这句本来是吐槽，没想到张燕铎竟然表示赞同，"很有可能，别忘了小魏就刚刚遭遇到类似的事件。"

"可是小魏是被下药的，罗林又没有。"

"你怎么确定没有？"

"因为尸检没有提到啊，而且这么短的时间，难道用喷雾剂之类的药？如果女人这样做，会马上被发觉的。"

"也许不用那么麻烦。"

张燕铎按下暂停键，录像定在某个画面上，关琥跟李元丰同时凑到近前，就见女人抬起手臂，张燕铎指指她的手腕，上面好像戴了什么，但模糊不清。

"这个……是手表还是手链？"

"不会是一年前白骨案里出现的手链吧？"

"这需要小柯的帮助。"

张燕铎让关琥把这段视频跟老板要下来，开车回警局，路上，李元丰忍不住问："谁能告诉我这是怎么回事？你们怎么知道录像里的女人也戴了同样的红绳手链？她跟罗林的死有什么关系？"

这些问题关琥一个都回答不上来，他唯一敢肯定的是张燕铎只是猜测女人戴的是红绳，至少这段录像证明了罗林杀人不是单纯的心理疾病。

"我有种预感，你的猜想是正确的，"他对张燕铎说："罗林的案子跟两起骸骨案都有关联。"

张燕铎开着车不说话，关琥继续照着自己的思维往下说："现在我们来重组一下案情——罗林杀了人，他死了；林青天杀了方婉丽，他也死了，假使杀人者都要受到惩罚，那方婉丽呢？"

"所以方婉丽跟整件事一定有关系。"张燕铎说："回去后你重点调查方婉丽的履历，包括十年前的，李元丰，你把去年跟罗林搭档处理的那件案子的资料调出来，越详细越好。"

不知道李元丰有没有发现，至少关琥感觉到眼前这位先生不像是酒吧老板，而是重案组组长。

糟糕，这种怪异的上下级关系是从什么时候开始的？


三人回到重案组办公室，蒋玎珰刚好跑进来，看到他们，举起手里的资料，说："小柯把租屋骸骨的相貌还原图做出来了，你们……"

话没说完，李元丰跟关琥已跑了出去，张燕铎则走到电脑前，重新调取罗林一案时的交通监控。

被所有人视为无物，蒋玎珰有些困惑，晃晃手里的资料，不知道该怎么才好。

"给我吧。"

江开用腿撑住椅子，滑到蒋玎珰身边，拿过还原的相貌图，再跟屋主陈靖英的相片对照着看，说："看来很可能是同一人。"

"百分之八十相似，小柯也说同一个人的可能性很大，问题是他怎么会死在自己家里，十多年都没人发现。"

"你知不知道这个城市里每天都有人失踪，其中死亡的比率占了一半，只能说都市繁华又冷漠，走失的、自杀的、遭遇意外死亡的这些人，如果家人不报警，根本没人会注意到他们的失踪……"

张燕铎把行凶路段附近的交通监控看了一遍，没有找到打太阳伞的女人，那女人在跟罗林接触过后，就消失了，就像曲红线消失的时候一样。

两个案子的相同点越来越多，如果说它们彼此没有联系，他绝对不信。

听到江开跟蒋玎珰的对话，张燕铎心里一动，问："你跟家人询问曲红线的事了吗？"

"问了，她学名叫曲恬，十年前她在大学跟有妇之夫混到一起，被她父母赶了出去，后来就再没联系过，我父母只打听到这些，我查了曲恬的户口记录，这十年中她没有更换过身份证，也没有就职记录，不知道是改名换姓了，还是遭遇了不测。"

"她的学校是燕通大学吗？"

出了好几条跟燕通大学有关的线索，要说曲恬也是燕通大学的学生，张燕铎也不觉得奇怪。

谁知江开摇摇头，"不是，是一家歌舞学院，听说曲恬长得很漂亮，舞也跳得很棒，业余时间在酒吧唱歌赚钱，据说她跟有妇之夫就是在酒吧认识的……哈哈，后面这些都是八卦了，你想知道更准确的消息，要给我时间慢慢查。"

"又是燕通大学，这所大学是被诅咒了吗？"

关琥跑进来，听了一半对话，不可思议地皱起眉，将刚找到的资料放到张燕铎面前。

小柯将咖啡屋录像里的女人镜头放大，经过特殊技术处理后，可以清楚看到她腕上的链子，圆形结扣刚好在手腕的外侧，关琥又将金盒里的手链照片放在旁边对比，除了颜色无法辨认外，两个物体的相似度很高。

"我还发现了一个很神奇的巧合。"

关琥把两份资料推开，露出下面方婉丽的履历，他指指方婉丽的学历，说："你看，又是燕通。"

这是个张燕铎早就猜到的答案，所以他没有过度反应，说："你查案的速度变快了。"

"因为我查到方婉丽曾在十年前因为某个案件为警方提供过证词，把那个案子提出来后，所有关于她的资料就都事无巨细的记录在案了。"

关琥将电脑屏幕拨到自己这边，手指弹动键盘输入密码，调出了与方婉丽有关的案件资料，让张燕铎看。

说是与方婉丽有关，其实她在整个案件中只充当了一个提供口供的角色，由于案件本身过于轰动，反倒没人注意到她的存在了。

那是十年前的旧案，当时内部都称它作判官疑案。

某个疑似有精神疾病的男人在被警察临检时，跟警察发生冲突，并抢下警枪逃匿，在逃亡过程中，男人窜入某个郊区民宅，杀了那家的男主人，又在强暴女主人后吞枪自杀。

但，这一切才刚刚拉开死亡的序幕。

没多久，警方在查找证据的过程中，发现女主人跟有精神病的男人是认识的，便开始怀疑他们有亲密关系，但就在警察追查是否是女主人枪杀疑犯的时候，女主人中毒身亡，于是本来的突发杀人事件变成了谋杀案，警方只好把搜查重点转为投毒案上。

接下来神奇的事情发生了，有人向警方报案说，正在某悬疑杂志上连载的小说跟案件很相似，请他们关注，就是这条线索将警方的注意力都引到了作者身上。

当时负责此案的是一个小组，组长范喜生，罗林是组员之一，大家读完作者的连载，由于小说跟实际案例极度相似，便一致怀疑所有凶案都是作者在幕后操纵的。

后来下毒的凶手被证实是死者表哥的情人，那个表哥是个花花公子，很需要用钱，所以在家产问题上起了纠纷，就在警方开始调查时，表哥跟情人在逃亡途中因为车速过快出车祸身亡。

而情人的丈夫正是那位写悬疑推理小说的作者。

至此，整个案子开始向着奇怪的地方发展了，专案小组里分成了两派，一派认为案件都是作者操纵的，另一派则认为假如作者是凶手，他不可能预先知道案子走向，将每一件血案都算计到位，甚至提前写出小说，是有人在利用小说的情节，模拟案件。

就在两派争执不休的时候，更诡异的事情发生了，专案组某位成员在处理帮派械斗中死亡，没多久另一位说查到线索的成员也在回警局的路上遭遇车祸过世，他提到的线索也因此中断了，这两次事件搅得组里人心惶惶，开始对查案做出不积极的态度，罗林就是其中一个，他首先提出退出专案小组。

之后又有人陆续退出，最后只剩下范喜生还坚持追查，后来没多久不幸再次降临，他在跟妻子争吵中被推搡滚下楼梯，后颅骨受创严重，宣告不治。

乍看去，这些人的死亡都跟本案毫无关联，但无形中又有种诡异的联系，像是一股红线将诅咒串联到了他们身上，在一连出了这么多意外后，案件就再无人问津，再加上凶手都已死亡，警方便正式宣告结案，当时这个案子在警局内部曾一度成为禁忌的话题，似乎连提一提就免不了惹祸上身。

因为那篇悬疑小说的名字叫判官，所以这起案子也有个别名叫判官疑案。

关琥带来的旧案把组里成员的兴趣都吸引了过来，大家凑在一起看完后，关琥指着作者的名字说："看到了吗？这部书的作者就是大名鼎鼎的心理学家韩东岳。"

谢凌云曾说过韩东岳因跟妻子感情不和而离婚，结合判官案，关琥弄明白了，什么感情不和？根本是韩东岳的妻子有了外遇，还跟情人联手下毒谋财害命啊。

"既然他是心理学权威了，那他怂恿当事人杀人也是有可能的。"蒋玎珰推测道。

李元丰也拿到资料回来了，大家的谈话他听了一半，问："那方婉丽在判官这件案子里又是什么角色？"

"当年专案小组的组员怀疑一系列的凶案是韩东岳自导自演的，所以在几次凶案发生时，曾去查过他的不在场证明，方婉丽为他做过时间证人，不过大家都在同一所大学，韩东岳又给方婉丽上过课，所以方婉丽的证词真实与否比较微妙。"

听着老马的话，关琥一拍手掌。

问题就出在这里，他终于弄懂了在路上一直困扰他的问题。

这一系列的案例跟十年前的极度相似，那就是有罪者都将受到惩罚，正如罗林死亡前的呓语，张燕铎没听错，罗林说的正是——判官。

这或许就是方婉丽在自杀前犹豫的原因。

十年前的那件案子里，方婉丽跟罗林一定有过接触，但这么多年

154

过去了，判官一案早消失在方婉丽的记忆里，在儿子惨遭毒手后，方婉丽更不可能去联想到那件事，但是之后电视不断播放有关罗林这个人的简历跟生平，她在自杀前突然想起来的可能性很大，所以她才暂时放弃自杀，不是她恐惧死亡，而是想在死之前将自己知道的都曝光出来。

但是林青天没有给她这个机会。

可是为什么十年前停止的命运齿轮又启动起来了？让它启动的转折点究竟是什么？

旧案的信息量太大，大家都陷入了沉思中，办公室寂静下来，最后还是李元丰先开了口，将自己找到的资料放到桌上，说："一年前女尸骸骨案的资料我都拿来了，但我没找到物证手链。"

大家的目光看向他，李元丰又说："就是落在骸骨下方的那条褪色的银扣链子，我找遍了物证室，都没找到，电脑的记录里也没有。"

"又出怪事了吗？"

电脑里没记录这一点关琥相信，因为他跟张燕铎去找李元丰之前有查过罗林负责的案子，也没发现有关手链的情报，但物证室里也没有，那就奇怪了，那只有两个原因———一，闹鬼；二，有人拿走了。

"什么链子啊？你们说的女尸骸骨又是怎么回事？"

蒋玎珰好奇地发问，见大家都不回答，她把李元丰拉到一边，说："你来解释。"

"我……我也不清楚。"

李元丰不想提罗林的事，支吾搪塞，蒋玎珰便去拜托老马调查，看着他们在一旁忙碌，关琥对张燕铎说："会不会是罗林拿走了？"

"这是唯一的可能。"

张燕铎不相信鬼神之说，所以他首先怀疑的就是在红绳手链出现后反应异常的人。

罗林曾负责过判官一案，同时负责的同事很多人都死于非命，他出于害怕的心理，很有可能将物证拿出来销毁，这也就是解释了为什么面对李元丰的打压，罗林的反应不大——因为红线手链让他陷入恐慌，生怕跟同事一样暴死，便毁掉红线，又主动请调离开，自欺欺人地认为这样做就没有事了。

这一点可以说通，但让他奇怪的是，在当年的判官案中，没有任何细节提到红绳手链，甚至没有受害人戴有类似的红绳，那罗林是怎么把女尸跟十年前的案子联系起来的？

"韩东岳妻子出车祸的车有没有被人动过手脚？"他问道。

"我就知道你会这样问，所以都提前做了调查。"

关琥将事故调查表取出来给张燕铎看。

资料里将车祸原因写得很清楚，车辆没问题，反而是由于警方的失职造成了事故的发生——在被警车追赶时，韩东岳的妻子跟她的情人超速驾驶，导致车辆翻滚到山下，也正是这一点让警方的立场变得微妙，而韩东岳在媒体记者的炒作中一跃成了众所周知的新闻人物，连带着他编写的心理学著作也都销售一空。

关琥忍不住想，真不知道对韩东岳来说，这算是不幸还是幸运。

不过站在公正的立场上，他说："判官案中的所有死亡事件都与韩东岳无关，至少没有明确的人证跟物证证明他参与此案，相反的，他是在案中唯一得到好处的人，除了妻子死亡这一打击外，他名利双收。"

江开说："我很好奇判官这个故事最后怎样了。"

"据说没写完，因为当时事件闹得沸沸扬扬，杂志社被迫撤下了这篇稿子，后来还有不少粉丝上网抗议，但作者本人说妻子的过世对他的打击太大，他写不下去了，故事就这样不了了之了。"

也许不是不了了之，而是暂停搁笔，等待后续而已。

看着眼前一摞资料，张燕铎很想知道那段系列奇案跟这次案子的连接点在哪里，曲红线究竟是谁，她在案子中又扮演了什么样的角色。

"租屋骸骨的相貌复原图出来了，应该是房东陈靖英，我怀疑他当时也在调查判官案，这可能就是他的致死原因。"

可以连接上的线索越来越多，关琥却没因此感到高兴，反而千头万绪，不知道该从何查起，他有种感觉，整个案子中，仿佛冥冥中真有一名判官，手拿朱砂笔，将作恶的人一个个勾掉。

却不知最后划掉的又将是谁？

"也许我们该去会会那位神秘的教授先生。"张燕铎沉吟着说。

"是啊，不过要先跟上头打招呼。"

关琥的话引来大家奇怪的目光，众人一个表情，像是在说他这次怎么这么守规矩了。

面对大家的审视，关琥挠挠头，"有头儿的批准，将来出事，才有人背黑锅，你们说是吧哈哈。"

没多久，那位所谓可以背黑锅的上司就回来了。

听了大家的汇报，萧白夜批准了他们继续调查，并将一年前的女尸案也提出来重新调查，他让李元丰跟蒋玎珰负责复原女尸的相貌，老马跟江开去联络当年参与判官案的组员。

任务接到后，关琥总觉得心里有疙瘩，感觉有些线索很重要，但一时又想不起来是什么，临走时问江开那个神秘人是否有再打示警电话来，江开说没有，让他不用担心，萧白夜已经派人二十四小时跟踪凌潇，会确保她的安全。

"你好像心事重重的？"在去燕通大学的路上，张燕铎问关琥。

关琥给他的回复是再次换了个坐姿，十分钟内他已经换了好几个姿势了，但总觉得坐得不舒服，难怪张燕铎会注意到他有心事。

"我只是在想，大阴天的为什么你还要在开车时戴墨镜。"

张燕铎把墨镜摘下，换成了无框扁形的眼镜，但关琥的毛病还是没纠正过来，依旧在座位上烙饼。

"看来不是墨镜的问题。"张燕铎冷静地说。

"嗯，不是，那就是……小魏！"

终于想到他一直在意的是什么问题了，关琥一秒坐正身体，掏出手机准备打给小魏，却发现屏幕上一大排未接来电跟留言。

"又是姑奶奶的，她找我准没好事。"

关琥边说着边打给叶菲菲，却一直无法接通，他看了留言才知道叶菲菲是中午的航班飞行，她要上飞机，临走时联络不到关琥，就请谢凌云多注意小魏，因为她离开时发现小魏的状况又有点反常。

看看留言时间，已经是几小时前了，那段时间他们正忙着搜集资料跟开会，没有注意到，关琥转打给小魏，听到的是电源切断的提示，谢凌云那边倒是马上接通了，告诉他自己现在就在他们的公寓，但是找不到小魏，电话也联络不上。

"你今天不忙？"

"不忙，因为采访工作都被人顶了。"

谢凌云语气轻松，完全没有被架空后的郁闷感，而是担心地说："所以我决定还是集中精力找小魏好了，他上午给我打过一通电话，没头没尾的，我真担心他再被人下药。"

"他说了什么？"

"说不关他的事，他不知道该怎么办，这只是巧合，我问他出了什么事，他不回答，而是说他会阻止悲剧的发生。"

"是几点给你的电话？"

"十一点的时候吧，后来他就挂断了，我再打就打不通了。"

听到这里，关琥跟张燕铎对望一眼，他们同时想到了一个情况。

张燕铎说："江开也是那个时间接到匿名报警的，打电话的可能是同一人。"

"一定是同一人，所以小魏为了不让江开或是我们听出他的声音，才特意用了变声器，他平时就写推理冒险小说，会购买古古怪怪的器材不奇怪。"

"你们在说什么？小魏做了什么坏事吗？"谢凌云问。

"暂时还不知道，如果你要找他，一定要提防他攻击你，我跟我哥现在去燕通大学找韩东岳，有消息再联络。"

关琥说完，挂了电话，转过头，就见张燕铎的眉梢扬起，心情似乎不错，他忙问："你是不是有什么想法了？"

"没。"

"那为什么这么开心？"

"没。"

明明就表现得很开心的样子嘛，关琥狐疑地回忆了一下他刚才的话，猛然醒悟过来。

"啊你不会是听到我叫大哥，开心成这样吧？"

"想太多，"张燕铎嫌弃地瞥了他一眼，很冷淡地说："我只是刚刚想到，小魏也是左撇子。"

"欸？"

"所以在去拜访韩教授之前，我想先去一个地方。"

# 第七章

 

燕通大学比想象中要大得多，更令关琥不爽的是大学又分南北两个校园，他们先是走错校园，后来在同学的帮助下，好不容易找到了韩东岳的办公室，却发现锁着门，隔壁的老师告诉他们说韩东岳半小时前出去了，可能是去吃晚饭，让他们去楼下等。

"真不错，犯罪嫌疑人去吃饭，我们做警察的却只能喝西北风。"

吐着槽，关琥跟张燕铎来到楼下的休憩区，他特意没有要韩东岳的手机号，是想打算趁等人的机会跟同学们了解一下韩东岳的情况，谁知刚下楼就跟一个人迎面撞到了一起。

那人被撞得向后晃了个跟头，然后调转方向慌忙离开，这诡异的举动引起了关琥的注意，他紧跟上去，伸手搭住那人的肩膀，同时做好了对方会动手的准备，谁知张燕铎开口打了招呼。

"李先生，这么巧。"

哪位李先生？

关琥迅速搜寻他的大脑硬盘，短时间内没找到"李先生"的记忆档，直到男人很勉强地转过身，他脚下一晃，差点摔倒。

"伦……纳德·冯·菲利……"

男人抬起手，很有礼貌地打断了关琥结结巴巴的称呼，说："大家都这么熟了，叫我李当归就好。"

原来这位不是别人，正是之前他们在德国冒险时，那位正经事不会多少，却很各种擅长雕虫小技，并很会给他们添麻烦的富三代李先生。

没想到他会出现在这里，关琥有一秒钟以为是菲利克斯家族把这个不争气的小儿子给空投过来了。

于是他脱口而出，"你最熟悉的不是僵尸吗？"

"哦，有关僵尸的研究，我已经毕业了，我现在在学习中国古代文学，顺便在这里任教，你们……好久不见了……"

他说得结结巴巴，基于跟他有过短暂的相处，关琥确定他口吃不是语言障碍造成的，而是他在撒谎。

果然，就听张燕铎冷冷地说："如果我没记错，昨天你还开车跟踪过我跟谢凌云，最近在公寓对面监视我们的也是你。"

"啊！"关琥叫了起来。

难怪每次回公寓，他总感觉不对劲，本来以为是吴钩在监视他们，为了不增添张燕铎的烦恼，他才选择沉默的，没想到是这个富三代。

"看来李先生，我们该去警局好好谈一谈了。"他夸张地转动自己的拳头，冲李当归嘿嘿笑道。

李当归把他的话当真了，连连摆手说："别误会别误会，我不是在监视你们，我其实是……在追谢姑娘。"

"啊哈？"

"说出来不怕你们笑话，自从你们回国后，我时常给谢姑娘电话跟邮件的，不过她一次都没回我，我就想追求当然要有诚意才行，所以我就向这所大学递了自荐书，决定来这里任职，以普通人的身份向她求爱。"

"你难道不是普通人吗？"关琥明知故问："难道你是外星球来的？"

李当归面露苦笑，不知道该怎么回应他。

张燕铎也说："我想普通人无法随手就买下我们对面的公寓搞偷窥，更无法开车暗中跟踪我们。"

"我只是想离你们更近一点，更了解她一点，那样成功度才更高，你们不知道，我去找她时，她都表现得很排斥，所以我没敢直接去她的报社工作，保持适当的距离美会比较好，不给我觉得我跟你们其实没什么不一样啊。"

怪不得最近谢凌云跟叶菲菲表现得神神秘秘的，原来是早知道这家伙跑过来了，谢凌云本人不提，关琥也不方便多说，警告道："我只知道你这样跟踪偷窥别人，很容易构成犯罪。"

休憩区有不少学生，看到三个帅哥站在门口聊天，都好奇地看过来，有些经过的同学还向李当归投来崇拜的目光，看来他来这里没多久，人气却上涨得很快，成功地成了大家瞩目的对象。

关琥退后两步，不服气地上下打量李当归。

李当归戴着眼镜，身材高瘦，配上一身合体的休闲衣跟短毛呢外套，愈发增添了几分学者的风范。

这种气质的男人在校园应该很受欢迎，当然，他的长相也算是帅哥范围内的，不过关琥怎么看都觉得同样是戴眼镜，张燕铎的气场甩了李当归几条街，比如腹黑了，毒舌了，武功了，还有随便使唤人了。

打断他在心里的吐槽，张燕铎问李当归，"昨天你派了几拨人跟踪我跟谢凌云？"

"难道除了我之外，还有其他人追谢姑娘吗？"

李当归问完，见张燕铎完全没有解释的意思，他只好选择回答："就我一个，还被谢姑娘的车轻松甩掉了，她真的很厉害，我从来没看到一个女孩子开车开得那么棒的……"

关琥想假如这位富家公子真要追谢凌云的话，接下来他会遇到很多这种彪悍的女孩子的。

"你确定没有吗？"

"至少我没有看到，如果真有的话，凌展……我的意思是我的朋友会通知我的，他在搞追踪方面很有经验。"

李当归说话时，张燕铎一直盯着他的表情看，确定他没有骗人，而且他也没有骗人的必要，他的目的是追求谢凌云，跟吴钩或是幕后凶手应该扯不上关系。

"下次搞跟踪时注意别靠得太近，适当放开距离，有助于打探到消息。"

"喂！"

关琥瞪张燕铎，很想问他到底是哪一伙的，怎么变成帮李当归了？

李当归却满怀感激地向张燕铎用力点头，一副我们是好麻吉，关键时刻一定要关照兄弟的样子。

"话说，你们怎么会来这里？是不是又来查学生簿？"

"你知道这件事？"

被反问，李当归有点心虚地点点头。

"昨天我看到你跟谢姑娘来查资料，就随便问了一下。"

李当归的话让张燕铎心一动，他猜测他跟谢凌云被跟踪也是因为他们来查资料，既然李当归发现了他们的行为，那其他人注意到也不奇怪，有人跟踪他们，也间接证明这条线查对了。

关琥跟他想到了一起，立刻问李当归，"那昨天除了你之外，还有谁知道张……我哥的事？"

"这个……要让我想一想，我昨天只顾着搞跟踪，没太注意其他事情……对了，你们要查学生簿的话，我可以带路。"

"不，我们是来拜访韩东岳教授的，可他出去了。"

"韩教授我认识，他的心理学研究的课题很棒，刚才我还有遇到他，这个时间段……"李当归看看他那只价格不菲的手表，"他应该在看话剧，我可以带你们去。"

"话剧？"

"是学校话剧社的节目，不过做得很棒，很多同学都去捧场，我也挺喜欢的，他们在演……"

"我们现在在追一个大案，请节省时间，有话路上说。"

关琥不给李当归啰唆的时间，拉着他的手直接将他拽了出去，张燕铎笑眯眯地跟在后面，心想这位李先生出现得真是时候，刚好可以利用上。


话剧社的剧场离韩东岳的办公室不远，两人跟着李当归很快就到了目的地。

剧场的面积颇大，观众却没有几个，看演员们的服装，他们应该是在排练，张燕铎环视了一圈，很快便锁定了目标——韩东岳坐在较前的座位上，聚精会神地看台上的表演。

关琥也发现了，他看看张燕铎，见他没有马上过去的意思，便停下脚步，看向对面的舞台。

相对于舞台的华丽，演员的阵容就显得寒酸多了，张燕铎看看旁边放的剧务表，发现很多人都是一兼数职。

"毕业的毕业，忙学业的忙学业，会为了兴趣坚持下来的学生还是少数的，我以前常请工读生做事，大家也是这样来来走走。"

李当归很老到地说完，发现这兄弟俩都没有在听，关琥在看舞台，张燕铎则打量剧场布置。

"没想到韩教授对这种东西有兴趣。"

"是罗密欧与朱丽叶，"李当归小声解释说："韩教授很怀念他过世的妻子，所以常会来看舞台爱情剧，算是一种追忆吧……啊对，罗密欧与朱丽叶的故事不知道你们熟不熟悉？"

过世的妻子不就是指那个为了逃脱警察的追踪，导致跟情人驾车坠崖的女人？

关琥冷笑道："我们对罗密欧与朱丽叶应该比你对梁山伯与祝英台更熟悉。"

李当归被他绕晕了，掏出手机在屏幕上狂戳查典故。

成功地摆脱了烦扰，关琥继续观察舞台上的情况，彩排进行到了尾声，也就是罗密欧发现朱丽叶死亡后，也服毒自尽的那段。

看到演员将毒药一饮而尽，然后潇洒地将药瓶丢去一边，关琥扑哧笑了——不好意思，舞台剧表演太夸张，让他不由自主地出戏了。

笑声引来周围不快的目光，关琥急忙向大家点头表示抱歉，张燕铎却说："很无聊，为一点小事就自杀。"

"没经历过真正爱情的人是不会明白这种感情的。"

"没有保护爱人的能力，就不要去谈爱，既然谈了，就不要随意放弃，所以他们是蠢死的。"

"只是戏剧，你较什么真。"

两人的话声说大不大，说小不小，刚好是韩东岳可以听得到的程度，他的注意力被成功地吸引了过来，看到他们站在李当归身边，他礼貌性地点点头。

关琥回了礼，走过去，向韩东岳亮出他的刑警证，说："韩教授你好，我是负责刑事案的警察关琥，这次过来，是想跟你了解一些关于犯罪者心理的事情。"

"你好。"韩东岳的眼神在关琥跟张燕铎之间转了转，有些冷淡地说："不过我已经下班了，有什么事明天再说吧。"

"不是什么复杂的问题，不会耽误你太久……"

关琥的话没说完就被张燕铎打断了，直接表明立场，"我们想了解十年前的判官疑案。"

这句话让韩东岳的表情更冷淡了，"已经过去很久的事，我不想再提了。"

"难道连你妻子死亡的真相你也不想知道吗？"

"什么？"

韩东岳猛地站起来，声调在无意中提高了，关琥发现舞台上的人也被影响到了，应该已经死亡的"罗密欧"也坐了起来，大家一齐看向他们。

无视其他人的目光，张燕铎托托眼镜，向韩东岳微笑问道："现在你是否有兴趣了？"


十分钟后，关琥跟张燕铎坐在了韩东岳的办公室里，桌上放着散发着热气的龙井，那是李当归沏的，看着韩东岳书桌上常用物品的摆设方式，还有他拿茶杯的小动作，关琥注意到他也是左撇子。

杀林青天的是左撇子，现在不到一天时间，他就发现自己身边至少有三个是左撇子，不知道张燕铎在搏斗时擅长用的是哪只手。

关琥的眼神不经意地掠过张燕铎的手掌，但马上就想到，张燕铎没有固定用哪只手，他打人时常常双拳齐上的。

李当归将最后一杯茶放到自己面前，率先打开话匣子，"我很喜欢韩教授对心理研究方面的一些见解，他的课我都会去听，算是他半个学生了。"

"书很多。"张燕铎敷衍得毫无诚意。

韩东岳的办公室也可以说是他的私人书房，两边的书架几乎都摆满了，除了心理学方面的著作外，还有他自己出版的书，按照分类分别排放，关琥找了一圈，没有找到那本《判官》。

"李先生过奖了，我也还在不断的学习中。"

韩东岳向李当归点头表示感谢，又看向张燕铎，然后毫不掩饰地说："还有，我不喜欢警察。"

"我也不喜欢。"张燕铎走过去，从包里拿出几本书，放到了韩东岳面前，"我是你的书迷，想请你帮忙签名而已。"

看到他的举动，别说关琥惊讶，连韩东岳都有短暂的愣神，上下打量张燕铎，张燕铎坦然回视，这是他在跟老家伙的训练时锻炼出来的——不管谎言说得多么荒唐，只要正视对方的目光，那可信度就达到了一半。

正面相对，张燕铎发现他高估了韩东岳，虽然韩东岳的某些气场跟老家伙相似，但还是稍逊一筹，如果用毒蛇来形容老家伙，那韩东岳就是狐狸——狡猾有余，狠毒不足。

他如果杀人，应该更喜欢玩假手于人的手法，或者逼迫对方自杀，而他会在旁边慢慢欣赏对方死亡前痛苦的表演。

这是韩东岳传达给他的印象，他不动声色地将钢笔拿出来，递上前，说："我弟弟就是警察，我一直希望他能辞掉这份工作。"

发觉自己的失态，韩东岳用耸肩掩饰过去了，接过钢笔，迅速签上字，问："为什么？"

"因为太危险，尤其是跟判官案有联系的警察，十有八九都死于非命，就像罗林那样。"

"你是说前两天那个精神有问题，抢走小孩自杀的警察吗？他与判官的案子有什么关系？"

"十年前罗林也曾负责过判官这起案件，"关琥把话题接过去，说："韩教授没有印象了吗？"

"哦，当时负责那件案子的警察很多，又过了这么多年，我怎么可能——记住？"

韩东岳签完名，将书跟钢笔还给张燕铎，说："如果你们来这里就是想跟我了解罗林的犯罪心理，那看电视采访就足够了，我在采访中说得很清楚，警察，尤其是刑事警察每天都要面对各种暴力事件，心理压力很大，这种压力不是你换一个轻松的工作环境就能减轻的，恰恰相反，病症会在积压中越来越重，最后导致毁灭。"

"所以你认为罗林犯罪是他自主的行为。"

"至少与判官案没关系，罗林当警察这么多年，判官只是他经手的案子中的一例而已。"

韩东岳说完，往椅背上一靠，又道："我不知道你们怎么会将他的行凶扯到十多年前的案子上，不过我发现了，十年过去了，你们警察还是一点都没有变，你们总喜欢牵强附会地把不相干的事情拉到一起，用来分散公众对案子本身的注意。"

"再说一遍，做警察的那个是他，"张燕铎指指关琥，"我是私家侦探，受当事人委托，来处理某个案子。"

说话时，张燕铎仔细观察了韩东岳的表情，韩东岳对他的话完全没有反应，而没反应就是最好的反应——一个人只有在极端戒备时才会做出这样的表现，如果他心里没鬼，那对他们的出现又何必这么戒备？

很快，韩东岳做出一个轻松的笑，问："是方家那边的人吧？我听说罗林死后，方家夫妻也相继身亡，现在电视台都在争相报道这件事，说什么是诅咒死亡，真是荒谬至极。"

"的确很荒谬，不过我查的不是这个案子，而是一年前的公寓夹尸案——在某栋旧公寓的拆迁中，施工人员发现了公寓之间夹着的骸骨，现场勘查证明骸骨属于女性，已死亡多年，我查到她叫曲恬，跟方婉丽是好友，并且是你的学生，还有一点是曲恬临死前戴的红线手链跟你前妻戴的一样，所以我想这与你前妻的死亡有关联。"

其实这都是张燕铎信口杜撰的。

曲恬不是燕通大学的学生，她跟方婉丽是否认识张燕铎也不知道，至于红线手链，他就更不清楚了，这不重要，因为他要的不是韩东岳的答案，而是观察他在听了这番话后的反应。

韩东岳的眉头不显眼地挑了挑，这一点也许连他本人都没注意到，在短暂的时间里，他表现得很生气，但他克制住了，手指在座椅扶手上有节律地敲打，让自己保持冷静，叹道："老实说，刚才你的话引起了我的兴趣，但现在你的解释让我很失望，我的妻子没有什么红线手链，至于你说的那个学生，我也不知道她是谁。"

"你还都没有看到手链的样子，就这么肯定她没有吗？"

"是的，我妻子不是个喜欢戴首饰的人，她喜欢简朴的装束。"

韩东岳转头看向后方，张燕铎随着他的目光看过去，就见书架的左侧格子上放着男女合照的相框，那该是多年前的照片，里面的男人一身西装，文雅而睿智，他的手搭在旁边的女子肩上，很简单的动作，却透着某种呵护的味道。

女子个头不高，长得文静秀气，正如韩东岳所说的，她不施粉黛，身上除了一块手表外，没有戴首饰，张燕铎想她应该是一位好妻子，这样的女人会投毒杀人吗？他想象不能。

似乎觉察到了他的想法，韩东岳用充满感情的语气说："不管在警察或他人眼中，她是不是下毒的罪犯，对我来说，她永远都是最温柔的妻子。"

"确切地说，是前妻，"张燕铎冷淡地回复道："如果你们的关系真这么好，又怎么会离婚？"

"感情这种事就算是心理学者也无法解释清楚，可能最爱的却不是最适合的，不过怎样都好，在我心中她从来没有都离开过，至少在我找到答案之前。"

旁边传来不和谐的噪音，关琥正在努力克制自己的咳嗽声。

因为张燕铎的信口开河，他成功地被热茶呛到了——那些所谓的书迷啊，私家侦探啊的借口就不必说了，他很想问张燕铎——曲恬跟女尸骸骨是同一人的结论是从哪里得出来的？为什么他不知道？拜托，撒谎也要基于起码的真实性好不好，哥哥这是在羞辱心理学家的学识吗？

"我帮你倒水。"

话题越来越诡异了，让李当归意识到自己不应该还留下，他找借口帮关琥倒水，关琥拒绝了，自己跑去饮水机倒了水，喝着水顺便观赏书架上的书籍。

韩东岳表现得有点不耐烦了，问："还有其他问题吗？我很忙，还有很多资料要确认。"

他拿起桌上的文件，有几份是电视台的采访节目表，张燕铎再问：

"你真的不认识曲恬这个人？"

"我不敢说认不认识，因为每年我教的学生太多了，也许她就是其中的一个，但我确定我不记得她，这个回答你满意吗？"

他不仅回得滴水不漏，还隐约带了一种挑衅的味道，张燕铎只当没听出来，点点头，说："罗林的案子里，有个地方我很不理解，希望听听韩教授的想法。"

"哪里？"

"有关方婉丽的死，她是出于什么心态而选择自杀的？"

"看来你没有仔细阅读过我的书，否则在《犯罪心理解析》这本书的第六章里，你会找到答案。"

韩东岳用一种看穿他的目的的态度说："大多数媒体都认为方婉丽是出于悲伤过度而选择自杀，但我认为恰恰相反，她只是找到了通往幸福大门的路径，对活着的人来说，死亡是伤感的，但对死亡者本身来说，却是解脱，因为在另一个世界里，她跟儿子会再次相聚，这样的幸福很难再被超越了。"

"有关这一点，我持不同的看法。"

"喔？是什么？"

对话没有顺利进行下去，关琥对韩东岳的藏书表现得相当有兴趣，在旁边翻动着书籍，突然插进话来：

"这里没有《判官》那本书。"

"因为我没有写完。"

"是出于警方跟杂志社的警告吗？"

"当然不是，"韩东岳被关琥的问题逗乐了，"年轻人，我跟你说，如果你不想放弃一件事，那没人可以强迫你，除非是你自己主动先放弃。"

"就像你放弃你的前妻那样？"

这次插话的是张燕铎，他面带微笑，像是完全没注意到这话有多刺激人，连关琥都感觉到了空气的停滞，见韩东岳表情紧绷，他不由得为张燕铎捏把汗。

不过韩东岳的涵养比他们想象得要好，他很快就恢复了平常，平静地对张燕铎说："我比你更想知道她死亡的真相，所以在不知道这个秘密之前，《判官》这个故事我不会写下去。"

"那我一定要查出当年一系列死亡的真相，还有红线的秘密，以私家侦探的名义保证。"

看着张燕铎认真的表情，关琥忍了再忍，才没让自己咳嗽出声。

下一秒他就被粗鲁地推开了，张燕铎站在他原先站的地方，举起一根手指，笑眯眯地说："最后一个问题，有关你的作品走向会跟现实中事件的发展一模一样，你有没有想过这是为什么？"

"可能是有人模仿犯罪，当初警方也有照这条线做调查，但结果不是很理想——我在发表连载之前会把定稿给我的学生阅读，听取他们的意见，发表后购买杂志的人也不计其数，所以很难锁定是谁在模仿犯罪，但要说原罪，那必定是我。"

"难道不会是因为催眠吗？"关琥指着面前的书籍问道。

那一整排都是关于催眠学的书类，古今中外的著者都有，关琥注意到韩东岳自己的作品也有关于催眠方面的探讨分析，他说："也许不是粉丝在模仿犯罪，而是有人催眠各位受害人，让他们按照自己的想法去做事。"

"有的有的！"李当归一拍巴掌，很激动地说："我看过韩教授在电视台的节目，他的催眠术真的很神奇，可以随心所欲地让人做出入眠或是不受控制的行为。"

不知道这位李先生是不是天然呆，他完全没注意到张燕铎兄弟跟韩东岳之间的针锋相对，说到韩东岳的那些神迹，他一个人兴奋得不得了，手舞足蹈的还要再往下说，被韩东岳制止了。

"李先生你真的相信那些节目吗？"

"啊？"

"本来这件事牵扯到保密协议，我不该说出来，不过为了不让警察对我误解过多，我还是在这里澄清吧，"韩东岳叹了口气，说："其实那都是电视台为了收视率在作秀，我跟台下观众的搭配是一早就安排好的，简单些说，就像是魔术，不管表演得有多真，它都是假的。"

"啊……我还以为你们熟悉蛊术跟降头术，再结合催眠的话，会比西方的学者更有可信性。"

李当归一脸失望，看他刚才那兴奋的状态，假如不是韩东岳自己爆出真相，他一定会拜韩东岳为师的。

关琥很怀疑这位富三代在对僵尸失去了兴趣后，会开始研究邪术。

韩东岳扑哧笑出来，"当然不是，如果你们不信，可以去跟电视台的人确认，不过话说回来，催眠术本身是确实存在的，对一些意志力较弱的人也有一定的效果，但是电影里说的那种随便一个响指就可以随心所欲地控制人的意志，那都是艺术性的夸大。"

"被你说的我对催眠更有兴趣了，韩教授，照你的见解，罗林杀人会不会也是被催眠的？因为他的精神本身就有问题……"

敲门声传来，打断了关琥兴致勃勃的讲话。

进来的是一位二十多岁的年轻人，看到他，张燕铎想起他跟韩东岳的第一次相遇，当时这个年轻人也在的，只是那时候他的注意力都被韩东岳吸引过去了，没去观察对方。

现在看起来，他的气场依旧很弱气，衣着也普普通通，稍带卷曲的头发扎在脑后，眉清目秀的五官给他加分不少，再加上体型偏瘦，这种类型的男生在校园里应该很受欢迎。

男同学看看房间里的几个人，显得有点拘束，小声提醒韩东岳说："教授，研讨会的时间到了，要进行吗？"

"看我忙的，把今晚的研究课题都忘记了，看来真是上岁数了。"韩东岳拍拍头，目光落到他们几人身上，"那我们就到此为止吧，期待你们的侦查结果。"

关琥看向张燕铎，张燕铎做出离开的暗示，两人告辞，经过那个男同学身旁时，张燕铎停下脚步，问："你是罗密欧？"

男同学正在收拾茶杯，听到问话，他转过身，很有礼貌地点点头，说："是的，刚才我在舞台上有看到你们来找教授。"

声音浑厚嘶哑，跟他清秀的外表反差太大，关琥不由得愣了一下，重新打量他，猜想他嗓音嘶哑可能跟表演舞台剧要大声喊叫有关。

"这是我的助手崔晔，他是外语系的，却希望将来做心理医生。"

"其实我更想在舞台上发展，不过可惜我的天赋有限，这几年一直混社团，却没有什么建树。"

"不不不，你太谦虚了，我很喜欢你的表演，很少有人可以像你这样在舞台上身兼数职的。"李当归真诚地说："罗密欧跟朱丽叶你可以一个人承包了。"

"那是因为社团人数太少，必要的时候，我们还常常在台上当树标背景。"

话题越扯越远了，关琥对话剧没兴趣，趁机离开，两人走出没多远，就听身后脚步声响，李当归追了上来。

"我刚才好像听到了一些不该听到的事情，"他呼呼喘着说："你们是不是在怀疑教授跟杀人案有关？"

"只是咨询一下。"

"我觉得教授是位很有内涵的学者，我很仰慕他，希望一切都是误会。"

关琥很想纠正李当归的想法，有知识的人跟他会不会犯罪不成正比，甚至刚好相反，他经手的案件中很多都是高智商犯罪。

有点理解谢凌云不喜欢李当归的原因了，出了大楼，关琥正想找个借口把李当归支走，张燕铎忽然说："李先生，看得出你在这里人缘很不错。"

一路走来，他们接收到无数投来的视线电波，其中一半以上是在看李当归，他听了张燕铎的话，急得连连摇手。

"这都是误会，是那些女孩子自作多情的，我只喜欢谢姑娘一个，她成熟自立，有自己的有想法，而且……"

张燕铎伸手制止了，他对谢凌云的性格没兴趣，对李当归的感情归宿更不在意，说："麻烦你帮我一个忙，利用你的人缘，调查一下韩东岳跟他前妻的事情，越详细越好。"

"这样说人家的八卦不太好吧？"

"我要的是真实的内容，不是八卦。"

"可那也是他的私人隐私，而且他妻子都过世那么久了……"

"李先生，你知道谢凌云为什么不喜欢你吗？"张燕铎停下脚步，面对这个高瘦文静的男人，说："因为你没用。"

看着李当归僵直在风中，关琥气得暗中掐了张燕铎一把，暗示他说话不要这么直接，很伤人的。

暗示被无视了，张燕铎继续说："你搞跟踪也好，送钻石戒指也好，都不是谢凌云需要的，她当然不会对你另眼相看，你不用花那些心思，只要提供她需要的东西，让她觉得你可以在事业上帮到她，你就可以加分了。"

"你的意思是……谢姑娘也在查韩教授的事？"

"否则她干吗跟我一起来查学生簿？"

"懂了！那我一定尽快把情报搞到手，张先生谢谢你！"

看着李当归感激地向张燕铎道了谢，转身意气昂扬地大踏步离开，关琥问张燕铎，"你这样欺负一个外国友人，真的好吗？"

"我只是教给他追女孩子的诀窍。"

张燕铎向外走去，顺便对关琥吩咐道："我对韩东岳前妻的死很感兴趣，你这边也别闲着，让小柯去调查一下，双管齐下。"

"小柯不是万能的。"

"你可以让他变得万能，"张燕铎微笑回他，"玉不琢不成器。"

嗯，这句话的原意一定不是这样用的。

关琥一边在心里嘀咕着，一边照张燕铎的吩咐联络了小柯，任务交代完后就迅速挂断电话，以免被小柯的惨叫声魔音贯耳。

打完电话，他问："为什么你只对韩东岳的前妻之死有兴趣？判官一系列的案子也许都是韩东岳操纵的。"

"嗯。"

"你也觉得催眠没有神奇到随心所欲地操纵别人行动的程度吗？"

"那不重要，因为不管韩东岳的催眠或心理战术有多厉害，在法律上他都不需要承担任何罪行。"

张燕铎会这样说，就等于认定了韩东岳对参与了判官疑案。

关琥问："是因为他中了你的计，在你提的几个问题里，第一个先否定了他不知道红线手链吗？"

"他后来也发现了，所以说了许多话来加以补救，把真真假假的一些话掺和在一起，故意扰乱我们，不过有一点我可以肯定，他不爱他的妻子。"

"为什么这么说？"

"如果你爱一个人，应该把她的照片放在触手可及的地方，而不是需要转头才能看得到的书架上，书架对着窗户，可是相片却完全没有褪色，证明相框平时放在那里，只在必要的时候拿出来，暗示他对亡妻的留恋。"

关琥第一时间拿出自己的手机，待机画面是他跟张燕铎在楚格峰上合拍的照片，他不知道张燕铎的推理是否有偏激的成分存在，但为了避免误会，他还是飞快地换了画面。

"你在干什么？"

"没什么，看有没有人来电话哈哈，真没想到我们这次的收获还挺大的，不枉我们撬门进小魏的家拿东西。"

"撬门的是你，我只负责观看。"

关琥从这句平淡的话语中听出了深深的恶意，很想说如果不是你唆使，我堂堂一名刑警会知法犯法，偷开人家的锁吗？

大概是他脸上的不爽太明显，张燕铎扑哧笑了，"你看，要让一个人做事，并不需要什么催眠，稍微用点心理战术就可以了，李当归是这样，你也是这样。"

"你不会是一直在测试催眠技巧吧？"

"我只是看了韩东岳的心理学著作，现学现卖而已。"

张燕铎上了车，将那几本签名书随手丢到了后车座上，那是谢凌云借给他的，他抽空看了一部分，里面有简略提到判官案，韩东岳说是因为自己太关注学术研究，忽略了妻子的想法，而导致家庭破裂，但不管怎样，他都深爱自己的妻子，张燕铎对此嗤之以鼻。

爱可以成全，也可以毁灭，他相信韩东岳一定是后者，因为他也是这样的人。

　　身边传来嘶嘶嘶的电波声，关琥坐上车后，开始专心摆弄手里的四方匣子，又调节匣子上的天线，寻找接收信号的最佳方位。

　　那是他们在小魏家找到的，除此之外，小魏家里还有窃听器、接收讯号器、情趣手铐，甚至还有拍电影用的简易炸弹等各种游走在法律边缘的收藏物品，多得让关琥怀疑小魏是不是真的在写小说，看他的个性跟长相挺老实的，但越是貌似老实的人，心里就越藏着暴力分子，说不定写着写着就走火入魔，将书里写的事件付诸实践了。

　　"手脚挺利索的，"张燕铎赞道："你有干侦探的潜质。"

　　"我只知道我早晚有一天会被你害死的，哥。"

　　"那至少有一点你可以放心，我不会像罗密欧那样自杀陪你。"

　　"啊哈，那我真要谢谢你的成全了，不过我也可以告诉你，我也不会。"

　　"很高兴在这一点上我们达成了共识。"

　　在两人的斗嘴中，信号顺利接收到了，关琥骂了句脏话，"这东西居然是货真价实的，回头找到那小子，我一定把他抓去审讯室，好好训他一顿。"

　　"顺便谢谢他为我们的工作提供了便利。"

　　"这是便利吗？这根本是犯罪！"

　　关琥刚说完就被张燕铎推开了，将接收器拿过去，听着对面的谈话，他淡淡地说："在他人房间里偷安窃听器的你有什么资格说别人？"

　　关琥一秒蔫了，很想说他这样做也是迫不得已的，是被张燕铎威胁加利诱的，但想想说了对方也听不进去，干脆闭了嘴。

接收信号不是很清楚，但距离这么远，能听到已经很不错了，就听翻动纸张的声音传来，韩东岳跟崔晔像在整理文件，崔晔问："他们是来请教罗林的案子？"

"不，是问十年前的案子。"

"他们终于查到了吗？"

崔晔话中有话，车里的两个人都不由得竖起了耳朵，但韩东岳的回应让他们很泄气。

"查到什么？"

"他们还是认为十年前那些人的死是你设计的，教授，真的是你吗？"

"比起这个来，我对这次的事件更感兴趣，判官游戏又开始了，接下来你觉得会怎么发展？"

"我不知道，我现在只想着尽快把剧搞定，就专心研究心理学方面的课题，毕竟将来我要靠它吃饭。"

"其实你的剧演得很棒，舞台上的你才是最真实的你。"

"演剧并不一定在舞台上，台下也许更精彩。"

"哈哈，比如……这样吗？"

关琥不知道韩东岳做了什么动作，只觉得他的语气跟笑声有点暧昧，不太像教授对学生应有的态度，他不知道是不是自己的错觉，转头看张燕铎，张燕铎却毫无反应，认真地往下听。

稍微的静音后，崔晔又说："也比如说台下真实的故事是这样的——罗密欧跟朱丽叶两人都不想自杀，他们也许找到了更好更有用的同行者，为了摆脱对方，所以做了场假服毒的戏，却没料到药瓶里被换成了真的毒药，所以双方都死得不明不白，外人就想当然地认为那是个凄美的爱情故事，但内幕究竟怎样，只有死的人才知道。"

接下来又是短暂的寂静，然后韩东岳说："可是死人无法说出真相。"

"所以这个世界才看起来很美好。"

"如果你是罗密欧，会怎么做？"

"我不知道，因为我不是他，不过如果教授你问我会怎么做，那我的答案是选择牺牲自己成全对方。"

"即使那个人伤害你甚至要杀你？"

"这个假设不存在，因为我无法知道对方的想法，"崔晔笑了起来，"所以我只能确定自己的立场。"

听到这里，关琥再次看向张燕铎，想说这两人在打什么哑谜，为什么他越来越听不懂了。

"他们应该不是在交流演剧的心得吧？"他吐槽道。

"我不知道，"张燕铎的表情若有所思，嘴上却说："因为我不是变态。"

对，你不是变态，你是大变态。

关琥用嘴型说了他不敢说出口的话，张燕铎没看他，依旧保持认真聆听的样子，但韩东岳跟崔晔说笑了一会儿，就开始聊学术方面的话题，没多久就离开了办公室。

对面沉寂了下来，他们的车里也沉静下来，张燕铎半天没作声，眼神落在某一处，不知在想什么。

关琥耐不住寂寞，先开了口，"我总觉得崔晔知道些什么，要不要找个机会单独跟他聊聊？"

张燕铎正要回答，关琥的手机响了起来，是叶菲菲的来电。

叶菲菲现在在飞机上，她特意打电话来一定有急事，关琥急忙接听了，就听她在对面叫："关王虎，出大事啦！"

"你又被劫机了？"

"闭上你的乌鸦嘴，我说的是小魏，你有没有联络到他？"

"还没有联络上，谢凌云也在找他，你打谢凌云的电话，说不定……"

"你去小魏发文的网站看一下。"

关琥不知道小魏发文的网站，看向张燕铎，张燕铎用手机找到了，但网页很慢，半天都刷不进去。

"他的网页好像当掉了，我们进不去。"

"那一定是点击的人太多，爆网了，我马上传给你们。"

"文章出问题了吗？"在问这句话的时候，关琥有种不太好的预感。

他的预感马上应验了，叶菲菲说："我这两天没事，就要了小魏的文档来看，刚才休息时我读了他的新文章，发现跟这几天的案子很像很像，哎呀，如果不是他先写的这篇文，那简直就可以说是他在写纪实案例，我就想他这两天不是状态很奇怪嘛，会不会是跟这个有关。"

有关，一定有关！

"文章连载到哪里了？"

"网上连载到卖保险的配角被人干掉，他的情人回到家那里，我的文档是写到快结尾的地方，后来卖保险的情人也死了，同样是被锤子爆头，一直在追情报的记者发现跟她一起处理这个系列案的警察有问题，所以跟踪查他，结果女记者的同事也被杀了，女记者欸，我怀疑是不是指凌云，刚才还打电话提醒她小心。"

"那小说结尾呢，有没有点明谁是凶手？"

"没有，就写到最后女记者跟警察相约在老地方见面，他们其中一个肯定是凶手。"

关琥听得有点混乱了，跟叶菲菲道了谢，等他关掉手机，邮件也传过来了，当看到档案名上大大的《判官》二字后，他开始明白小魏这两天情绪暴躁的原因了。

假如这起连锁案不是小魏做的，那他在发现自己正在连载的小说跟实际发生的案例一次次撞车后，一定会很吃惊，再加上从他原来的租屋里查到了骸骨，他会害怕跟焦虑一点都不奇怪，所以才会打电话报警，希望杜绝惨案的发生，但事与愿违，林青天也被杀了，今天他又打电话去警局，除了指责警察的不尽职外，还想提醒他们多加注意，可是他却不知道接下来死的会是谁，因为新一章他还没有发表到网络上。

"开车回警局，我来联络小魏。"

"我来做，你开车。"张燕铎把驾驶座位让给了关琥，顺便拿走了他的手机，"我想看看这篇文章到底都写了什么。"

看着张燕铎熟练地拿着自己的手机解锁查看，关琥连生气都提不起力气了，偃旗息鼓地启动油门开车。

路上，张燕铎几次拨打小魏的手机，都无法接通，他只好开始阅读叶菲菲传来的小说，关琥把他的手机要过去，等红灯的时候试着联络小魏，同样联系不上。

到了下班的高峰，交通流量可不理会关琥急于赶回警局的迫切心情，随着车流的增多，轿车越开越慢，到最后关琥有点半放弃了，认命地向前龟速行驶。

趁着停车，张燕铎跑去街边的小吃铺买了几个油饼回来，上车后，分了一半给关琥，自己边看着小说边吃起来。

车还在缓慢行驶中，关琥闷闷地说："不好吃。"

张燕铎正关心书里接下来的剧情，头也没抬，应付，"当然不如你哥做得好吃。"

"我的意思是没胃口。"

关琥用手戳着手机屏幕，尝试联络小魏，但最后还是以接不通而告终，事情发展到这样的状态，已经不是他一个人可以控制得了了，他改为联络萧白夜，将他们去大学跟韩东岳会面的经过，还有他们对整个案情的推测都做了汇报。

萧白夜正在催促鉴证科那边尽快交出女尸骸骨的复原图，并提醒跟踪凌潇的警员提高警惕，尽量不要让陌生人接近她，听了关琥提出的疑点，他让江开正式搜查曲恬当年离家的情报，关琥又问到小魏的情况，才知道萧白夜已经把这件事交给小柯去追踪了。

"你们走后，我这边就收到了网友的报案，提供了小魏连载的网址，当时已经有上千条的留言说要在线追后续，期待跟猜测下一位受害者会是谁，真没想到对于他人的生死，会有这么多人津津乐道。"

"所以你们锁了网页？"

"锁了，但文章早就流传出去了，我们不可能锁住整个网络，所以现在能做的是尽快找到小魏，阻止网络暴行的推进。"

对警察来说，网民的这种行为已经是暴行了，他们用语言当刀，将机会交给凶犯，殷切盼望故事跟现实同时进——对关琥来说，这种感觉就像是以前围在菜市口观望斩首的民众，他们腻烦了每天过平凡麻木的生活，迫切希望新鲜感跟刺激，所以在害怕暴力的同时，又对血腥充满期待。

关琥跟萧白夜结束通话，上网看到有关《判官》的各种留言，这种感触就越发强烈，他狠狠地嚼着油饼当发泄，张燕铎在一旁感觉到了，一字一顿地道："不、要、把、情、绪、带、进、工、作、中。"

"知道。"

"只是知道，永远都记不住。"

张燕铎说得很对，关琥也对自己这种性格感到无奈，几口把油饼吃完了，见张燕铎还在认真地看手机，他忍不住问："你怎么肯定离家出走的曲恬就是公寓女尸？"

"不肯定，诈他而已。"

"但我觉得你的猜测可能是对的，只是搞不懂假如曲恬真是那具女尸，她跟判官一案又有什么关系？她又怎么会落在公寓楼栋之间？"

张燕铎滑动触屏的手一停，问："你还记得我问过你是否知道红线盗盒的故事吗？"

关琥记得，他还特意去查了典故，那是个唐代传奇故事，简单点说，就是节度使 A 的侍女红线夜行百里，去节度使 B 的寝室，偷了他床头上的金盒，让 B 心惊胆战，不敢再找 A 的麻烦。

故事他是了解了，但他不明白的是除了金盒跟红线外，这个跟曲恬还有旧案之间有什么关联。

"有什么关系？"

"我有个想法，不过还需要更多的证据来证明。"

他不介意听听想法的，说不定还可以提供一些自己的见解。

关琥正要催促，手机响了起来，来电显示是公用电话。

关琥第一个反应就是小魏的来电，他立刻接听了，果然就听到对面传来弱弱的话声。

"老板……"

关琥看了张燕铎一眼，为了避免小魏发现是自己后挂电话，他没有出声，把手机递给张燕铎，示意他接听。

"老板！"没有听到张燕铎的声音，小魏有些急躁，直接往下说："我没有时间，你什么都不要问，听我说。"

"我在听，你说。"

"我要跟你坦白，提醒警察留意林青天的报警电话是我打的，因为我发现我最新连载的小说跟警察杀人案的发展很类似，但我没想到林青天真的死了，现在网上的留言都说我是凶手，说我为了出名偷偷杀人，警察也在追查我，但我不是，我没杀人！"

"你可以来警局澄清，我跟关琥都相信你，而且林青天出事时你在家里，叶菲菲她们可以证明，别在意网上说的那些，傻瓜才相信为了出名，照着小说情节去杀人的无稽之谈。"

"没人可以证明，因为林青天被杀时我就在附近，其实我晚上出去了，而且我家里放了很多奇怪的东西，警察去一查，一定会认为我有问题的……"

小魏居然晚上私自出去了！

关琥捂住嘴巴，以免自己骂出来——这家伙白写推理小说了，他脑子装的都是糨糊吗？明明已经发现自己的书有问题了，还敢随便乱跑，至于那些所谓的"奇怪的东西"，多半是指窃听器还有炸弹什么的，在这种微妙的状况下，的确很难解释清楚。

"我也不想出去的，但有人打电话来找我，说他发现了小说的秘密，他可以帮我，我就信了，谁知去了才知道他是警察，我就吓得跑掉了，今天看到林青天出事，我发现跟我出去的时间很近，而且我跟警察约定的地点就在凶案现场附近。"

"那个人是谁？"

"我不认识，不过好像在警局见过，很年轻……我是被陷害的，我没有杀人，小说的素材也是我跟校园 bbs 上的网友聊出来的！"

"网友是谁？"

"我不知道，就大家都一起聊天，聊 high 了，我就说了下自己的构思跟想法……不过我写的内容跟聊时的剧情还是有很大出入的，所以一定是有人配合我的故事情节去杀人，可是那人我惹不起，老板，你相信我，接下来我要做的事也是迫不得已的……"

"那人是谁？"

"……"

"是不是你提到的那个警察？"

"不是不是！不要再问了，总之，我会尽我的力量让大家避开灾难的！"

说到最后，小魏都快哭出来了，张燕铎还要再问，哔哔声响起，电话已挂断了，关琥急忙打小魏的手机，可是手机关机，他担心地说："他不会是想做什么傻事吧？"

"他一定会做傻事，但不是你说的那种。"

"他刚才撒谎了，他知道谁是凶手。"关琥飞快地说："而且知道凶手在警局有些地位，又年轻，再加上左撇子的特征，难道是李元丰？"

答案说出后，关琥立马自己摇头否定，"不会的，李家是警界世家，李元丰做警察做得好好的，为什么要杀人？"

"凶手是谁先不着急，而是接下来他要让小魏做什么。"

从跟小魏的对话中可以知道他现在六神无主，他很怕这种状况，但又不得不面对，关琥想不出他屈服于凶手的原因，迟疑道："会不会跟那篇小说有关？"

"小说剧情传播得太快，可能是有人在幕后做推手，这证明凶手很享受大家的注意跟追踪，更期待接下来的剧情，如果你是读者，看到自己追到一半的书断掉，会怎样？"

"我不看书的，"关琥老神在在地说："看书不如看我自己。"

张燕铎给了笨蛋弟弟一个白眼，"看书就跟看连续剧一样，想一直追着往下看，尤其是现在虚拟世界跟现实接轨了，大家更想知道接下来会不会有人死亡，这时候小说继续发表的话……"

"那一定会引起空前反响，会有更多的人来关注小说的后续，看是不是跟现实吻合，会不会有新的受害者出现……"说到这里，关琥恍然醒悟，"为了引起更大的关注，凶手一定会让小魏把故事写下去的！"

"对，所以我们要抢在小魏前面，改掉小说的走向，让凶手无法按照相同的模式杀人，小魏应该也会尽力拖延，我们先抢先发表，再趁下一章传上之前找到小魏，凶手的操作就会不攻自破了。"

"改内容？"

关琥赞同张燕铎的操作，但对于一个连书都不看的人，改小说这种事对他来说比抓贼难多了，努力在脑子里思索组里的成员，最后发现既要改动内容，又要模仿原作者的文笔绝对不是他的同事可以搞定的事。

"这有什么好犯愁的，我们身边不就有个高手吗？"

张燕铎拿起手机打给谢凌云，将目前的状况跟她简单说了，问她能不能帮忙，将有新被害人出现的剧情改掉，谢凌云二话不说就同意了，说她手头上有小魏的新稿，她会对照着稿子修整，最晚一小时内给他们稿件。

电话挂断，关琥不无感叹地说："我对文化人佩服得五体投地。"

"又懂文化又会飙车的人毕竟不多，别自卑，至少你还懂一项。"

塞车的状况开始缓解，张燕铎给关琥做了个加速的手势，后者二话不说，紧踩油门，把车一路飙出去，直到警局。

# 第八章

    重案组的成员都在办公室里各司其职，关琥一进去，就感觉到了弥漫在空气中的紧张气息，李元丰跟蒋玎珰在整理相关的旧案资料，关琥侧头打量李元丰，又看看他的左手，揣测他是凶手的可能性有多大。

    "李元丰，"他故作轻松地打招呼，"你是不是在心理医生那里找到其他情报了？我听隔壁同事说昨晚你过去了。"

    "你搞错了吧？我昨天下班就回家了，哪都没去。"

    "哈，我们所有人在忙着查案，大少爷你倒是轻松。"蒋玎珰没好气地把一份资料拍到他身上，"去复印一下。"

    被个黄毛丫头指挥，李元丰脸色很不好看，就在关琥怀疑他会不会像以前对付罗林那样对付蒋玎珰时，他老实地拿起资料去了复印机那边。

    趁他离开，关琥小声问蒋玎珰，"下午李元丰有没有单独行动过？"

    "你该问他有不单独行动的时候吗？大家都忙得要死，他却不知道去哪里混了，刚才才回来，反正他做不做事头儿都不会说什么的。"

    看李元丰回来了，关琥没再多问，去萧白夜的办公室，将他们查到的线索详细汇报了，萧白夜答应会随时将小魏的网站解锁，只要谢凌云的文档一来，就登载上去——在找不到小魏的踪迹跟了解凶手的目的之前，拖延战术是唯一的对应办法。

"我刚才看电视新闻，警方已经把小魏作为罪犯追查了。"张燕铎走进来说。

"我们目前只找到了小魏丢下的手机，为了尽快找到他，只能采取这样的办法。"

"手机是在哪里找到的？"

"在离这里大约两公里外的一个垃圾桶里，鉴证科那边在汇集手机里的情报，小魏的确有接过一通公用电话，但不能证明那是凶手打给他的。"

"小魏不会是凶手。"张燕铎说。

"我们办案，首先要看证据。"

"如果要说证据，那我建议你们多注意一下李元丰，同样是左撇子，李元丰的个性更有暴力倾向。"

萧白夜不置可否，然后将箭头指向关琥，"你怎么看？"

看到张燕铎也同样一副微笑的表情，关琥觉得比面对一只狐狸还要头痛的是——同时面对两只狐狸。

他挠挠头，努力寻找中正的词句，手机响了起来，谢凌云的文章打完了，将他及时从水深火热里救了出来。

关琥将文章传去大电脑上打开，三人凑到一起看，内容大约五千多字，将小魏原本设定的保险员情人的死亡改为案情扑朔迷离，女记者跟警察联手查找真相，再加了一些对案件分析的描述跟主角的惊险遭遇，就洋洋洒洒写了几千字，可以作为一整章上传了。

看完后，关琥不由得连连摇头，"谢凌云不当作家，真是浪费了。"

"给小魏一条活路吧，为了在写作中出人头地，他也是蛮拼的。"

张燕铎的话让关琥心里一动，想到当年判官案的疑凶直指韩东岳，让他曾一度陷入犯罪嫌疑人的危机，但同时也让他成名了，他的著作变成了大热门，他也一跃成了心理学界的代表人物，这是疑案发生之前的他所没有过的待遇。

所以换个说法，他也算是出人头地了吧。

萧白夜让情报科的同事将网页解了锁，关琥第一时间把谢凌云代笔的文章传上网，没多久，下面的留言就覆天盖地地出现了，各种评语都有，失望的、吐槽的、求转发的，不过大多数内容都基本相似，就是对这一集的剧情不满，觉得没有死亡事件出现，是作者在混字数。

"这些人太过分了，就算是在网络上，也不能信口开河吧，如果他们真认为小说跟现实在平行发展，就该知道剧情那样写的话，现实中也会有死亡出现。"看着那些留言，关琥忍不住气愤地说。

"这就是人性。"萧白夜耸耸肩。

"不错，人心的险恶一直都在，"张燕铎冷冷道："网络只是加速扩散而已。"

"那希望幕后凶手也会尽快看到，他就会发现自己的计划搁浅了。"

"只是拖延而已，在找不到小魏之前，这场闹剧不会停止的。"

偏偏现在寻找小魏是所有任务中最不容易解决的一环。

文章放出后，网页的上传功能再次锁住了，虽然大家都知道这样做的效果不大，但不能因此就漠视凶手的嚣张行为。

老马把当年负责判官案的成员追踪资料都收集齐全了，当时主要负责的组员包括组长一共有十人，除了过世的跟退休的以外，还有四名是现役警员，两人调去了外地工作，另外两人也换了部门，工作都很顺利，没出现罗林的情况。

老马跟他们聊起韩东岳，两个人的反应都比较微妙，一致认为依照警察的直觉，韩东岳有很大的嫌疑，但最早出现的杀人犯跟韩东岳没有来往，被强暴的女主人韩东岳也没有接触过，跟他唯一有联系的是投毒杀人的前妻，可是前妻的车祸并非有人在车上动手脚，所以他们找不到韩东岳的犯罪证据。

再加上之后调查组的成员一个接一个的出事，大家明哲保身，就都选择退出了，罗林还是最先退出的那个，大家都说韩东岳会邪术，没人再敢去查，只有组长范喜生坚持了一阵子，最后也因为家庭暴力意外死亡，案子到此就正式宣布结束了。

据说范喜生的妻子也因为这件事受刺激精神崩溃，后来病情越来越重，被送去了精神病院治疗，儿子那时还小，被亲戚领养了，去了外地居住。

老马向他们打听亲戚的名字，他们都说不清楚，那时候大家对判官案个个谈鬼色变，避之唯恐不及，谁还敢多事去问？

大家听完老马的汇报，蒋玎珰说："罗林的冲动杀人会不会是他自身的问题造成的？这些人都曾经参加过十年前那件案子，可是他们都没事，为什么只有罗林出事？如果真有邪术诅咒的话，他是最早退出的，按理说不该被牵扯到。"

"罗林跟其他组员的不同是他除了负责判官案外，还参与了一年前公寓女尸骸骨案，当时新闻曾连续几天播放，判官案的凶手看到的可能性很大，他如果在电视上认出了罗林，说不定会再次引发他杀人的冲动。"

江开一边翻看自己刚搜集到的资料一边解释，蒋玎珰不服气地说："如果真是这样，那凶手应该在去年就对罗林动手，为什么拖到现在？"

因为小魏的租房就要被拆掉了，藏在房子里的骸骨早晚会被发现，所以逼得凶手不得不有所行动吧。

关琥是这样推测的，但他不明白凶手为什么要特意带他们发现骸骨，也许真如韩东岳所说的，所有阴谋跟事件其实都只是场游戏而已。

变态的世界观他果然不懂。

关琥看向张燕铎，期待得到指点，张燕铎没有回应他，头微微低下，不知道在想什么。

江开回答不出蒋玎珰的问题，只好将刚拿到的资料复印本分别递给大家，说："大家先看一下曲恬的情报，我详细调查过了，曲恬十年前因为感情纠纷跟家人断绝关系，离家出走，之后她没有再回去过，这十年里身份证也没有更换过，算是另类的失踪。"

关琥翻着文件，没发现曲恬的家人跟她联络的资料，叹道："她的父母也够狠心的。"

"因为她跟有夫之妇同居，用现在的话说就是小三，很丢脸的，不过我没查到她的情夫是谁，这件事她没有跟任何人:提到过，这十年里她的亲弟弟曾找过她，但都没有结果。"

关琥看到张燕铎在听到这句话时表情微变，迅速打开写着曲恬弟弟的那页资料，但很快就放下了，看表情，他没有拿到自己想要的东西。

关琥忍不住也翻到那一页，曲恬的弟弟今年二十六岁，是一名海军，看照片他跟曲恬长得很像，履历上也没有奇怪的地方，所以他不知道张燕铎在找什么。

"曲恬在大学时，兼职了几份工作，晚上在酒吧打工，白天在一家公司里做文职，我询问了她当时的同学，她们都不清楚她的工作跟交友，曲恬曾说过她的工作保密性很高，不能乱说，只提到薪水非常不错，老板也很帅，所以我怀疑那个所谓的有妇之夫会不会就是指她的老板？可惜我跟求职机构确认过，找不到她就职的情报。"

李元丰哼了一声，"保密性高到不能随便说？是做间谍吗？"

这话提醒了关琥，曲恬做间谍的可能当然不高，但如果是侦探社的话，那她的话就可以得到解释了，但她在陈靖英的侦探公司做事与判官案有什么关联？他没记错的话，陈靖英并没有结婚，所以曲恬的情人应该不是陈靖英……

关琥再次看向张燕铎，从张燕铎的表情里无法窥探到情报，但他发现张燕铎的眉头稍有舒展，像是想到了什么。

"这是小柯帮我做的人骨复原图，因为时间仓促，做得不细致，但头骨轮廓跟曲恬的大致可以对上，所以公寓女尸骸骨有 60% 的可能性是曲恬，不过根据我调查到的情报，曲恬生前并没有在那栋公寓里住过。"

"她可以用化名，也可能公寓的某个房间是情夫租的，可惜时隔多年，公寓也已经拆迁了，很难追到当年租房人的信息。"老马看着资料说。

李元丰追加，"如果女尸真的是曲恬，那她到底是跳楼自杀的还是被杀的？她就读的学校不是燕通大学，与判官案里的被害者也没有联系，为什么凶手会在多年之后看到她的尸骨后，对罗林产生了杀机？"

这番话让关琥对这位"太子爷"另眼相看。

李元丰注意到了这些细节问题，除了公寓女尸的红线手链跟租屋金盒里的手链相似外，两案完全没有交接点，但也许手链就是最大的破绽，假如当年陈靖英被人拜托调查韩东岳，而曲恬又是在陈靖英的侦探社做事的话，那所有线索就可以完美地连接到一起了。

"罗林跟人相约在街上见面，至少他知道是谁约他的。"

张燕铎突如其来的一句话将大家的视线都吸引了过去，不过还没等他解释，电话打了进来，萧白夜接听后，脸色变了，迅速打开小魏的网页，就见留言的地方说最新章节是有人假冒作者打上去的，下面的才是真正的小说情节，请大家阅读分享。

萧白夜把滑鼠往下转，就见留言框里洋洋洒洒地写了几千字的故事，把谢凌云写的那段盖过去，直接接前一章的内容讲述之后发展的剧情，看到结尾部分是保险员的情人在停车场被棍棒击伤，并劫持离开，生死不明时，萧白夜的眉头皱了起来。

关琥就近拿过另一台电脑，上网搜寻，搜索字符才打到一半，网上就出现了一排相关的内容，没想到在短短的时间里，上传的小说已被网友们分享得到处都是，现在想要完全锁定小魏的网页，已经来不及了。

"这些人也太疯狂了！"

"疯狂的是幕后主使，他看到我们改写小魏的小说，反应不是紧张，而是兴奋，并开心地参与进来，配合着剧情往下玩。"

看留言栏里的文章文笔跟剧情，很大的可能是凶手逼迫小魏改写的，关琥想凶手的心态大概正如张燕铎所说的，否则他不会在网上做这种无聊的事。

张燕铎冷清的话声加重了气氛的紧张感，萧白夜迅速联络暗中监视凌潇的警员，让他们加强戒备，但电话响了好久都没人接听。

单调的铃声在空间里一声声地回响着，仿佛预示着某种不妙的结果，萧白夜的表情凝重起来，正要挂电话，就在这时电话通了。

关琥坐在萧白夜对面，无法听到话筒那头说了什么，只看到萧白夜在报了自己的名字后再没说话，脸色越来越难看，最后他提到了凌潇的名字，又过了一会儿，说："我知道了，麻烦你们保护好现场，我马上派人过去配合调查，谢谢。"

电话挂断了，江开第一个忍不住，问："出了什么事？难道凌潇真的跟小说里写的那样遇害了？"

"凌潇外出回来，在公寓的地下停车场遭遇歹徒袭击，负责跟踪她的两名警员也受了重伤。"

"是什么时候的事？"

"大约一个小时前，他们被袭击的地点比较偏僻，所以一直没被发现，是巡逻的保安注意到的，就联络了附近的派出所，刚才是派出所的同事跟我汇报的情况，他们已经把受伤的警员送去了医院，凌潇怀疑被劫持，现场留下了她的私人物品，她本人去向不明。"

"怎么会这样？"江开沉不住气，叫道："头儿，你不是提醒他们很多次要加强戒备吗？为什么他们会这么不小心？"

"可能是被突然偷袭的，怪我考虑不周，应该多派警员去保护当事人的。"

"是不是我们传的那篇文刺激了凶手，所以他才会马上出击？"关琥说。

张燕铎沉吟不语，从时间上来算，他不认为心思缜密的凶犯会冒险，临时改变计划，所以行凶计划一定是一开始就安排好的。

"凶手先杀人，接着小魏就传情节相同的文章，时间也太巧合了，小魏跟凶手会不会是一伙的？"

关琥摇头否定了老马的怀疑，"我觉得小魏被绑架威胁的可能性更大，他在给我们打电话的时候就透露了自己这样做是迫不得已的。"

"问题是我们追不到小魏的行踪。"江开挠着头发，急躁地说。

他们几个在讨论的时候，萧白夜已经把行动方案想好了，先是封锁了文章网页的留言功能，又让关琥联络谢凌云继续往下编剧情，剧情怎么发展都好，就是不能出现死人，受伤的人员也要转危为安，以此拉开读者们的注意力，让凶手无法根据剧情任意行动。

"也许凶手是先行动，再慢慢编剧情。"关琥说。

"能拖一阵是一阵，接下来大家全力以赴，找到小魏，还有控制韩东岳的行动。"

萧白夜让老马去跟情报科确认小魏的文章上传地址；江开跟蒋玎珰去燕通大学跟踪韩东岳，以及了解小魏在校园 bbs 上的交友关系，还有跟他签约的幽灵房东的情报；关琥跟李元丰随他去凌潇出事的现场。

任务交代下去，大家迅速分头行动，关琥和李元丰去领配枪，张燕铎本来想跟他们一起去，但是在看到对面的电脑屏幕时，他的脚步顿住了。

那是几起事件发生后江开汇总来的交通监控录像，现在张燕铎的脑海里已经对整个案件的起因还有发展有了大致的推断，但他还需要一些更可靠的物证来确定自己的推论，看着处于定格状态的视屏，他眼前一亮，一些模糊的东西逐渐清晰起来。

关琥领了枪，匆匆赶回重案组，看到张燕铎坐在电脑前，目不转睛地盯着屏幕，一只手里还拿着遥控器，不时地前进或倒转画面。

"有什么新发现吗？"他问。

"嗯……"

张燕铎的回答模棱两可，见他看得出神，关琥没再打扰他，说：

"我去现场，有消息及时联络。"

"小心。"

张燕铎说话时目光没有移开屏幕，关琥怀疑他现在的心思都在思索中，根本没注意自己在说什么，他回了声知道了就跑了出去，李元丰已经把车开过来了，等他跟萧白夜上车后，就开车飞快地向凌潇住的公寓奔去。

"我有预感，今晚我们要熬通宵了。"路上，跟现场的同事不断交流情报的同时，萧白夜叹道。

比起熬通宵，关琥现在只期待到时看到血腥场面，他的上司跟身边这位同事不要晕血才好。


案发现场到了，看到人群里有不少记者，李元丰皱眉说："这些人的消息居然比我们还灵通。"

"现在大家都在关注《判官》这篇文章的后续，一看到出事就跑来了吧？"

还好现场一早被小区派出所的警察控制起来了，所以看热闹跟查探消息的人只能在外围张望，关琥三人走进去，就见鉴证科的同事已经到达了，舒清滟正在现场忙着搜集物证，看到他们，扬手打了个招呼。

萧白夜对血腥现场很敏感，找了个借口把派出所的警员叫到较远的地方，确认案发的经过。

关琥跟过去，听了个大概，原来凶手之所以会轻易得手，是因为他一开始袭击的对象就是那两名警察，他下手既快又毒辣，警察还没反应过来，就被他打倒了，他随手丢掉凶器，又迅速走到凌潇那里，将她强行拖上了车，然后驾车离开。

地上的血迹都是警察留下的，他们头部被击打，导致大量出血，还好两人的生命都没有大碍，所以大家推测凶手的目标是劫持凌潇，杀人还在其次。

听完派出所警察的汇报，关琥回到现场，舒清滟刚把凶器放进证物袋，看到证物袋里沾满鲜血的铁锤，关琥叹道："又是铁锤，凶手还真是杀上瘾了。"

"杀一个跟杀三个没有本质的区别。"

舒清滟冷静地打量停车场的设施构造，说："凶手很聪明，特意选择僻静的角落来行凶，不知道他有没有发现这里其实也安了探头。"

她指指墙角上方，附近照明昏暗，那个探头很容易被忽略，关琥不知道凶手有没有看到，同样的，保安室里的人也没有及时注意到这里发生的凶案，导致从案发到被害人被发现花了这么长时间。

"普通人很难想象身边会发生这样暴力的血案，保安会疏忽也是可以理解的。"舒清滟耸耸肩，"我同事应该已经把保安室的录像调清晰了，你们要不要去看一下？"

关琥道了谢，三人匆匆来到公寓的保安室，不大的房间里站了不少人，除了当时值班的保安跟物业管理外，还有先行赶到的警察，鉴证科的人员用特殊软件调整了案发时间的录像，拉近镜头映像，让大家可以将当时的状况看得很清楚。

案发过程跟先前警察汇报的一样，凶手在攻击了刑警后扔掉铁锤，又殴打凌潇，将她拉上了车，开车离开，凌潇采购的食品滚落了一地，被飞驰的车轮压得粉碎。

"我们已经对照车牌调查了，但是还没有任何发现，怀疑凶手作案后就换了车牌。"

听着同事的解释，关琥又仔细观察屏幕，发现凶犯用的是左手，并且下手狠辣，从凶手出现到警察遇袭，前后不过十几秒，而且诡异的是，他们像是彼此认识，警察在受伤前还拍过凶犯的肩膀。

身后传来李元丰的轻呼，关琥也感到奇怪，凶犯戴着棒球帽，看不到长相，但他的衣服跟身材看着有点面熟，便让鉴证人员将画面再放大一些。

鉴证人员照做了，随着画面逐渐扩大，里面的人像变得更清晰，连凶手戴的手表也可以看到了，这次关琥明白了违和点在哪里了，这身衣服还有手表都太有熟悉感了，他转头看向李元丰，李元丰现在的衣着不正跟录像里的凶犯一样吗？

其他人也发现了这个相似的地方，纷纷把目光投向李元丰，李元丰其实比他们更早就注意到了这一点，脸色变得煞白，面对大家疑惑的目光，他急得连连摆手，叫道："这不是我，只是衣服相似而已。"

"而且手表也一模一样，"那个鉴证人员只顾着作对比，有些不在状况，把镜头转到凶手的脚上，指着屏幕说："鞋也一样，能像成这样，也太挺巧合了。"

"是有人陷害我的！所以故意穿着我的衣服来害人！"见不被大家信任，李元丰火了，指着电脑画面气愤地说。

"那一个小时前，你去哪里了？"

"关琥你这话什么意思？你这样问就是怀疑我了！？"

"我们只是想了解案情，请配合……"

"我为什么要配合你们？谁知道你们是不是一早就串通好了来陷害我的？"

李元丰越说越大声，然后愈发觉得自己这样想是正确的，关琥被他的异想天开弄得很无奈，反问："我们为什么要陷害你？"

"因为、因为……"

李元丰话没说完，又有人指着屏幕惊叫起来，大家的视线被吸引过去，就见凶手将凌潇强行拉进车里时有抬起头，鉴证人员捕捉到了凶手仰头的瞬间，将画面放大并调节清晰，于是大家清楚地看到了凶手的容貌，却不是李元丰是谁！

这次别说其他人了，连李元丰自己也目瞪口呆，怔了半天他才反应过来，再次叫道："这不是我，我没有杀人……哈哈，是啊，我为什么要杀人？我跟那女人又不认识对不对？"

萧白夜看看屏幕，冷静地说："可这是你不是吗？"

"不是！这是有人假冒的！"

能假冒得这么真实，也挺厉害的。

为了不刺激李元丰，关琥忍住了吐槽，直接问自己关注的问题，"那你现在可以解释一个小时前去哪里了？"

"我出门了，去……"说到一半，李元丰临时打住了，辩解道："总之我没有来这里，我也没有那辆车……"

"还是先回警局说吧，李元丰，我们这样做并非怀疑你，这只是调查的正常程序，你是警察，应该很了解。"

萧白夜说得平静，但不难听出他语气下的严厉气势，同时给大家使眼色，让他们配合。

李元丰觉察到了他的想法，变得更激动，一边往后退，一边叫道："还说不怀疑？你们看到录像，根本就确定我是凶犯了！"

"冷静冷静，我们当然还是相信自己的同事了……"

关琥一边做安抚一边往李元丰那边走，他没走出两步，就被李元丰喝住了，迅速从腰间掏出手枪，拉下保险栓对准了他。

关琥本能地举起双手做投降状，他不怕死，但这种死法太憋屈了。

其他人也被李元丰的突发行为镇住了，现在李元丰究竟是不是凶手已是其次了，重要的是他手上拿的是真家伙，尤其他现在精神状态不稳定，一个激动之下，开枪走火的可能性很大。

"都往后退！往后退！"李元丰双手举枪，大喝道。

萧白夜只好吩咐大家往后退，李元丰趁机挪去门口，看样子是想逃走。

"别做傻事了，你逃不了的。"

关琥的提醒把李元丰的枪口引到了自己身上，还好李元丰没开枪，而是指着他，喝道："闭嘴！后退！"

为了不刺激他，关琥只好照指令往后象征性地挪动，心里盘算着该怎么阻止他，要知道李元丰这样做实在太蠢了，假如他不是凶手，那他的行为只会让别人更怀疑他。

李元丰已经移到门口了，关琥的眼神扫过旁边的椅子，正准备将椅子踢过去，来个攻其不备，谁知就在这时，他口袋里的手机突然响了起来。

"叮叮当叮叮当，铃儿响叮当……"

欢乐的圣诞乐曲瞬间响彻整个房间，也成功地阻碍了关琥的行动，他这才想起到圣诞节了，不用说，这一定是某个人为了应景，自作主张帮他设定的来电音乐。

接收到来自周围的谴责性目光，关琥慌忙做出抱歉的表示，他设定静音了，他也不知道是出了什么鬼，导致铃声大作。

铃声响了两下停住了，但就这几秒的空档给了李元丰逃跑的机会，他抬枪打中保安室的吊灯，灯泡在空中炸开，关琥抱头躲避着，忍不住在心里骂道——哥哥，我这回可被你害死了。

关琥没猜错，给他打电话的正是张燕铎。

他们走后，张燕铎独自看着交通录像，反复看了几遍后，他将画面停下来，闭着眼靠在椅背上，此时他的大脑里已经将所有看过的景象都刻录下来了，只需要将每条线索串联起来，一切就都会真相大白。

重案组的所有成员都出任务了，空空的大房间里只有他一个人，空间寂静，可以容他慢慢地思索，记忆像是放映机，随着他的意愿任意倒回到他想看的地方，并伴随着关琥曾说过的话。

"罗林杀了人，他死了；林青天杀了方婉丽，他也死了，假使杀人者都要受到惩罚，那方婉丽呢？"

不，不仅是方婉丽，在这两件看似不相关的案子中，其实隐藏着完全相似的情节，那就是每个人都死有余辜，至少在凶手看来，他们死亡才是正常的，只有一个人的死是车祸，但那真是车祸吗？

记忆轮盘继续往回飞转，一直转到那天清晨曲红线来找他们的时空里。

在曲红线跟他们说话时，叶菲菲做了个不起眼的动作，在这里张燕铎的思绪稍微顿了顿，后来没多久吴钩的电话就打了进来，正是因为那通电话，他才没跟关琥同行，现在他才明白，原来这个看似巧合的偶然其实是最早就预计好的！

一分一秒不差，成功地算计到他们的行动，也让他们随着计划者的意图一步步往下走，这就是这个游戏的规则。

判官游戏——他轻声说道，重复了前不久韩东岳说过的话。

张燕铎的额头上渗出了冷汗，除了回忆导致的头痛外，更多的是发现真相后的恐惧感，他明白了自己一直惴惴不安的原因是什么了，但明白不等于可以心安，反而变得更慌乱，为接下来将要面对的未知的危险。

对，关琥会有危险！

想到这里，张燕铎立刻掏出手机打给关琥，但任凭铃声响个不停，就是没人接听。

张燕铎的思绪朝着不详的方向延伸，这种感觉催促着他又连打几遍电话，直到确信联络不上关琥后，他才不得不放弃，转为给叶菲菲留言，拜托她帮忙。

叶菲菲的回信很快就来了，附件里是张燕铎想要的东西，他看完之后，马上跑去鉴证科。

鉴证科的人也都出外勤了，只留小柯一个人留守，他正对着电脑忙碌着，看到张燕铎，立刻双手捂头，大叫："不要再让我做事了，我的大脑硬盘都要当掉了！"

"那就用小脑。"无视小柯的惨叫，张燕铎将带来的资料放到他面前，平静地说："天亮之前给我，我急用。"

"我还有其他的工作啊，而且每一个都是急件。"

"急件可以插播。"

一听这话，小柯的嘴巴咧得更大，可是看看张燕铎的表情，他就把冒到嘴边的话又咽了回去，张燕铎笑得越温柔，他给小柯的感觉就越可怕，更何况是他绷起脸时的样子？

小柯看看张燕铎身后，没找到关琥，他只好放弃了争辩的想法，嘟囔了几句下不为例的话后，把资料拿起来，选择先帮他做。

张燕铎交代完毕，匆匆走出房间，又继续拨打给关琥的手机，至于被他交代了任务的小柯同学，就这样被忽略掉了。

这次电话顺利接通，不等关琥说话，张燕铎就抢先问："你在哪里？"

那头传来关琥呼哧呼哧的喘气声，这让张燕铎的心稍微定下来，等不及关琥的回答，他再追问："你没事吧？"

"我没事，不过别人很有事。"剧烈奔跑让关琥的话说得断断续续，看着迅速汇入车流奔驰远去的黑色轿车，他叹道："哥，我被你害惨了。"

"只要你活着，惨点有什么关系？"发现关琥没事，张燕铎恢复了平时的笃定，冷冷回他。

"……"

"所以到底是什么事？"

"等下，我先弄辆车，再跟你说。"

关琥的话声被其他警察的吵叫声盖过去了，刚才李元丰逃出公寓后，关琥率先追了上去，却没想到李元丰有接应，就在他追到道边，眼看着快要抓到人时，一辆黑色轿车突然从后面窜出来，把车门打开，让李元丰上了车。

等关琥靠近时，轿车已经开出去了，他双手持枪指向车辆，但是在来往川息的车流面前，他只能放弃了不明智的开枪行为。

其他警察在萧白夜的指令下，纷纷乘车追了上去，关琥就是趁这个空当接电话的，刚好追捕的车辆赶到了，他立刻冲了进去，吩咐开车的同事加赶紧加速追击。

萧白夜在后面叮嘱他要小心的话被飞快行驶的车辆甩去了后方，关琥坐在车后座上，一边指挥同事追踪的方向，一边将刚才经历的事简略说了一遍。

张燕铎没有打断他，直到听完，才说："李元丰可能是被嫁祸的。"

"嫁祸还跑？他白做警察这么多年，脑子进水了？"

"所以你现在是在追踪脑子进水的警察？"

"还有他的同伙，干……那家伙车技太好，要被甩掉了！"

看到好不容易快追到的目标一转车头，拐去了其他的路段上，关琥忙给开车的同事打手势，让他追上，又对张燕铎说："我要抓贼，不跟你聊了。"

张燕铎还在思索关琥的话，关琥口中提到的司机同伙让他感觉不对劲，发现关琥要挂电话，他急忙说："他们不是同伙！"

"啊？"

张燕铎的思绪沉浸在自己的空间里，联系着他手头上的线索，边推想边说道："对，他们不是一伙的，不仅不是，那个开车的人可能还会对李元丰不利，这样他们就可以将所有问题都顺利嫁祸到李元丰的身上，这也就对应了小魏的小说。"

小魏的小说接下来是什么来着？

关琥现在只顾着追李元丰，没时间多加细想，随口说："我会注意的。"

仿佛没有听到他的话，张燕铎还在自言自语，"可以这么准确地掌握李元丰的行为，这样的人不多，这表示他很了解李元丰的心理，但他没有能力做时间上的配合，所以开车的会是谁……关琥，他的车技有多好？"

关琥几乎把张燕铎的话当催眠曲了，突然被点名，他慌忙打量外面的状况。

现在是交通高峰期，黑色轿车在众多车流中开得飞快，导致有几次差点跟其他车辆相撞，不仅引来其他车主愤怒的喇叭声，也让他们这些追踪的人捏了一把汗，但状况每每遭遇凶险，最后却都转危为安，所以驾车的人除了有高超的车技外，还有异常的冒险精神。

"嗯……他的车技好到了变态的程度。"

听了关琥的描述，张燕铎的心一沉，车技好到这种程度的人不多，难道是吴钩？

再想到事件发生以来，吴钩各种诡异的举动，他脑海里亮光一闪，突然明白是怎么回事了，叫道："那人是吴钩，关琥你小心！"

"收到，我知道了！"

"知道个屁，你马上给我停下来，不要再去追了……你在哪里？我去找你！"

一贯温雅的人居然爆粗口，关琥马上就知道张燕铎现在的心情有多急躁了，这个发现让他忍不住想笑，还说他遇到问题不冷静，其实张燕铎也好不到哪去吧。

"我也不知道自己在哪里啊，哥，我在玩速度与激情，先这样，回头有进展再跟你汇报。"

"不要冲动，你玩不过他的……"

张燕铎的话还没说完，电话那头便传来轰隆震响，接着是一连串怪异的杂音，他不知道出了什么事，大叫道："关琥！关琥！"

回应他的是持续不断的撞击声，很快的，连撞击声也停了下来，对面变得寂静无声，这样的沉寂比巨响更令人恐惧，想到吴钩在吸引关琥上钩，张燕铎又急又担心，只好打电话给吴钩，听到的却是电话已停用的提示音。

吴钩丢掉这只手机，就表明任务快执行完毕了，也代表关琥的处境很危险，关琥做事胆大心细，但是跟吴钩相比，他还太嫩了，因为那个人是没有理智的，为了完成任务，他连生命都可以舍弃！

不安的感觉越来越强烈，张燕铎冲出警局，上车后，将车速飙到了一个疯狂的程度，向着凌潇的公寓冲去。

如果现在关琥知道张燕铎的担心，也许他的行动会改变，但可惜的是在他讲电话的时候，警车被撞到，车体向旁边猛晃，为了保持平衡，他只好用力抓住椅背，导致手机在晃动中落到了地上。

没等关琥去捡手机，警车再次受到撞击，砰的重音传来，还伴随着疯狂的摩托声响，他向外看去，发现不知从什么时候开始，周围多了好几辆重型摩托车，摩托车骑手个个身穿专业赛车手的厚皮衣，戴着头盔，看不到长相，但他们阻拦警车追踪的意图非常明显。

几个骑手的车技都很高明，撞了他们的警车后，又开始围着警车转圈，并不时做出挑衅的手势，让他们的车无法顺利前进，渐渐地跟黑轿车拉开了距离，车流也被其他车辆占据了，让关琥找不到追踪目标。

看这些人的打扮跟车技，关琥断定他们是专业的飙车族，这种人最难缠，除了滋事生非外，还飙车赌钱，更甚至有人做出伤害交警的事，之前关琥处理过几起类似的事件，但他们前脚抓了人，对方后脚就交保释金出去，半点伤害都没有，而受伤的警察却因此住院，时隔很久才能重新上班。

所以关琥无法原谅这些人的作为，现在他们的举动更是成功地激起了他的怒气——为了一点钱就为所欲为，阻挠警察办案，真是岂有此理！

"怎么办？"

警车被摩托车逼得无法直行，只能在路上歪歪扭扭地行驶，开车的同事不知该如何是好，无奈地问关琥。

关琥阴沉着脸不说话，眼看着周围车辆渐少，他忽然落下车窗，举起枪，冲着其中一辆摩托车的车轮射击，轮胎被射爆了，骑手仓促间掌握不住平衡，几个歪扭之后向前栽倒。

他看上去摔得很重，半天没爬起来，摩托车也在冲力下顺着地面向前滑去，导致前面的骑手被牵连，也一起摔倒了，还好其他几名骑手躲得快，否则也要遭池鱼之灾。

没想到警察居然敢乱开枪，那些人先是愣了一下，马上就转成怒气，纷纷从车后抄出家伙向警车劈头盖脸地打来。

金属的撞响声中，警车的不少地方被砸出大凹来，开车的警察平时在派出所做事，哪见过这阵仗，本能地踩住刹车，这个选择导致车体再次被打到。

"开车！"关琥吼道。

"可是……"

看到在车头前嚣张地来回滑行的大型摩托车，警察不敢踩油门，生怕一个不小心撞到人。

见他没反应，关琥再次大吼："我说开车，要是出什么事，算到我头上！"

不知是他的大吼声起了作用，还是发现再不开车，他们都会有危险，警察踩下了油门，前面两辆摩托车想挡路，被警车硬是从中间挤了过去，车体跟车体相互顶撞，发出倒牙的摩擦声。

不过警车没跑多远就又被拦住了，其中一人挥舞棍棒，直接打在他们的挡风玻璃上，整面玻璃变成了蛛网状，警察吓得急刹车，为了防止出事故，他将车头转到道边上，由于转得太快，前轮胎跃过道边的石阶后才停下。

关琥被带动得前后猛晃，看到碎得惨不忍睹的挡风玻璃，再看看还在外面发狂的骑手，他的火气轰的冲了上来，抬腿一脚踹开门，刚好后面的摩托骑手冲过来，被突然打开的车门挡住，身体腾空而起，一个前滚翻跌到了地上。

关琥跳下了车，那个打破车窗的骑手看到他，一摆车头，冲他做出动手的架势，关琥二话没说，抬手就是一枪，子弹打在了那人的手腕上，他疼得大叫起来，铁棍落到了地上，车头也把不稳，他随着摩托车一起翻倒。

如果说这些人把关琥第一次开枪当成是警告的话，那他这一枪足以证明了他现在的立场，骑手们嚣张归嚣张，却惧怕像关琥这样的人，打了个口哨想跑，关琥正在火头上，哪里肯放，冲上去拳脚齐出。

关琥是警队武状元，又被张燕铎亲手教导过，这些小混混哪是他的对手，一分钟不到，余下的几个人也都被打得趴在地上爬不起来了。

夜已深了，来往车辆越来越少，就算偶尔有车经过，看到这场面，车主也是加快车速绕道跑走，生怕惹祸上身。

关琥把人揍了一顿，总算出了口恶气，转头看看蛛网状车窗，他放弃了开车的打算，揪起一个还趴在摩托上呻吟个不停的骑手，将他踹去一边，然后扶起他的摩托车跨了上去。

"把这些家伙铐起来带去警局，告他们包庇连环杀人案的凶犯、私藏危险物品、袭警，我看这次还有谁敢保释他们！"

关琥说完，不等同事回应，就加油门把摩托骑了出去，就听引擎声沉重的声响由近及远，转眼就不见了他的踪影。

小警察颤巍巍地从车上下来，看看在地上辗转呻吟的骑手们，脸色更白了，结结巴巴地说："没那么多手铐啊，这……这怎么办？"

一场混战后，现场逐渐寂静下来，谁都没注意到不远处的空车位上停了辆白色轿车，车里的两个人把刚才的打斗场面看得一清二楚，直到关琥骑摩托离开，坐在副驾驶座上的人还没完全回过神来，定定地注视着黑暗的街道发呆。

他旁边的男人见状，笑了起来，往座椅背上一靠，问："你平时看他做事大大咧咧的样子，没想到他发起火来会这么恐怖吧？"

李元丰转头看他，但男人戴了口罩跟眼镜，将一张脸遮得严严实实，所以无法看清他的表情。

男人继续说："那几个人至少有一半被打得骨头裂了，要是他们的家人投诉关琥执法过严，他一定吃不了兜着走，不过我就喜欢他这股拼劲，就像出柙猛虎，要是警队多一些他这样的人，那也不至于凶案泛滥了……"

李元丰不知道他在感叹什么，对于男人的出手相助他更觉得疑惑，戒备地问："你到底是谁？"

轻缓的哼歌声传来，作为对李元丰疑问的回复。对方越是漫不经心，李元丰就越是忐忑，再次叫道："你为什么要帮我？你到底是什么目的！？"

"太子爷，你这么激动干什么？"男人终于停止了哼歌，转头向他看来，调侃道："不知道我是什么人，你就上我的车，这种精神也是很让人钦佩的。"

"我、我……"李元丰语塞了。

的确，现在冷静下来想一想，男人帮助他逃跑的行为透满了古怪，但当时他正被众人怀疑，为了逃跑慌不择路，突然看到有辆车停到自己面前，本能就促使他跳上了车，只想着先逃走再说，可是逃走以后呢，他又该怎么做？

逃跑行为只会加深别人对他的怀疑，让原本莫须有的罪名变为事实。

仿佛从李元丰的表情中读解到了他的担心，男人笑得愈发愉悦。

"其实你根本不需要逃的，你又没杀人你怕什么？不过你会这样做也不奇怪，这一点我还挺佩服韩教授的，他根据你的个性做出分析，就能将你的行动计算得分毫不差，也算是个人才了。"

"韩教授？"

这个名字不熟悉，但又不是那么陌生，李元丰重复着，脑海中灵光一闪，啊的叫了出来。

男人将口罩跟墨镜依次摘下，远处微弱的路灯光芒照进来，映亮了他的脸庞，看到对方的长相，李元丰惊讶得连声音都发不出来了。

这张脸实在太熟悉了，熟悉到他有种自己正在照镜子的错觉，本能之下，他伸手去摸自己的脸，想确认这是不是在做梦。

男人没给他这个机会，伸手拍在他的肩膀上，李元丰感觉到肩上传来刺痛，随即意识就模糊起来，身体失去了控制，向后一仰晕了过去。

"接下来才是重头戏呢。"

男人将面具撕了下来，路灯照在他精致的脸庞上，俊秀却不带一丝感情，他打着引擎将车开了出去，嘟囔道："不知道这一次韩教授的分析会不会命中，让人有点期待了。"

# 第九章

　　关琥骑着摩托车向前猛冲，还好前方是笔直大道，中途没有岔路，他不断提高车速，终于追到了目标，却是驾车的人低估了他的坚韧，把车速放慢，变成了兜风性的驾驶。

　　关琥二话没说，将摩托车骑过去，直接截到了轿车的前方，车主被吓到了，慌忙踩刹车，停车后，从车里探出头来，冲关琥大吼脏话，却在下一秒看到了指向自己的手枪，他立刻噤声，还很配合地把双手举了起来。

　　"要、要钱吗？钱包就在旁边，我、我都给你！"

　　那是个二十多岁，穿着花哨的年轻人，看他那贼眉鼠眼的长相，跟关琥想象中的凶手完全不搭边，更与张燕铎的猜测不同，他心里腾起不好的预感，把男人一把推开，看向副驾驶座，那里空着，再看车后座，也没有人。

　　不祥的预感被证实了，他问男人，"这辆车你是从哪弄来的？"

　　"什么、什么哪来的？这就是我的……"

　　话没说完，男人的额头就被枪口顶住了，关琥喝道："我没时间跟你啰唆，你是想死还是说实话？"

如果可以，他也不想让自己表现得这么暴力，但不可否认，暴力是短时间内让对方听话的最有效的办法——被关琥的气场震慑，男人立刻老老实实地回答了他。

"不是我的……不过也不是我偷的，是有人送我的，就在前面那个路口，是真的！"

"是一个人还是两个人？"

"两个……我猜想这车会不会是赃物，所以打算开一下过过手瘾就丢掉……"

"那两个人呢？"

"他们上了另一辆车……"

问到这里，关琥已经可以确定自己被耍了，他气得冲轿车踹了一脚，男人被他的暴力吓得发抖，见他转身上了摩托车要走，忙叫道："这车真的不是我偷的，我归还，我报警……"

"随便你。"

懒得管男人怎么处理那辆车，关琥随口丢下一句，就加速将摩托骑了出去。

线索断了，这让关琥感到火大，但更多的是对无法掌握这种混乱状况的无力感，冷风随着摩托车的加速不时拂过脸颊，却丝毫降低不了他的焦躁情绪。

今天发生的变故太多，让他应接不暇，他找不到李元丰杀人的理由，更无法理解李元丰在被怀疑的时候为什么一走了之，让整个案情变得更扑朔迷离，他想理清引发案件的源头，脑中却是一团乱麻，无从理起。

好像从他们发现案件跟小魏连载的小说有关联后，事情的发展就有点不受控制了，他们在被人牵着鼻子走，但对方的目的是什么，他却完全没有眉目。

关琥放慢车速，将这几天的经历重新理了一遍，突然注意到一个重要的地方——不管凶手劫持小魏做什么，他们都需要一个固定的并且非常安全的场所，韩东岳的行动被控制了，普通酒店也不适合做周密的计划，那还有什么地方是凶手熟悉的而又是他们容易忽略的？

阴暗的画面划过关琥的脑海，他眼前一亮，不错，如果要拘禁小魏，他曾经的租屋是最好的选择，那里已经被搜查过了，警方做了封锁，在这个对付凶犯的关键时刻，没人会去注意十年前的骸骨现场，这个做法可能很冒险，但成功的概率也非常高。

关琥越想越觉得自己的推论正确，他掏手机准备联络张燕铎，却在摸了个空后想到手机刚才失落了，只好放弃了，减缓车速调转车头，冲着小魏的旧租屋一路飙去。

摩托车给关琥的行动提供了便利，到达现场所花的时间比预计的要快，关琥把车停在租屋附近的空地上，快步跑过去，就见房屋里一片黑暗，听不到有响动，房门上的封条也没有拆过的迹象。

关琥不敢掉以轻心，掏出枪屏住呼吸，绕着房子转了一圈，很快便找到了可以进入的地方——后窗留了一道不显眼的缝隙，他试探着移动窗户，发现可以顺利打开，便双手撑住窗台翻了进去。

落地时，关琥的脚下发出一点声响，这几乎可以忽略不计的声音在他听来就像炸雷，他站稳后在原地站了一会儿，确信没有危险，才慢慢向前挪步，来到他曾去过的地下室入口前。

房间没拉窗帘，借着从外面投来的光线，关琥探手摸摸地下室的隔板盖子，盖子是扣住的，他趴在上面侧耳倾听，隐约听到有声响，便抓住盖子，将锁扣打开。

失去了屏障，来自底下的声音更清楚了，灯光隐约投来，证明下面确实有人。

关琥按捺住心里的激动，将盖子轻轻放下，然后借着光线走下石阶。

为了防止被偷袭，他走得很慢，双手紧握住枪柄，来到地下室后，又顺着啪嗒啪嗒声向里走，快靠近声源时，他突然明白了那是什么声音了。

那是有人敲打键盘发出的响声。

声音异常急促，证明敲字的人完全沉浸在自我世界里，根本没注意到有人来，直到关琥走到他面前，投来的阴影才让他清醒过来，飞速敲打的手指猛地停下，抬起头，惶惶然地看向关琥。

骸骨曾经躺过的地方已经空了，在离石床不远的地方摆了一副很简陋的桌椅，小魏此刻就坐在桌前，对着电脑做机械敲打的动作，一个 LED 小灯吊在上方，不知是灯光反射的问题，还是因为过度惊吓，小魏的脸色惨白如纸，看到关琥，他先是一抖，然后又向后晃去，导致木椅在地面上拖动，发出怪异的摩擦声。

"关、关琥！"

小魏的叫声透着哭腔，关琥看他的表情就知道他现在的状况很糟糕，他一边留意着周围的状况，一边问："是不是凶手让你改写连载后续的？"

"嗯……"小魏哭丧着脸说："我不敢不写，他们说我不照做的话，就杀我的同学，一个小时杀一个，就像林青天那种死法的……"

"他们？"捕捉到关键字眼，关琥皱眉问。

小魏点点头，正想回答，忽然眼神看向关琥背后，表情瞬间变得恐怖起来。

关琥觉察到不妙，立即回头，却晚了一步，在他看到有人站在黑暗中的同时，肩头传来刺痛，他根本没机会看清射向自己的暗器是什么，就脑海中一片空白，摔倒在了地上。

"还真被教授说对了，看来读书人就是不一样。"

年轻的男人带着漫不经心的模样走近他们，先是踢了关琥一脚，确定他真晕过去了，又抬头看向小魏，小魏感应到他身上的邪气，吓得一抖，慌张地向后躲避。

吴钩扑哧笑了，没在意小魏的反应，问："写好了吗？"

"还……还有几百字，"小魏看看关琥，忙说："我会照你们说的内容写的，你不要杀他！"

"你要写什么，不关我的事，至于他嘛，"吴钩重新踢了关琥一脚，"杀不杀他也不是由我决定的，而是……"

他看着小魏，微笑说："决定他命运的是张燕铎。"


张燕铎来到小魏的租屋时，已是一个小时后的事了。

关琥推理出的线索他也想到了，但他没想到的是关琥会先他一步找到这里，只能说他低估了关琥的智商跟行动力，所以当他赶去凌潇的住所问明情况，又查看了停车场的录像后，才感到不妙，他尝试着跟关琥联络，却得不到任何回信。

跟关琥临时搭档的警员将他的话转述给萧白夜，萧白夜派人调查交通监控，以便更快地找到他，张燕铎却想到了另一个可能性，他独自出来，开车以最快的速度赶到了租屋，却迟了一步。

地下室里空空如也，只在仅有的桌子上摆放着一台笔记本电脑，张燕铎快步走过去，发现电脑显示的是 word 的画面，文章分成左右两边，两边的最后都打着完结的字句，看来小魏是在这里被迫将这篇文打出来的，但这样的排列方式让张燕铎有些搞不懂。

键盘上放了一只手机，张燕铎拿起来打开，联络名单里只有一个人的名字，他拨了过去。

手机在响第一声时就接通了，吴钩散漫的声音从对面传来。

"啊哈，流星你来迟了哦，这让我有点失望。"

"关琥在哪里？"

"关琥？那不是你弟弟吗？为什么你要来问我？"

"不要让我把话问第二遍。"

感觉到了张燕铎话中的杀气，吴钩没再啰唆，爽快地说："他在我这里，暂时挺好的，不过有几个人不太好，你要看一下吗？"

张燕铎一怔，吴钩笑了起来，"我知道你对你弟弟以外的人没兴趣，不过还是看看比较好，这样你才能确定接下来这个判官游戏该怎么玩。"

判官游戏？

张燕铎微微皱起眉，就见手机画面转为视频状态，首先映出的是手脚被绑住，蜷缩着趴在地上的女人，女人头发披散，脸庞被遮住了，不过从她沾满血迹的衣服上，张燕铎判断出她是凌潇。

看到镜头对向自己，凌潇激动地乱扭身体，发出叫声，但由于嘴巴被胶带粘住了，传出来的只是意味不明的呜呜声。

她的求救声被吴钩无视了，将镜头转向旁边——一个男人坐在椅子上，同样是捆绑的状态，不过捆绑他的绳子比凌潇的要多，他没像凌潇那样吵闹，而是垂着脑袋老实坐着，脖子上还挂了个长方形的黑盒。

看到那东西，张燕铎有了某种预感，目光扫过眼前的 word 画面，在看到里面熟悉的名字后，不由得皱起了眉。

"其实我不想抓这个人的，谁让他硬要蹚浑水，去查韩教授的秘密？"吴钩无奈地叹道："如果我没记错的话，是你让他去做的吧？所以要是他死了，那也是你害的。"

听了吴钩的话，被捆绑的男人缓缓抬起头，露出他属于欧洲人深邃的面容轮廓，他很镇定，即使明白眼下的状况，也没有表现得太惊慌，说好听点，那是属于上流社会贵公子的沉稳，说难听点，就是天然得过分了。

不过李当归会被卷进来的确是他造成的，张燕铎没说话，等候吴钩往下说。

"接下来是第三个。"

随着吴钩笑嘻嘻的话声，视频移到了另一边，跟张燕铎的猜想一样，第三个正是李元丰。

李元丰身上绑的东西反而是三个人中最少的，不过他脚下拴着铁链，链子的另一头系在旁边的柱子上，看链子的长度，他无法走出很远，手上铐着手铐，脖子上也挂了跟李当归身上一样的黑盒子。

面对镜头，李元丰既没像凌潇表现得那么激动，也不像李当归那么坦然，他的表情很紧张，眼睛紧紧盯着吴钩所在的方向不放，却没有做出过激的举动。

镜头在三个人之间转了一圈，张燕铎注意到他们被囚禁的地方很空旷，四壁都是水泥砌成的，类似于废置的仓库或地下室，像是为了让张燕铎看清，吴钩把镜头拉得很慢，但直到最后，张燕铎都没有看到关琥跟小魏。

视频拉远了，看着对面惶惑的三个人质，张燕铎觉得自己此刻的心情比他们更忐忑，叫道："关琥在哪里？还有小魏。"

"人数太多，我决定把这个游戏分成两地来玩，你们觉得怎么样？"

吴钩的询问对象像是人质，又像是张燕铎，没等他回答，吴钩又说："世上的是非对错，善恶忠奸，都由判官来决断，既然李先生你是做警察的，那判官游戏的主角就由你来承担吧。"

听了这话，其他两名人质的目光同时投向李元丰，李元丰却看向吴钩，一脸的莫名其妙。

"在你身边，一个是毁人家庭的第三者，一个是巧取豪夺的富三代，如果你认为他们应该受到惩罚，就拿起脚下的武器杀了他们。"

凌潇的头立刻激烈地摇摆起来，作为反对的表示，李当归也马上转头看李元丰，似乎在确认他会不会杀人。

李元丰这个当事人比他们两人还要震惊，他拼命挣脱着链条，叫道："就算他们有错，也罪不至死，为什么要我杀人？"

"还是你希望站在被审判者的位置上？"

吴钩轻飘飘的一句话便让李元丰闭了嘴，他看看那两个人，表情显得犹豫不决。

"现在我们来说下游戏规则——看那边，那里安了镜头，我会通过镜头确定你是否动手了，你做出死亡判决后，我就会放了你，反之，你觉得自己的罪孽更多，也可以选择自杀，获救的就将是他们，总之，一小时之内你要做出决断，否则到时候你们三人身上的定时炸弹都会爆炸，谁都逃不出去。"

李元丰气愤得脸都扭曲了，"说来说去，我这个判官跟被审判的人有什么不同？还不是一样被选择？"

"至少你手上的选择权多一些，"吴钩轻笑，"你不会真选择自杀吧？"

"我又怎么知道你有没有在骗我们！"

"你有怀疑的余地吗？不管怎样，如果一小时后炸弹爆炸了，你们三个人都活不成，比起同归于尽，活一个是一个的选择好像更聪明。"

"你这个变态，我不会做的！"

李元丰大声痛骂，目光却下意识地瞄向地面，其他两人也被带动着看过去，当看到地上放的铁棒后，凌潇再次发出呜呜叫声，但她的嘴巴被封住了，听不出在叫什么。

看到这里，张燕铎的心也不由自主地提了起来，尽管他不在现场，但可以完全感受到那股游走在生死边缘的紧张气息，正要说话，视频断掉了，又过了一会儿，电话重新接通，吴钩在对面微笑问："你觉得我这个判官游戏设定得怎么样？"

"这不是你设定的，你没有这个脑子。"

吴钩变态归变态，但这么烦琐的杀人手法不符合他的个性。

张燕铎借着说话来拖延时间，脑子里努力思索吴钩这样做的理由。

"不错，如果是你来设定，会直接让他们自相残杀，而你在视频的另一头像是看电影似的享受杀戮的血腥——你从一开始就不会放过他们。"

"流星你真是了解我。"

"可是你选择了让李元丰当判官的方式，把主动权都交在了他手里……"张燕铎一边说着，一边在脑中迅速组织自己的猜想拼图。

"所以其他两个人根本不在你的计算之内，他们只是小白鼠，你们想看的是李元丰接下来的选择，他是为了活下来而选择杀人，还是牺牲自己成全别人……对，那个视频连接的不是你的电脑，而是外界的某个地方，所以接下来李元丰所做的一切都会被播放出来，这样的操作适合韩东岳的思维，但他没必要做得这么声势浩大，玩判官游戏的是韩东岳，可是选择猎物的却是你……有人想对付李家，找你帮忙对吧？"

这是唯一可以解释的理由，李元丰只是个小卒，可是通过对付小卒，很有可能震碎他身后的强硬背景——在你死我活的状况下，有谁会舍弃自己的生命而搭救不认识的外人？所以李元丰一定会为了自救而杀人，假如这些都现场直播出来的话，李家从此别再想在警界立足。

以韩东岳在心理学研究上的成就，他可以推算出李元丰的行动并不奇怪，但对付李家的会是谁呢？张燕铎努力思索着——警界里应该有不少很希望李家出事的人，萧家就是其中一个，除此之外还有那些急于往上爬的……

"看来我低估你的智商了，流星，你差不多说到真相了，不错，是有人请我们来做事，只要钱够多，老头子没理由拒绝对不对？更何况这次的游戏这么刺激。"

"关琥到底在哪里？"

"看一下你眼前的电脑。"

张燕铎照吴钧说的做了，电脑画面里是那两篇文章，吴钧说："接下来的判官由你来当，这个故事有两个结局，你可以选择一个送出，我想今晚在线等待结局的读者一定很多。"

"这与关琥有什么关系？"

像是没听到他的询问，吴钧继续往下说："关琥跟我被委托的任务无关，所以我会他带去另一个地方，接下来这两个地址我都会告诉你，看你选择是救李元丰三个人还是救你弟弟。"

"既然是跟关琥没关……"

"李元丰被关押的地方是海港的货柜仓库，编号是 G-32，至于关琥，他现在正跟我去旧公寓，啊对，就是挖出女尸骸骨的那栋公寓，一栋拆掉了，另一栋现在也成了废弃状态，刚好适合我们慢慢谈心，那就天台见吧，假如你会来的话，对了，别把我提供的仓库地点告诉那些条子，假如我看到有警察出现，会提前引爆炸弹。"

"你这变态！"

"火气别这么大，我也是身不由己的。"吴钩说："时限同样是一个小时，作为判官，这四个人里谁最该死，判决权交给你，时间不多，命也只有一条，请好好想清楚。"

张燕铎没再说话，对于吴钩嚣张的做法，他很气愤，但他也知道自己现在表现得越愤怒，对方就会越开心，而且愤怒会影响到他正确的判断力，战斗还没开场，他就已经输掉一半了。

"我不会通知警察的，"深吸了一口气，他让自己冷静下来，回答道："不过你也要恪守自己的诺言。"

"放心，我想看的是你的选择，别人的命怎样，不在我的关心范围内。"吴钩咯咯笑道："不过你要快点做出决定，在你犹豫的这个时候，李元丰可能已经动手杀人了，不知道到时你能救出几个。"

"这就是你设置两个结局的原因吗？"

"随你喜欢选一个吧，我也很想知道你的选择是不是也在韩教授的情报分析之中。"

在跟吴钩对话的同时，张燕铎大致看完了两篇文章的结尾，一个是警察杀了其他两人，独自活下来，却在最后忍受不了公众舆论，跳楼自杀；另一个则是警察没杀人，却也不敢自杀，直到最后定时炸弹爆炸，同归于尽了。

文章的最后有指定上传的网页，但这两个结局都不是张燕铎想要的，他想这也绝对不是关琥希望发生的，但是从李元丰的心理来分析，这两个结局最有可能出现，除非他去营救，但这一点不用韩东岳分析，连吴钩都能确定他不可能放弃救关琥的时机，而改为救那三个人。

　　人都是自私的，他也不例外，在这种选择下，他只能牺牲一方，所以这个判官游戏没有主角，每个人都是被动的，他在判处别人死刑的同时，也犯下了罪恶，将来势必出现新的判官来判决他的罪行。

　　"已经过去了十分钟，你想好了吗？"吴钩在对面得意地笑问。

　　"马上就会给你答案的。"

　　张燕铎说完后挂了电话，他飞快地删掉了其中一篇文章的后续，将情节定在警察将要自尽却又犹豫的地方，然后加了个未完待续，将文章传上了网页。

　　做完后，张燕铎迅速离开，警方情报科一直在监视网络，希望他们可以锁定上传的网址，找到这里来。

　　不过接下来事情会怎样演变，恐怕连韩东岳这样的心理学者都无法预测到，人心是难以预料的，韩东岳只是擅长捕捉人的心理，但他毕竟不是神。

　　张燕铎上了车，将车飙到了一个可怕的速度，同时在心里推想自己将要做出的选择，途径某个路口时，他听到了远远传来的警笛声，打开轿车里的电视，里面所有频道都在实况转播李元丰三人被困的视频，有些商业大楼的大型屏幕上也在播放，街道上站满了人，大家都仰着头，密切关注着相同的画面。

　　各电视台的记者也在争相报道这一突发事件，一些反应敏捷的人已经将李元丰等三人被困的事件跟前几宗命案联系到了一起，张燕铎想警方现在一定在发了疯地寻找人质被困的地方，但吴钩做得很巧妙，从背景中根本推测不出它的所在地。

　　他一定可以赶得及的，一切都将顺利解决。

　　拿起吴钩留给他的手机，张燕铎按下了电话号码。

去旧公寓大楼所花的时间超出了张燕铎的推算，因为监禁爆炸事件的现场直播，导致深夜的都市临时戒严，为了避开警察的盘问，张燕铎不得不绕路走，所以当他赶到旧公寓时，离吴钩所定的时间还剩两分钟。

张燕铎跳下车，顾不得锁门，闷头冲进了公寓，公寓的大门原本上了锁，但现在呈打开的状态，他冲进去后，发现电梯不通，就直接跑上楼梯，沿着螺旋形的阶梯奋力往上奔跑。

原本不高的公寓此刻在张燕铎看来，宛如无法达到的天阶，在他终于跑到最顶楼，撞开天台的门冲进去时，竟然有种怪异的茫然感，冷风迎面拂来，加深了这样的感觉。

天台亮了几盏地灯，照亮了在场的众人，除了两个并排坐在当中的绑票外，还有一些站在外围的黑衣人，吴钩正举着枪对准关琥，听到声音，他回过头来，冲张燕铎一笑。

"你最终还是选择了这里，不过很可惜，你迟到了三十秒。"

张燕铎不知道自己有没有迟到，因为他根本没有心思去关注时间，听到吴钩的话，他首先的反应就是不妙，冲过去试图阻挡吴钩的行动，却偏偏晚了一步，在他冲到近前的同时，枪声响了起来。

加了消音器的枪声其实并不响亮，但听在张燕铎耳里却势同炸雷，他的身体猛地一晃，仿佛中枪的是他自己，他看着随着枪声，关琥整个人跟椅子一起向后倒去。

天台上的灯光不亮，却清楚映出了从关琥的心脏部位大量涌出的鲜血，张燕铎怔住了，站在对面，忘了自己该做什么。

枪杀发生在近前，反而给人有种不真实的感觉，小魏没被封住嘴巴，可是他却没有发出叫声，只是呆呆地坐在旁边，直到吴钩将枪口转向自己。

"你输了，"看着张燕铎，吴钩发出轻笑，"愿赌服输，你说对吧？"

回应他的是迎面射来的寒光，为了躲避暗器，吴钩只好临时把手枪撤回来，但暗器还是划破了他的额头，血流了下来，在他精致的脸颊上染上一道红线。

没想到张燕铎的出击会这么快，吴钩不由得暗暗心惊，没等他做出下一个反应，就见对面那道身影如箭一般地冲了过来，仿佛出柙猛虎，势不可挡，感应到来自对方身上的杀气，吴钩立即向后退，同时挥手让外围的众人阻挡。

但张燕铎攻击的速度超过了吴钩的想象，一个手下刚靠近，就被他踢飞了出去，脖颈动脉部位鲜血崩流，张燕铎手上握着折断的眼镜架，他用锐利的地方划破了对方的要害，又反手刺进了另一个人的颈部。

看到他如此凌厉的身手，别说出乎吴钩的意料，连小魏也傻掉了，正好一个人被张燕铎踢过来，撞在小魏身上，小魏的椅子被撞翻了，他的后脑勺磕在水泥地上，砰的一声，成功地从眼前的血腥现场脱离出来，昏了过去。

混乱中没人注意到小魏的状况，甚至没人发现吴钩退到了天台的边缘，将手机镜头对准现场，让另一头的人可以清楚看到搏斗的实况。

张燕铎正杀得兴起，弟弟死了，对他来说，眼前这些人全都是凶手，吴钩要死，这些帮凶他也不会放过，生命的珍贵他从来都不知道，他从小记得最清楚的信条是以杀制杀，以恶制恶，他会选择平凡的人生，是因为关琥的存在，可是关琥死了，所有约束他的道德准则都没有了，他现在只想毁掉这一切，包括他自己。

恶念在心中盘桓，更加重了他的杀机，他明知这样做是不对的，但他控制不住自己，现在的他只是傀儡，杀人的傀儡。

锐利的凶器随着挥舞不断飞溅出血花，他听到了来自敌人身上骨头的碎裂声，那些人见势不妙，想向他开枪，但他没给敌人机会，加快了攻击的速度——这三年里他从没有放弃自身的训练，也许潜意识中，他知道自己无法过正常人的生活，早晚有一天，他仍旧不得不面对生与死的挑战。

视线被血液染成了红色，他只看到一个个躯体随着自己的攻击跌倒在地，公寓附近没有其他建筑物，没人知道这里正上演着血腥的一幕，周围很静，听不到伤者的呻吟声，因为他知道他所有招式都是一招致命的，这些都是职业雇佣兵，个个出手毒辣，但是跟他从小用生命来承受的训练相比，还是太过于浮夸了。

直到最后一个人也倒下了，张燕铎的双耳终于听到了响声，是他自己的呼吸声，沉闷的愤怒的还有绝望的，控制不住的杀气萦绕着他，他将手里早已弯曲得不成形状的眼镜架腿丢掉，抬起左手，将刚才夺下的手枪对准对面的男人。

面对他的杀气，吴钩完全没在意，摆弄着手机，笑道："你不会开枪的，对于杀死你弟弟的凶手，你不会让我死得那么痛快。"

张燕铎的眼神一冷，将枪口移到他的膝盖上，但吴钩下一句话拉住了他的动作。

"看来真是关心则乱，以冷静著称的你就没想过我不喜欢用枪，却为什么用枪杀关琥吗？"

张燕铎一怔，冬日冷风扑面而来，让他沸腾的杀气逐渐冷却下来，再看到吴钩手里摆弄的手机，他隐隐感到不妙，急忙转头看向关琥。

吴钩走过去，在关琥的胸前摸了摸，掏出塞在他衣服里的血浆袋，随手丢到一边，随着他的碰触，关琥的身体发出抽搐，看样子很快就会醒过来。

"这只是跟你开的一个小玩笑，喜欢吗？"

发现自己被耍，张燕铎做出的回应是重新将枪口指向吴钩的心脏。

吴钩很配合地高举双手，"你看我对你多好，知道你重视你弟弟，都没敢伤他一指头。"

"是老头子让你这么做的？"

"唉，冷静下来的你真的一点乐趣都没有。"

"是！还是不是！？"

"流星，你心里早就有答案了，还需要求证我的答复吗？"

看着他，吴钩的脸上流露出同情的神色，然后将手机亮给他，下一秒，手机就被子弹打得粉碎。

"太晚了，刚才你所做的一切，老头子在对面都看得清清楚楚，我想对于你的身手跟反应力还有爆发力，他非常满意——这个就是我们为什么要帮韩教授的原因。"

他们只是想了解更多有关他的事，想知道这三年的时间有没有将他改变，还有，逼他不得不从普通人的世界里退场，为了达到这个目的，他们不惜牺牲用重金请来的职业雇佣兵。

从吴钩的讲述中，张燕铎逐渐明白了这个从头至尾都在算计他的阴谋。

手颤抖了起来，不为恐惧，而是出于无法抑制的愤怒，既憎恶老家伙的老奸巨猾，又痛恨自己的轻敌。

"我刚才已经说过了，我是身不由己的，老头子交代我这样做，我只能这样做，流星，你该比任何人都明白我的立场。"

"我不是流星！"

大吼声中，张燕铎用枪指着吴钩向前逼近，后者脸上没有流露半点恐惧，平静地说："我早跟你讲过，别试图脱离我们的圈子，就算你否认自己是流星，你做过的事也无法消失，只要你杀过一次人，这辈子都洗不白了。"

"你闭嘴！"

"现在是到了明确分清黑白的时候了，你想做好人，可是你觉得在看到你用这么残忍的手段杀了这么多人后，你弟弟会原谅你吗？"

张燕铎怔住了，这是个一早他就想到的问题，但是在被吴钩直接点明时，他还是感到了恐慌，身旁传来窸窣声，关琥醒了，没多久他就会看到眼前血腥的一切，而血腥的缔造者正是自己。

愤怒之下，他向吴钩冲去，手枪紧握在手里，做出随时扣动扳机的姿势，但吴钩没有给他这个机会，身体向后一翻，顺着平台围栏跳了下去，等张燕铎追过去的时候，就见围栏边缘处挂着铁爪，而吴钩早已顺着铁爪锁链轻松滑到了地面上。

一瞬间，张燕铎有了追上去的念头，但他的手刚碰到铁链，就听到身后传来怔怔的话声。

"这是怎么回事？"

是关琥的声音，这代表他没事了，这是张燕铎最期待的结果，也是他害怕面对的结果，犹豫了一下，他才慢慢转过身去。

关琥在他身后跟跄地走着，目光在横七竖八的身躯之间逡巡，像是妄图寻觅到侥幸活下来的人，他的表情充满了茫然跟愤怒，然后逐渐转化为不可置信的震惊。

吴钩在仓库跟张燕铎对话时，关琥跟小魏其实就在吴钩的车上，不过两人都处于昏迷状态，关琥不知道身上被塞血浆袋的秘密，刚才张燕铎一出现，他就被吴钩打晕了，所以天台上血腥战场的一幕他毫不知情，可是众人死亡的惨状就是最好的证明，再感觉到张燕铎身上的杀气，他就什么都明白了。

"人不是你杀的对吧？"带着最后的侥幸，他问道。

冷风中，张燕铎站在天台那头跟关琥对视，风不断扑来，卷起两人的衣袂，夜风令人发寒，还有充斥在其中的血腥跟杀气，让人无从躲避。

半晌，张燕铎点点头，"都是我杀的，一个不留。"

下一秒，关琥手中的枪抬了起来，那是他刚才起来时在地上摸到了，枪身上沾满血迹，黏稠滑腻，他不知道那是谁的血，但不管是谁的，都带着死亡的气味。

枪口对准张燕铎，他大声喝道："你答应过我，今后不杀人的！"

本能之下，张燕铎的枪也指向了关琥，但他马上就发现了自己错误的反应，甩手将枪丢开，淡淡地说："不，我只答应过——当你有一天要杀我的时候，我不会杀你。"

"我宁可你杀的是我，也不要你为了我大开杀戒！"

药性还没有完全过去，关琥的脑袋昏沉沉的，不过就算他不动脑子，也猜得到张燕铎会这样做一定有原因，而最大的可能就是因为他。

他将枪口对准张燕铎，心里充满了愤怒跟无奈，苦笑道："你知不知道你这样做，就再也回不了头了？"

"我从来没打算回头。"

"张燕铎，你不要以为我会念手足之情放过你！"

"我们不是兄弟，上次我已经说得很清楚了。"

面对关琥痛恨的目光，张燕铎显得很平静，说："如果你想为你哥报仇，现在是最好的机会，事后你把所有罪责都推到我身上就行了，我是这里血案的元凶，你是正当防卫。"

"不用你教我怎么做！"

关琥的吼声中夹杂着金属撞击的轻响，张燕铎对这声音太熟悉了，那是手枪击锤落下的响声，这证明关琥动了杀机，杀机的源头可能是出于痛恨，也可能是因为被背叛的不甘，总之起因怎样都好，反正结果都是一样的。

面对即将到来的死亡，张燕铎头一次发现他的反应不是对抗，而是接受，这样的感觉让他新奇，于是微笑看向关琥，说："你可以杀我，不过在动手之前，有些话我要对你说。"

关琥看着他，沉默不语，不过也没有其他的动作，张燕铎便把他在警局发现的情报以及他对整个判官疑案所抱有的怀疑说了一遍，自始至终，关琥都没说话，直到他讲完，周围再次寂静下来。

远处遥遥响起警笛声，此起彼伏的声响打破了沉默的气氛，张燕铎的目光投向远方的夜空，轻声说："那边应该也结束了……"

枪响声打断了他后面的话语，先是一枪，接着是砰砰砰无数枪，像是一种宣告，落下了整个血腥事件的帷幕。


几乎与此同时，在距离公寓很远的海港周围也响起了爆炸声，爆炸声引起了警方的注意，没多久，警笛声便充斥了整个海港码头，警车一辆接一辆地冲过来，将爆炸响起的地方重重包围。

"挺刺激的。"坐在驾驶座上，透过车窗看着远处不断闪烁的警车灯，谢凌云说道。

假如不是一直有被人跟踪的感觉，那她会对自己这次的行动更满意。

警笛声很快就拉远了，谢凌云环视四周，没有找到那所谓的跟踪者，她摇摇头，忍不住想自己的疑心病是不是太重了。

手机响了起来，谢凌云拿起来接听，边听边迅速查阅放在膝上的笔记本电脑，就见网页热搜栏里全都是关于《判官》最终章的故事讨论话题，再点进去往下看，里面有不少网友对故事结尾的感想，留言之多，以至于她翻了几页都没翻完。

"这应该是我写的最满意的文章了，可惜不是纪实报道。"她叹道。

"但绝对是最即时的报道。"

"应该不会有人查到是你在帮忙吧？"

"纠正一下，帮忙的不是我，我可没那么大的本事，假如有人可以查到文章是从哪儿上传的，那整个军部都要打回重练了。"舒清滟在对面笑道："告诉关琥，记得回头请我吃饭，虽然我已经不记得他欠我多少顿饭了。"

"有想过以身相许吗？"

"他？那我宁可选张燕铎。"

"也是，换了我，也会选老板的。"谢凌云叹道："这样的办法也只有他才能想得出来。"

时间倒转回半小时之前，也就是张燕铎在赶去旧公寓的路上，给谢凌云打电话的时候。

吴钩强调说不可以通知警方，但没说不可以通知其他人，所以他联络了谢凌云，将事件发生经过简单说完，然后提出了自己的方案，谢凌云一口答应了下来。

"也许会有危险，你要想清楚。"当时张燕铎这样对她说。

"没有危险的人生多无趣啊，"她回答道："而且老板，我相信你的判断。"

于是在谈好计划后，谢凌云迅速收集了需要的东西，驾车来到海港仓库，人质被关押在仓库的最里面，大门没上锁，只扣着门闩，像是希望让人来营救似的。

所以找人质没花谢凌云很多时间，她来到监禁的地方时，三名人质都是清醒的，并且处于极度亢奋状态中——李当归跟凌潇在努力活动身体，想从绳索中挣扎出来，但没什么效果，而李元丰则在周围不断打转，手里还拿着铁棍，他大声喘息着，眼神对不上焦距，不时看向另外两个囚犯，接着又转去看对面的镜头。

李元丰应该已经到了可以支撑的底线了，仓库的温度很低，但谢凌云走近，可以看到他被汗水溢湿的衣服，他脸色煞白，嘴里不知道在嘟囔什么，手里的铁棍神经质地不时在空中虚晃，每晃一下，凌潇就发出惨叫，还好她的嘴被胶带封住了，否则噪音一定很刺耳。

李当归相对来说比较镇定，他跟只会叫嚷的凌潇不同，注意力放在逃脱方面，李元丰的铁棍有几次打在他们面前的地上，但都没有伤害到他们，谢凌云出现时，他刚好把铁棍举起，做出向自己当头劈下的动作。

看到这一幕，谢凌云松了口气，因为张燕铎把这一切都算计到了。

铁棍在落下的瞬间，被射来的弩箭荡开了，看到突然出现的戴着小丑面具的人，李元丰愣在了那里，很快又问："你、你是谁？"

谢凌云给他的回应是又一箭，将他们对面上方的镜头射穿，在确定没有其他监控探头后，她将脸上的面具摘了下来。

"还不到最后的时间，你就想放弃自己的生命，有没有太蠢？"她看看表，说道。

惊讶于她的出现，李元丰半张开嘴，站在那里不说话。

"谢、谢姑娘！"

李当归认出了她，再看到她一身英姿飒爽的装扮，激动得忘了挣扎，叫道："你是来救我们的？"

"不救人？难道我是来看戏的吗？"

谢凌云先去查看凌潇的状况，凌潇被她的小丑面具吓到，晕了过去。谢凌云看看系在她脖子上的炸弹装置，结扣部位是死的，无法解下来，上面来回缠着很多线路，红色数字在飞快地跳动——还剩下不到三分钟的时间了。

看到这个，谢凌云皱皱眉，李当归在旁边叫道："谢姑娘，看到你跑来跟我同生共死，我已经死而无憾了，这里太危险，炸弹快要爆炸了，我更希望你活下来，连同我的那份！"

谢凌云没理他，从随身背包里掏出折叠剪刀，打开，对准黑匣子上的那团黑线。

李当归看得心惊担颤，忍不住问："谢姑娘，你还会拆炸弹？"

"不会。"

"那你这是……"

"赌命。"

她脑海里闪过张燕铎说的话——这个游戏规则是韩东岳设计的，他是个很胆小的人，不会让自己跟死亡直接扯上关系，所以从心理学上分析，炸弹有 98% 的可能是假的。

"不要乱剪，会爆炸的！"

李当归的大叫声像是催化剂，促使谢凌云当机立断剪了下去。

"如果有 98% 的可能，我还不敢赌，那我就白活了！"

连线被剪断了，正在飞速跳动的数字也随之停下，空间里一片寂静，在确定数字没有再动的趋势后，李当归发出欢呼。

"谢姑娘你真是太厉害了，你怎么确信不会剪错的？"

"猜的。"

"啊！"

无视李当归瞠目结舌的反应，谢凌云先扶凌潇躺好，又去解开李当归身上的绳子，接着是剪电线，李当归乖乖地听凭她的摆弄，小声说："会不会剪错？不过剪错也没关系，我很高兴跟谢姑娘生死与共的。"

谢凌云被他吵得心烦，冷冷道："如果要生死与共，我宁可选择智商高一点的人。"

"……谢姑娘，你的汉语说得好像有一点点奇怪……"

为什么她要被一个外国人纠正汉语？

为了不被妨碍做事，谢凌云抬起弩弓，准备干脆将李当归打晕算了，就在这时，李元丰终于回过了神，在一旁结结巴巴地问："你们认识？"

"我很想回答'不'。"

"谢姑娘，我不太理解你这句话的意思。"

李当归的话再次被无视了，谢凌云给他松绑后，又来到李元丰面前，看看他的手铐脚镣，在背包里翻了一下，找到钥匙，给他打开了。

看着她利索的动作，李元丰的嘴巴张大了，结结巴巴地问："你怎么会有钥匙？"

"这些情趣店用品的配件都是一样的，你该庆幸对方没用真的手铐。"

至于钥匙，是她在小魏家里找到的。

为了将小说写得逼真，小魏没少收集这些古怪的东西，可能连他自己都没想到有一天会用上。

"你没选择杀别人，这一点挺有勇气的。"

听了谢凌云的夸赞，李元丰苦笑，"假如没有那个镜头，我想我可能已经杀人了。"

谢凌云看了他一眼，突然觉得这个"太子爷"其实还是有点头脑的。

顺利救下了人质，谢凌云对张燕铎的推测更有信心了，她将背包里的笔记本电脑拿出来，就地一放，打开 word 页面，在上面噼里啪啦地打起来。

李当归一边活动着酸痛的手腕，一边看着谢凌云敲字。

"虽然我很佩服谢姑娘你对工作的认真态度，但现在我们最该做的事不是报警吗？"

"要把《判官》的大结局传上去，这个事件才算真正结束，给我十分钟，马上就好。"谢凌云头也不抬，随口回道。

从长时间的亢奋状态中脱离出来，三名人质都表现虚脱，凌潇始终没有苏醒，其他两人也盘腿坐在地上不说话，直到谢凌云快把文章打完了，李元丰突然问："设计这一切的是谁？"

"我不知道，我的任务是救人加完成这篇文章，至于是谁在陷害你，事后总会有人去调查的。"

最后一个字打完，谢凌云将文章传给了舒清澈，这也是张燕铎的嘱托，他说舒清澈有办法上传文章却不会被追踪到 IP，这样，就没人会把绑架事件跟谢凌云联系到一起了。

一切都做完后，谢凌云选择先离开，李元丰跟李当归留下来继续扮人质，顺便对口供。

凌潇处于昏厥状态，这给他们带来了方便，两人一个是官二代一个是富三代，在这种场合下，他们懂得怎么提供证词来避免麻烦。

谢凌云出了仓库，把从小魏那里找到的炸弹道具点着了，没想到效果很显著，她回到车上没多久，警察就将仓库四周围得水泄不通了。

"你那边听起来挺热闹的。"

警笛声不时地响起，连在电话那头的舒清滟都听到了。

谢凌云安慰道："不用担心，这次不用你登场。"

"谢天谢地，接下来我可以安稳睡觉了，祝你拿到绑架爆炸事件的第一手材料。"

"我只希望警察不会因为我出现得太早而怀疑我。"

打趣的两个人都不曾想到，在接下来的几天里她们将面对怎样繁忙的工作。

# 第十章

关琥敲门走进韩东岳的办公室时,这位教授先生刚好把东西都收拾完。

对面的电视正在播放系列案件的跟踪报道,里面有现场直播的录像,也有被采访者的回答,以及新闻界人士对于案件的个人看法。

从警察杀人案开始,之后一系列的案件层出不穷,直到那晚警察跟案件嫌疑人同时被劫持的实况转播出现,再加上相关小说在网络上疯狂转发,把整个案子的关注度拉到了顶峰。

就在所有人对人质是否可以生存下来,甚至谁能够生存下来密切关注的时候,实况录像中断了,这个变故曾一度在网上掀起抨击热潮,有人说那是黑客为了博眼球,特意配合小说做出来的无聊游戏,也有人怀疑一切都是真的,由于人质已被警察杀害,所以警方才隐瞒事实真相。

这些传言都在三名人质再次出现在新闻上后,才不攻自破,警方在记者发布会上的解释是——警察侦察到了凶犯的所在地,突围进入现场救了三名人质。

事后虽然有一些社会舆论攻击李元丰,但因为李元丰当时选择自杀的表现博得了大多数人的同情跟赞赏，所以舆论攻击没有对他跟李家带来名誉伤害。

至于罗林杀人以及方婉丽的自杀等疑案，由于劫持兼实况转播案的横空出现，早就被公众遗忘去脑后了。

"不管这是不是真相，都算是一个完满结局了。"

顺着韩东岳的目光看向屏幕，关琥看到警务处高级助理处长陈世天正面对着记者侃侃而谈，他不无揶揄地说。

"所谓的真相，就是你相信它是真的，它就是真的。"

韩东岳将最后一本书放进他随身的公文包里，关琥走过来，说："如果我没看错的话，你拿的是十年前没有写完的《判官》吧？"

"有事吗？"

"听说你辞职了，过来看看，因为我记得上次我们来的时候，我哥答应过帮你解答困扰了你十年的疑惑。"

关琥在办公室中间随意地踱着步，配合着他一身休闲到近乎邋遢的衣服，很难相信他是现役刑警。

他打量着房间，跟上次相比，这里变得空荡荡的，韩东岳的私人物品都拿走了，他的公文包不大，看来除了那本书外，没放多少东西。

听了关琥的话，韩东岳挑挑眉，"我以为你们只是随便说说的。"

"会这样想，那证明你还没有完全掌握人的心理。"

关琥打量完房间，来到韩东岳面前，将手探向他的公文包，韩东岳想躲避，关琥说："为了拿到你想知道的答案，请配合。"

韩东岳犹豫了一下，最后选择接受，关琥在他的包里翻了翻，拿出那本书还有他和妻子合照的相框。

书籍是韩东岳自己打印的，从中途开始变成了空白页，关琥放下书，拿起相框，移开相框后的别针，里面的照片掉了出来，除了外面那张夫妻合照外，还有夹在里侧的另一张照片。

那是韩东岳跟一位穿小礼服装的年轻女性的合照。

跟韩东岳的妻子相比，女孩子更漂亮，她的一只手搭在韩东岳的身上，手腕上戴着一圈红线，银饰扣在外沿，很引人注目，两人相互依偎着面对镜头，亲密地贴靠证明他们关系匪浅。

关琥拿起照片，跟他从警局带来的照片并排放到韩东岳面前，"如果我没有猜错，这就是十年前跟你有过情人关系的女人，她叫曲恬，也是在旧公寓拆迁时出现的骸骨女尸。"

两张照片并列在一起，同样面容的女主角，一张笑得甜蜜，一张笑得温柔，关琥想她是爱韩东岳的，否则不会为他做那么多事。

"我不懂你在说什么。"

"以你的偏执跟控制欲，你不会全部销毁有关你跟她的东西，但你又无法光明正大地去缅怀，所以很大的可能性是跟你们夫妻的合照放在一起，以表示这两个女人都曾经在你的掌握之内，以此来满足你的自满自大。"

这其实不是关琥想到的，而是那晚在天台上，张燕铎跟他提出的疑点，他听得心惊担颤，因为这种扭曲的想法超乎了他的认知。

"曲恬？上次我已经说过了，我根本不认识，至于这个女人，她是我在夜总会里认识的，那种地方的女人都很随便，拍张照也没什么奇怪。"

"拍照不奇怪，但把随便拍的照片保存得这么好，就有些说不过去了。"

"人的想法是无法用公式来计算的，警察先生，如果没有其他事，那我是否可以走了，我预定了中午的班机。"

"不会耽搁你太多时间的，我会长话短说，既然我们是从这次的判官游戏认识的，那就先从这起连环案开始说起吧。"

"哦？难道这次的连环案你们警方又怀疑到我身上了？那我还真要愿闻其详了。"韩东岳收回整理相框的手，笃定地说。

"我一直有种感觉，从租屋骸骨案跟罗林杀人案之后，我们就在被人牵着鼻子走，案件一个接一个，彼此没有关联，但又有微妙的牵绊，比如前一个加害者会变成下一起案件的受害者，如此循环，让我们为了找到相同的线索疲于奔命，后来我想通了，因为有人很了解我们查案的方式，而他们的杀人方式也是随机选定的，就像十年前的判官疑案，任何人都可以成为试验的棋子，正如你所说的，这只是个游戏。"

"看来我是难逃凶犯的嫌疑了。"听到这里，韩东岳不无嘲讽地说。

"还有一个疑点，那就是为什么凶手要自曝骸骨的存在，小魏的租屋马上就要拆迁，骸骨很快会被发现，他们故作不知不是对自己更有利吗？后来在拜读了您有关犯罪心理学的大作后，我懂了，凶手有着偏执的控制欲，假如骸骨是被施工人员发现的，那他将会处于被动的状态，这是他无法容忍的。"

关琥对读书一点兴趣都没有，阅读韩东岳著作的其实是张燕铎，他现在只是将那晚张燕铎对他说的话转述过来而已。

"我把凶手设定为 X，这位 X 先生是位精通心理分析的大师，当年他曾亲手设定了判官游戏，后来在游戏中死了很多人，他暂时将游戏关闭了，但就像一个人一旦吸毒，就很难戒掉一样，在多年之后，他在心理学上发现了更多可以创新的学术还有可开发的概念后，他又忍不住手痒，开始了新一轮的游戏，然后在游戏中实践自己的理论知识。"

"这个判官游戏不是刚发生的，而是在两年多以前，有人以房东陈靖英的名义跟小魏签合约时就开始了，当时他以为以小魏在写作上的求知欲跟好奇心，会很快发现地下室的秘密，可惜事不遂愿，跟小魏一起租房的同学觉得房子闹鬼，一早就搬走了，小魏在某些地方又很马大哈，所以就这样，他跟骸骨同住在一个屋檐下却浑然不觉，这还不算，小魏在小赚了一笔后，提出搬走，一旦他走掉，那骸骨的秘密在房子被拆迁之前都无法被发现，于是 X 想到了第二轮判官游戏的玩法。"

"首先他让人在小魏常去的论坛上提供《判官》的素材，对于一个作家来说，没有什么东西会比新颖的素材更令人心动的，以他对小魏的性格分析，断定小魏会马上将素材写进文章里，在文章连载的途中，他的同伙用迷药弄晕了小魏，带他去小旅馆，防止小魏跟外界沟通，然后又以小魏表妹的身份去涅槃酒吧，说了很多鬼怪的话题，来引起我们的注意。"

"我想在游戏开始之前，X 就调查过小魏的交友圈，我的警察身份对游戏的通关提供了便利，正如他们所分析的，骸骨被发现了，与此同时罗林杀人、方婉丽自杀、林青天被杀等案件也依次出现，像是印证了冥冥中恶有恶报，判官夺命的论调，他们还嫌不够，又在网络上大肆宣传小魏连载的新书，把警方的注意力引到小魏身上，导致他被迫逃跑，这样才能被他们控制住，继续下一轮的游戏。"

"接下来的游戏主角是李元丰，李元丰赶走罗林，导致罗林被杀，所以李元丰也是有罪的，符合判官游戏的定律，但这个堂皇的借口后面掩藏着其他不可告人的秘密——那就是警界内部的争斗，有人要对付李家，李元丰不过是个棋子而已。"

"正如 X 所预料的，李元丰同样照着他们设计的游戏规则行动，也成功地成为他们的诱饵，以 X 对李元丰性格的分析，为了活命，他会干掉其他两名人质，既达到了天道轮回的判官定律，又兵不血刃地除掉了李家这个政敌，可惜在最关键的地方，X 犯了个致命的错误，李元丰没有他想的那么笨，李元丰也许很自私很怕死，但从小生长在那样的家庭环境中，比起生命来，他更看重家族声誉，所以在猜到了凶手的目的后，他宁可选择自杀，正是他的这个选择为整个案情带来了转机，也让我们有时间及时救出他们，让可笑的判官游戏到此告终。"

关琥一番长谈说完，他深吸了一口气，看向韩东岳，韩东岳捧场似的拍了两下巴掌，不过拍掌声过于稀疏，听起来更像是嘲讽。

"我发现跟十年前相比，你们警察变化最大的就是想象力的提高，关警官，这位 X 先生被你说得天花乱坠，可他真有那么厉害吗？首先，就算 X 是心理学界的翘楚，但心理学者毕竟不是催眠师，他怎么可以让罗林主动杀人？可以让林青天杀妻？还为了游戏去杀林青天？而且这些事件与两起骸骨案又有什么关系？"

"不用着急，这些问题我会慢慢给你解答。"关琥重新拿起曲恬的照片，亮到韩东岳面前。

"这要从一年前旧公寓拆迁时发现的女尸骸骨说起。经过我们警方的查证，骸骨正是曲恬，她的家人说跟她断绝了关系，十年来没有联络过，其实在十年前她就死了，X 曾在那栋旧公寓里为她租过房子，她以为帮 X 的忙，X 又跟妻子离了婚，之后她就可以名正言顺地嫁过去，但 X 只是利用她而已，事后就除掉了她。曲恬的小名叫红线，X 让人伪装成小魏的表妹，自称曲红线，多半有一些缅怀她的成分在里面，在看到你有收藏她的照片后，我确定是出于这样的心理。"

"罗林在十年前的判官案里见过曲恬，对她的红线手链记忆犹新，所以当发现公寓骸骨时，他很快就想到了那段往事，当时专案组的组员依次死亡，像是被诅咒了，以罗林的年纪，会迷信诅咒杀人一点都不奇怪。为了逃避诅咒，他主动申请调去区派出所，却没想到 X 通过新闻发现了他，于是把他选为心理测试的对象。"

"罗林出事前，他的家人曾说他心神不定，他嗜酒嗜烟，要在他的烟酒中做手脚并不难，罗林的意志力并不坚强，只要略微加一点刺激神经的药物，再加上心理暗示，就会引起他的幻视幻听。案发当天，X 约了他在血案发生的路口见面，还特意戴了红线手链，约见面的理由有很多，罗林怕被诅咒，乖乖地去赴约，于是 X 再次向他下了杀人的心理暗示，导致罗林在精神错乱中行凶杀人。"

"林青天杀妻，也是 X 在对他的性格分析后得出的数据，事实证明，X 的分析是正确的，至于林青天的被杀，就算 X 有时间证人，那也不能证明什么，因为他完全可以教唆别人去杀人，X 要做的就是在电视台告诉林青天他被警察跟踪，暗示他逃跑，至于直接杀人的凶手是谁，我们会继续调查。"

"X 在心理学术界德高望重，盲目崇拜他的学生很多，甚至不惜为了做学术研究帮他杀人，在那些狂热分子看来，人命跟小白鼠的命是等值的，他们根本不放在心上，为了嫁祸李元丰跟小魏，凶手还特意用了左手。"

"哈哈，说的就好像我就是 X 一样，真是荒谬，不过作为推理小说来讲的话，挺有趣的，在帮小魏的书写序的时候，我都没想到会惹祸上身，"韩东岳揶揄道："可是你说了半天，都没说到这与十年前我妻子的车祸事件有什么关系。"

"那就是另一个故事了，十年前的连环杀人案中，警方一直怀疑你是杀死妻子的凶手，但我持否定态度，因为不管你怎么精通心理学，都无法完全了解人性，所以你始终不知道你妻子死亡的真相，无法完成这部著作。"

关琥指指桌上那本自印的《判官》。

"严格一点来说，间隔了十年的两桩案子，其内容是相同的，都是现实的案例跟连载的小说情节撞车，导致警方对作者的怀疑，如果说小魏的故事是精装版，那你的则是简化版，案子里的凶手都跟你毫无交集，但其实正因为你跟他们没有交集，才更有可能唆使他们杀人，因为人们总是对不认识的人抱有信任感——在没有利害关系的状况下，他们相信陌生人不会害他们，这时候只要运用一些语言技巧，挑起他们心中的恶念，接下来一切都会照你的想法去发展。"

"啧，说得我好像是神。"

"这只是一点心理分析的技巧，只要掌握了，人人都是神，只不过你把自己定位在判官的位置上，为了更好地实践你在心理学上的研究案例，你很大胆地设定了这个判官游戏，所以伤害警察夺枪逃走的凶犯也好，杀死凶犯的女主人也好，或者其他不相关的人也好，都是你心理学研究里的素材而已，你选定了意志力弱的目标，然后进行操作，于是所有连环案就这样一步步延伸下来，一直延伸到你的前妻身上。"

"由于你耽于研究工作，你们夫妻的关系很冷淡，她有情人，来跟你谈离婚，你答应了，却在协议离婚时向她做了心理暗示。我查过她的资料，她出身富庶，没有工作经验，是生活在幻想世界里的大小姐，当这种人失去了生活援助后，就会发现钱是多么的重要，这就不难解释她会为了情人的家产而投毒了，而这一切，也都在你设定的游戏之内。"

说到这里，关琥特意顿了顿，韩东岳不知想到了什么，一改最初优雅的做派，脸色阴沉，既不说话，也没有拂袖而去的举动。

这表明他在努力克制心里的愤怒，因为他想知道答案。

于是关琥给了他期待知道的东西。

"以下是我对她心理的分析，我不敢保证一定正确，但是是最合理的一种——你妻子是自杀的，那场车祸既不是车速过快造成的，也不是有人在车里动手脚，而是她自己主动选择了死亡这条路。"

"对于妻子的背叛，你是绝对无法原谅的，所以你找到了她的情夫，唆使他利用你的妻子杀人，谋夺家产，你知道情夫是个花花公子，早晚会甩了你的妻子，你要的就是这样的结局。"

"我猜想那天在被警方追击的途中，他们两人产生了分歧，情夫不想逃，因为杀人的是你妻子，跟他一点关系都没有，他想要的只是钱，而你的妻子却想跟他比翼高飞，两人在争吵中，情夫说出了真相，那时你妻子才知道原来她一直感激的对象其实只是把她当成是心理分析的素材而已，绝望之下，她选择了坠崖这条路。"

"不可能的！她不可能知道！就算知道她也不会选择死亡，她会恨我，会选择控告我！"

"韩教授，我始终认为这世上没有完美的心理分析公式，因为人心比任何数据都更加难测，也许在知道真相时，她的确有控诉你的想法，但一旦绝望的感情盖过了痛恨，她就会做出完全不同的选择，也就是说她爱情人的感情胜过了你，面对情人的背叛，你的算计根本无足轻重了。"

看着韩东岳，关琥冷冷地说："其实这个答案你早就想到了对吧？只是你一直不肯承认而已，你不容许背叛，哪怕是你自己舍弃的东西。"

"闭嘴！不是这样的！"

无视韩东岳焦躁的反驳，关琥继续说："你妻子的死在某种意义上打击到了你，让你变得更加疯狂，你视专案组的警察为仇敌，想尽办法针对他们的弱点一一攻击，这世上根本没有什么诅咒，你只是有个对你予取予求的好棋子而已，那个棋子就是曲恬。"

"曲恬原本是在侦探社做事的，那家侦探社的老板就是陈靖英，也是燕通大学的毕业生，我不知道当时是被害人家属委托了陈靖英来调查你，还是陈靖英本人对你感兴趣，所以派曲恬接近你，却没想到曲恬背叛了他，选择帮你，当发现陈靖英手头上有对你不利的资料后，你跟他约了在他家见面，并在曲恬的帮助下，将他囚禁在地下室里。"

"陈靖英的骸骨旁一个金盒，那个金盒就是曲恬是帮凶的最好证明，你当时特意将金盒放在陈靖英身边，就是为了揶揄他——红线盗盒的典故里是说为了让敌人低头，红线盗走了敌人的重要物品，而现实中，曲恬也盗走了对陈靖英来说最重要的证据，失去了证据，你根本不需要再顾忌陈靖英，将他囚禁到死亡为止。"

韩东岳逐渐冷静了下来，问："有谁能证明那是我做的吗？"

"你前妻的娘家跟陈靖英的家很近，你表面上说是为了帮妻子照顾老人，实际上却是借此查探陈靖英的状况，甚至在他死亡之后，继续用他的房子。"

"呵，住得近就有嫌疑，你们警察办案越来越随便了。"

漠视了韩东岳的嘲讽，关琥说："至此，所有人都在你的判官游戏中死亡了，唯一剩下的曲恬就成了结束游戏的主角。不是你不喜欢她，而是她的存在会为你带来威胁，她可以为了你背叛自己的雇主，当然也可以为了别人背叛你，所以你从一开始就没打算留下她，这就是她死于旧公寓夹缝里的原因，我不知道你是怎么做的，但是敢断定她的死一定跟你有关。"

"关警官，你的态度真让人感觉厌烦，我以为你会说出让我心悦诚服的高论，结果你只是拿着你手头上的资料，在这里大肆幻想而已。"

韩东岳不愧是研究心理学的，他的动摇只是暂时，很快就恢复了平时的从容，冷笑道："难道你的上司没有告诉你吗？假如你没有证据来证明你的论点，那你所有的推论都是妄想。"

　　"你怎么知道我没有证据？我可不是闲着没事做，来跟你说废话的。"

　　关琥回以冷笑，快步走到书架那里，准备取下之前他偷偷安放的窃听器，但连着摸了几次都没有摸到，再看韩东岳得意的表情，他明白自己被耍了。

　　"关警官，奉劝一句，我好歹也在这行混了这么多年，你那些小把戏骗不过我的。"

　　带着嘲讽腔调的说话让关琥很想揍人，但他所能做的只是抬起手，将拳头狠狠地挥在书架上。

　　"如果这里还是我的办公室的话，我会投诉你损害公物，你很幸运，我辞职了。"

　　韩东岳看关琥的眼中不无怜悯，同时也充满了胜利者的自傲，嘲笑完后，他将书本跟相框重新放进公文包里，至于关琥带来的那张照片，他扫了一眼，便毫不在意地掠开了，拿起公文包，转身离开。

　　"你害死那么多人，一定会有报应的！"眼看着凶手在自己面前堂而皇之地走掉，关琥气愤地喝道。

　　韩东岳的脚步微微一顿，转过头，正色对他说："你知道吗？只有无能的人才会这样说，因为你们没有能力去战胜别人，就只好把信仰全部寄托在报应这种论调上，所以会这样说的人永远都是失败者。"

　　"你！"

　　关琥被堵得说不出话来，这让韩东岳更得意，忍不住调侃，"你说了这么多，怎么就没想想我一个人要如何操纵这么多凶杀案？连最基本的地方你都没想到，还谈何指证我？至于你所谓的帮凶，还是等找到了他再说吧。"

游刃有余的说辞，听得关琥怔住了，直觉告诉他，那个帮凶可能已经被除掉了，他眼睁睁地看着韩东岳走出去，不由自主地回想起那晚在天台上张燕铎说过的话。

事后关琥在警局找到了相关的资料，那些资料虽然无法定韩东岳的罪，却证明张燕铎的推理是正确的，可是张燕铎没跟他提到韩东岳杀人的具体手法。

对，以韩东岳的心机跟自负，他不会亲自参与判官游戏，所以他一定有同党配合，十年前是曲恬，而这次会是谁？是上次出现的那个学生吗？如果是学生的话，为什么张燕铎没有提起？是张燕铎忘记了，还是连他自己也没想到？

关琥在空荡荡的办公室里转了两圈，越想越觉得可疑，发现了自己一直忽略的地方，他咽不下这口气，跑出去，冲着已经走远的背影大声叫道："韩东岳，你别太得意，只要我们找出对付李家的幕后人，就有证据指证你了，你绝对逃不掉的！"

听到了遥遥传来的喊声，韩东岳的步履稍微放慢，从鼻子里不屑地哼了一声。

还以为这次游戏里的警察会更厉害些，没想到这么不经玩，说起来还不如十年前的那些人。

那位组长叫什么来着？对了，好像叫范喜生，那人还挺厉害的，也够聪明，那一次他被追得相当狼狈，还好范喜生有个很糟糕的家庭，这也是他唯一的弱点，后来韩东岳得出结论——任何人都是有弱点的，只要抓住弱点，任何人都是游戏里的素材，任他摆布。

"那就拭目以待吧。"他轻声说道，随即加快了步伐。

为了尽快甩掉那个令人讨厌的警察，韩东岳放弃了等电梯，顺着楼梯走下去，他走得昂首挺胸，路上遇到学生，还回以微笑，毕竟在这里教学多年，他对这所学校还有学生是有感情的，不过也仅此而已，他不会因为有感情而改变自己的想法，就像当年他设计曲恬跳楼一样。

　　关琥都说对了，他的理论分析让韩东岳佩服，假如当年的范喜生加上今天的关琥的话，他未必能顺利脱身，但命运之神始终站在他这边，所以范喜生死了，关琥输了。

　　想到这里，韩东岳忍不住笑出了声，经过垃圾箱，他打开公文包，准备将曲恬还有他跟妻子的合照丢掉，两个游戏都顺利结束了，他决定丢开以往的感情，重新开始。

　　校园广播响了起来，拉住了韩东岳的动作，现在不是广播时间，他先是感到奇怪，接着就听到属于自己的声音传来，嗓音浑厚稳重，还带着不可一世的傲气，顺着广播喇叭传向校园的四面八方。

　　"警察会查到我？开什么玩笑，十年前的判官系列杀人案他们查了多久？怀疑了我多久？最后还不是不了了之，放心吧，那些警察都是饭桶，一看到同事陆续被杀，就认为是诅咒，不敢再查下去了，其实那只不过是我运用的心理战术而已。"

　　"是催眠杀人吗？"一个清亮的女子声音问道。

　　"当然不是，是有人去干掉他们的，你别小瞧女人，当她们被爱情冲昏头脑时，会顺着你的想法做任何事，于是判官除恶的定律就成立了。"

　　"没想到曲恬会这么迷恋教授你。"

　　"就像你迷恋我一样，为我杀人。"

　　"我不是迷恋，是尊重，教授你让我杀谁都无所谓，更何况就林青天一个人，不过教授将来你可不能杀我灭口。"

"只要你不像曲恬那样逼我跟她结婚。"

"不会的，我只想帮你做事……那接下来该是谁了？是先杀江楚魏？还是先对付那个叫李元丰的警察？"

接下来对话还说了什么，韩东岳听不清了，微笑从他脸上消失了，此刻他的脑子里是一片轰隆隆的响声，仿佛脑鸣，震得他的手脚颤抖起来，心脏也不听控制地开始剧烈跳动，血液回流，不断刺激着他的脑部神经。

那段对话他不可能忘记，就在前不久的晚上，在聊到接下来的计划时，崔晔跟他有了那番对话。

但问题是他们的对话为什么会被记录下来？会在公众场合里播放？

崔晔做他的助手很多年了，当初韩东岳之所以会选他，是看出这个小伙子在心理学研究上有他独特的见解，崔晔有个特长，就是可以随意改换嗓音，而且他很有表演天赋，在角色扮演上也没问题，所以韩东岳想到将来假如再开始新一轮的判官游戏时，崔晔将是个很好用的棋子。

事实证明他没有看错人，在他的长期训练下，崔晔越来越配合，不管是工作上的还是私生活上，他曾对崔晔进行过很多测验，来试探他的忠诚度，崔晔都过关了，在这个过程中，崔晔不仅了解了判官之谜，还主动跟他讨论新游戏的玩法，于是就出现了这一系列的杀人案。

广播还在不疾不徐地播放着，流淌出来的都是韩东岳熟悉的对话，心房逐渐恢复了平静，他可以重新听到那些对话都在说什么了，熟悉得令人恐惧，他的脚步茫然地向前挪动，走廊上有同学走过来，都向他投来怪异的眼神，像是在看怪物，但他完全没注意到。

听着对话，相应的画面在他的脑海里一幕幕闪过，清晰得就像正在眼前发生的一样。

崔晔跟他的相识；对他表现出的敬畏跟崇拜；为了做他的助手所付出的努力；还有在讨论判官游戏时他认真的表情，他说——教授，这次的计划一定会成功的，假如中途出现意外，我会像曲恬那样杀掉那些碍事的人，然后自杀，绝对不会连累到您，您不用觉得愧疚，为您做事是我的荣幸，所以，我们开始吧！

他相信崔晔会那样做的，从某种意义上来说，崔晔的性格偏执而疯狂，这种人一旦认准了某件事，就绝对不会后悔，所以他很好驾驭。

说这番话时，崔晔看他的眼神里充满了敬仰跟爱慕，事实也确实如此，为了配合他的计划，崔晔不惜为他杀人，他以为自己找到了第二个曲恬，在选择让他死亡时还有些不忍，却没想到事实恰恰相反……

"这世上根本没有完美的心理分析公式，因为人心比任何数据都更加难测。"

关琥说过的话突然从韩东岳的耳边划过，他微微一愣，终于回过了神，广播已经停止了，但周围看向他的目光却越来越多，许多学生凑在一起窃窃私语，并不时伸手指向他，像是在猜测广播里的那个人是不是就是他。

韩东岳笑了起来，他终于发现了自己的可笑，他一生都在致力于心理学研究，以为他可以随意操弄任何人，可是现在他发现，一直被操弄的其实是他自己。

崔晔自始至终都在算计他，为了让他上钩，用多年的时间来做铺垫，甚至为了讨他的欢心，不惜男扮女装，做出许多男人无法容忍的事情，他曾对崔晔做过许多测试，却忘了崔晔是演戏的，他有着不输于任何人的高超演技，为了成功，可以把所有一切都置之不理。

可是崔晔为什么要这么做？

韩东岳想不通，但一个人为了做一件事，不惜耗费这么多的时间跟精力，总有他的理由，韩东岳没有多想，因为他已经没有机会了，崔晔的做法让他身败名裂，接下来他除了要接受法律的制裁外，还要面对所有人鄙夷的目光。

他根本不是什么心理学大家，他只是个沽名钓誉的骗子而已。

无视在周围议论纷纷的学生，韩东岳向前踽踽着，路很快就被挡住了——他走到了尽头，面前看到的是楼梯拐角的窗户。

玻璃上映出他苍老的容貌，韩东岳似乎看到了自己的结局，真是个可悲的判官游戏——他算计得了人心，却看不透表面的假象，所以在这个游戏中，他注定是个输家。

韩东岳拉开玻璃窗，在众人的惊呼声中，纵身跳了下去。


在听到学生们大喊有人跳楼时，关琥正在寻找广播室。

广播刚开始播放时，关琥并没有留意，直到发现那是韩东岳在讲述判官案件，他才意识到有问题，向同学打听了广播室的位置，努力赶过去，悲剧已经发生了。

沉闷的声响传来，拉住了关琥的脚步，随即学生们的尖叫声此起彼伏地响起，关琥刹住脚步，趴在一个窗户前向外看去，就看到仰面躺在地上的人体。

很快的，人体周围聚集了众多闻声赶来的学生，距离太远，关琥无法看清韩东岳的状况，突如其来的变故让他的大脑一片混乱，只想着是谁录制了那番对话，并在广播里放了出来，而导致韩东岳的自杀？

对，凶手应该就在现场！

有种直觉，凶手在放完广播后，一定会留在现场欣赏自己的杰作。

下面围过来的人越来越多，模糊了关琥的焦点，他只好顺着楼梯一路跑下去，一直跑到韩东岳坠楼的地方。

现场已经被围得水泄不通，关琥不得不亮出警证，边吆喝着边拨开人群挤进去，就见韩东岳平躺在地上，血液跟脑浆混合在一起慢慢流出来，关琥不用特意过去确认，也知道韩东岳没有生命迹象了。

属于韩东岳的公文包落在一旁，里面的东西掉了出来，那本没有完成的书籍躺在血泊里，韩东岳跟妻子的合照相框也摔得粉碎，曲恬的照片飘在另一边，上面沾了一些血滴，配合着照片上的笑颜，有种莫名的嘲讽感。

"判官……"关琥轻轻嘟囔道："来得还真快。"


这不是报应，这叫天网恢恢，疏而不漏，以韩东岳的个性，或早或晚，他都会面对这样的结局。

读解到关琥的唇语，站在人群中的某个人也用唇语做了回答。

跟其他来看热闹的学生不同，他是来欣赏自己的杰作的，以他对韩东岳性格的分析，在事情败露后，这个骄傲的男人不会老实地面对失败，比起生命，他把荣誉看得更重要。

我早说过了，台下的戏更精彩，可惜你没有看到。

我曾说过会为了成全对方牺牲自己，所以我帮你达成了心愿。

今天所有人都看到了你的死亡，你带给大家的震撼还有未解的疑团将永远成为学术界津津乐道的话题，你设计的判官疑案终将成为悬案，大家会不断地仰视和推崇你，没人会听警察的解释，也没人在乎死亡背后的真相，因为比起真相，大家更想创造传奇，就像他们创造了罗密欧与朱丽叶的爱情传奇一样。

你曾说希望在学术界矗立自己的丰碑，你做到了，为了成全你，今后我不得不放弃自己的学业跟深爱的舞台，改名换姓从头来过，对我来说，不会再有比这个更大的牺牲了。

所以我从来没有骗过你，只是同样一件事会有各种不同的诠释，就像是演剧舞台，当你坐在不同的座位上时，看到的是不同的风光，而我在舞台上看到的东西，也是你永远看不到的。

这就是我对你的成全。

男人双手插在风衣口袋里，漠然地注视着眼前的景象，直到救护车的鸣笛声由远及近地传来，他才挤出人群，头也不回地大步向校园外走去。

在这种混乱的状况下，没人会注意到一个学生的举动，男人顺利地坐上了在附近停的出租车，心里有些遗憾——在这次的判官游戏中，张燕铎兄弟略胜一筹，他还以为找到了对手，可是现在看来，他高估了对方，事实证明，关琥比韩东岳更容易对付。

迅疾赶来的救护车跟出租车擦肩而过，看着救护车冲进校园里，司机大叔好奇地说："好像出什么事了。"

"刚才有人跳楼。"

"欸，跳楼！"

"有什么好奇怪的，这年头常有人跳楼。"

男人发出轻笑，司机不知道该回应什么，也尴尬地笑笑，说："可能是压力太大了，不过看到这种事，还是有点不好受，这些人也有家人跟朋友，怎么就是想不开呢。"

"也许不是想不开，而是选择了另一种生存方式，谁说死亡就一定是悲伤的？也许死者自身觉得很幸福，就像罗密欧跟朱丽叶的殉情，你说对吧？"

"呃，对对！"

司机随口附和着，同时在心里暗下决心，他绝不让自己的小孩像这个大学生一样，他可不想儿子哪一天也神经兮兮地玩什么"另一种生存方式"。

出租车在男人指定的地点停了下来。

当看到对面建筑物上挂着大大的精神病院的牌子，司机更确定这个人脑筋不正常了，等他一下车，就立刻踩动油门，把车开走了。

男人走进精神病院的大门，跟他熟悉的医生半开玩笑地埋怨他说他很久都没来了，他微笑着敷衍了过去，跟随医生来到某个重症病患的房门前，透过窗户的铁栏杆向里看去，房间里有个面容苍老的女人正在哼歌，偶尔会抬起头，对着空无一人的房间自言自语。

她的容貌有种不符合年纪的衰老感，不过精神还不错，说笑时表情很柔和，完全沉浸在属于她个人的世界里。

"最近你妈妈的状况很好，可以定时去外面散步，也没有攻击人的倾向，看来不用多久，她就可以出院了。"

"还是让她住在这里吧，反正对她来说，在哪里都一样，"男人冷淡地说："她只活在自己幻想的世界里，连自己的儿子都不记得了。"

"对于这类病患来说，这已经是最好的结果了。"

男人不知道这算不算是最好的结果，他只觉得这样的人生很可怜，女人一直都被关在监牢里，以前她是用道德观念关住自己，现在是关在精神病院里，他有时候会想自己的精神可能也有异常，因为他有个执着得宁可抛开家人，只想活在自己梦想世界的母亲。

不知道在她的世界里，是不是夫妻和睦母慈子孝，一家人其乐融融？

男人支付了母亲的住院费用，在离开时又去看望母亲。

女人还在房间里哼歌，完全没注意到窗外有人在看自己，男人看了一会儿，转身离开，走廊上隐约传来歌声，有些熟悉，像是他幼年时母亲哼的摇篮曲，听着令人怀念，但他却不会留恋。

人总是要朝前走的，只有蠢人才总喜欢沉湎于幸福的假象里，这样的人只会让他觉得可怜，哪怕那个人是他的母亲。

他出了精神病院，外面阳光正好，驱散了医院里的阴暗跟冷清，射来的阳光让他微微眯起眼睛，准备去前面的路口叫车，谁知刚转过身，就看到了对面靠墙站立的男人，看样子他应该等很久了。

"崔先生，你好。"看到他，张燕铎站直身子，率先打招呼。

崔晔刹住脚步，一瞬间，他的表情浮现出戒备的神色，但马上就缓和下来，曾有的卑微谦恭一扫而空，眉宇间充满了属于胜者的傲气，微笑说："你是那位侦探先生吧？没想到会在这里遇到你，真是巧合。"

他的语调随和，像是在跟朋友聊天，但声带似乎出了问题，嗓音嘶哑，听起来比之前见面时还要严重。

张燕铎回以微笑，"我不是侦探，这也不是巧遇，而是我专程在这里等你，崔先生，或者该叫你范先生？"

崔晔的眼睛眯了起来，重新认真打量张燕铎。

张燕铎穿着蓝格衬衣配西裤，外面是件深蓝色的收腰外套，他的眼镜也是同色调的深蓝，搭配得简约稳重，再配合他脸上的笑容，让崔晔不由自主地联想到了狐狸。

他低估张燕铎这个人了，一瞬间，直觉这样告诉他。

"你是什么时候开始怀疑我的？"既然对方都知道了，崔晔索性打开天窗说亮话，嗓音清亮，跟刚才截然不同。

"在韩东岳的办公室，听李当归说起你在表演上很有天赋的时候。"

张燕铎走近他，说："那时我突然想到，既然你在舞台上可以随意扮演男女，那现实中当然也可以，就比如说曲红线，在我们再次见面时，为了防止被怀疑，你特意用了粗哑的嗓音，但这反而增加了我的疑惑。"

"随时随地都不忘去怀疑别人，你活得挺可悲的。"

"同感，不过就像你为了达到目的，不得不隐藏自己的身份一样，可悲固然可悲，只要一旦习惯了，就会变得随心所欲。"

被不亢不卑地将了一军，崔晔的表情有些僵硬，自嘲道："你是怎么猜到我的身份的？"

"你自称是曲红线，我以为你是曲恬的家人，为了她来向韩东岳复仇，但曲恬弟弟的容貌和职业跟你对不上，后来我又曾一度认为你只是个极度崇拜韩东岳的学生，其心态就像曲恬那样，但总觉得哪里有不对，直到我听说了范喜生的事。"

听到这个名字，崔晔挑挑眉，把眼神转开了。

"当年的判官疑案因为组长范喜生的死亡而告终，范喜生死后，他妻子也因精神受到刺激而进了精神病院，唯一的儿子被亲戚领养，为了给孩子一个好的生活环境，他们改了孩子的名字为崔晔，你的曲红线的角色扮演很成功，可是却在小地方出现了失误。"

张燕铎掏出手机，将一张照片亮到崔晔面前。

照片里是清晨曲红线去酒吧找他们时，叶菲菲给自己的自拍，她身后作为背景的玻璃刚好映到了曲红线的容貌轮廓，虽然不是很清楚，但只要用专用软件调整，就可以确定曲红线的相貌。

"不管你的化妆技术有多高明，都无法改变骨骼轮廓，只要稍作对比，就可以证明是同一人了。"

"是啊，除非我去削骨。"看了照片，崔晔坦然地认下了，"没想到我反复演练了多次，会在这种地方失手，这是你发现的吗？"

"碰巧注意到的，这时候我们也许该说一句天网恢恢疏而不漏？"

"就是不知道天网网住的是什么人。"

崔晔发出轻叹，嗓音既不同于曲红线的柔和，也不是那类嘶哑，而是一种很好听的音调。

"过去了这么多年，我都快忘记自己曾经姓范这件事了，你能查到这一步，真的很厉害，不过我要跟你说，我没有要报复韩东岳，相反的，我接近他是出于崇拜。"

张燕铎看着他，一言不发。

"比起一个成天只知道工作的父亲，还有神经兮兮离开了丈夫就活不下去的母亲，我更希望韩东岳是自己的亲人。韩东岳冷静睿智，有学识有心机有大抱负，还有将众人玩弄于股掌间的冷漠，这一切都让我着迷，我知道我母亲是在他的教唆下失手杀死父亲的，但那又怎样？可以那么轻易地被别人掌控，那只能说是她太蠢。"

"在我父母出事时，我已经猜到了真相，那时我就觉得韩东岳很厉害，他是可以拉人下地狱的魔鬼，也正是我期待达到的目标，所以我接近他不是为了报父仇，而是被他的人格所吸引，想更好地了解他，为了他的研究我可以做任何事，这种扭曲的感情你大概不会懂吧？"

"我很想否认，但事实上却是我很明白你的心态。"

张燕铎想以韩东岳的狡猾多疑，最终却输在了崔晔的手上，那只有一种可能——那就是崔晔的出发点不是欺骗。他记得那天在办公室里崔晔看韩东岳的眼神，里面充满了爱与崇拜的信念，那是再好的演技也演不出来的感觉，他本来以为这两个人将是非常棘手的敌人，却没想到一切都结束得这么简单而突然。

　　"不过既然你这么崇拜他，那为什么最后要设计他，逼他自杀？"他不解地问。

　　"难道你没听说过一山不容二虎吗？"

　　崔晔发出轻笑，阳光照在他清秀的脸庞上，显得更加神采飞扬，单看这张脸，让人很难想象到他的残忍。

　　他完美地传承了来自韩东岳身上的自负高傲还有冷漠，他们是同一类人，一边爱着一个人，一边又可以毫不留情地杀掉对方。

　　崔晔回答了张燕铎的疑问，"该学的我都学到了，他已经不再有存在的价值了，我想对他来说，我的存在也是这样的。"

　　在对方下手干掉自己之前，先干掉对方，不管对自己来说，那个人究竟有多重要——这就是崔晔对感情的诠释，在这一点上，张燕铎想这是他跟崔晔本质的不同。

　　不管关琥怎么看他痛恨他，甚至要杀他，他都不会反击回去，哪怕他们可能根本不是兄弟，这就是他对关琥所抱有的感情。

　　那晚天台上的一幕浮上脑海，在关琥要冲他开枪的时候，他做的不是反击，而是将自己对整个案件的推理告诉对方，除了隐瞒崔晔这部分以外。

　　他希望可以尽自己最大的能力去帮助关琥，他不知道是不是因此感动了关琥，还是出于其他的原因，最后关琥没有杀他，在把子弹都射完了后，吼他马上滚蛋，滚得远远的别再出现在自己面前。

他无处可去，不过他会照关琥说的去做的，因为那本来就是他最初的打算。

回过神，张燕铎说："本来有一件事我一直没想通，在听了你的解释后，我懂了为什么你要亲手杀死林青天。"

"哦？"

"韩东岳看错了你，他以为你可以为他做任何事，甚至是杀人，但其实不是的，你杀人的出发点跟曲恬不同，曲恬会配合韩东岳的计划，是出于迷恋；而你，则出于憎恨。"

崔晔抿着嘴不说话，左手微微蜷起，就像那晚他紧握住铁锤，击打林青天的感觉，铁锤一下下地挥下去，他听到了颅骨碎裂的响声，人的头骨比想象中要脆弱，那声音听在他耳里，宛若天籁，让他有了发泄的兴奋感。

他是痛恨林青天，因为他无法理解为什么有人既然不在意家庭，又为什么一定要结婚？结了婚生了孩子，再延续新一轮的悲剧，所以对他来说，这种人全都该死，尽管他根本不认识林青天。

没想到张燕铎连这一点都看出来了，崔晔不由得对他刮目相看，也愈发对他的出现感到不解，饶有兴趣地问："既然你全都知道了，那为什么不把真相告诉你弟弟，而让他在韩教授面前出丑？"

"我有选择说与不说的权利，说到底，我并不是警察，你是心理学大师也好，是杀人犯也好，都与我无关。"

"那你特意在这里等我，只是想证明自己的推理是否正确吗？"

"不，我对你没兴趣，我只是想知道老家伙接下来会怎么做。"

"老家伙？"

街道对面的商业大楼里，狙击手正站在某个房间的窗前，观察猎物的动向，他不知道两个人在交谈什么，也没兴趣知道，他的任务是暗杀，仅此而已。

张燕铎的出现给他提供了很大的便利，他趁机了选取最佳的射击角度，将准星落在猎物身上，然后扣下了扳机。

光亮划过张燕铎的眼前，但是在阳光的照射下，那微弱的光芒几乎可以忽略不计，当张燕铎意识到不妙，想上前拉开崔晔时，已经晚了，就听轻响传来，随即崔晔的胸前绽开了一摊血花，他的身体晃了晃，仰头跌倒。

张燕铎立刻闪身避到了树后，向对面大厦看去，但就在这短暂的时间里，狙击手便消失无踪了，张燕铎照子弹射来的方向跟高度来判断，将目标锁定在几个可疑的地点上，却看不到任何人。

从老练麻利的行动来看，狙击手一定是职业杀手，在一击即中后便照事先设定的路线迅速撤离，不留下任何可以追踪到的线索。

确定杀手已经离开了，张燕铎看向崔晔，崔晔胸前血流如注，很快就将周围的地面染红了，他躺在血泊中，四肢发出轻微的抽搐，生死未卜。

想起不久前关琥也曾遭遇的一幕，张燕铎迅速走到崔晔面前，撕开他的上衣。

崔晔的衣服里没有血浆袋，他中的是真弹，子弹射进了他的左胸，张燕铎检查他的伤口时，他还有呼吸，眼睛睁大，茫然地看向天空，像是没能明白自己遭遇了什么。

崔晔分析到了韩东岳会杀他灭口，却没算到会是这样的方式——在不留后患这一点上，他跟韩东岳的确很相似。

张燕铎站起身准备叫救援，本来崔晔的死活跟他无关，不过前不久他才大开杀戒，如果现在再有人在他面前死亡，大概就连关琥也不会相信他是清白的了。

可是他刚站起来，就看到了举在眼前的枪口，一个看似阅历不多的小警察站在他面前，双手握枪，做出警告的架势。

"不、不许动，举起手来！"

警察的话说得结结巴巴，握枪的手还在隐约颤抖，为了防止他的枪管走火，张燕铎乖乖举起手，解释道："不关我的事，我只是路过……"

"不要狡辩，有人看到的！"

看这警察的表现，他应该才上班没多久，头一次出任务就遇到这种事，张燕铎不知道是自己倒霉还是这警察倒霉，不过警察的反应让他马上明白是有人在陷害自己，大概没多久，那些架空的人证物证就会一股脑地冒出来。

远处传来救护车的鸣笛声，在附近巡逻的警察在得到联络后也迅速赶到，张燕铎听到了摩托车的响声，小警察的注意力也被吸引了过去，张燕铎就在等待这个机会，见他的眼神瞟开，立刻探手抓住了指向自己的枪管。

警察吓得大叫起来，本能地想扣扳机，却被张燕铎抢先卡住扳机，再顺着力道向外一拧，同时另一只手挥拳打在警察的脸上，轻松就将他打倒了，顺便抢下手枪，将枪口指向他。

状况在一瞬间逆转了，看着枪管，警察吓得脸都白了，张燕铎忍不住调侃，"记得下次用枪时，不要靠敌人那么近。"

不知道警察有没有听懂，只顾着傻愣愣地点头，就在这时，骑摩托车的警察陆续赶到了，张燕铎没再逗留，收好枪，转身就跑。

身后传来鸣枪警告，张燕铎无视了，前面不远就是街道拐角，他冲过拐角，继续向前奋力奔跑，同时寻找可以临时借来一用的车辆。

这条路段比较繁华，警察不敢开枪，只能加快车速，绕过车流追赶他，眼看着双方的距离越来越近了，突然从斜侧面冲过来一辆大型集装箱货车，货车刚好卡在警察的摩托车前，挡住了整条道路。

与此同时，另一辆黑色轿车迅速靠近张燕铎，打开了车门。

开车的人戴着压得很低的鸭舌帽，看不到长相，相同的状况前不久李元丰还曾经历过，不过张燕铎毫不犹豫，直接跳进了副驾驶座上，在他上车的同时，轿车便加快油门向前冲去。

车主驾技高超，在车流中左转右拐，大玩飙车飘移，没多久就把警察彻底甩掉了，他减缓车速，在行驶途中按动按钮，将车牌自动调换了，然后打转方向，向高速公路奔驰而去。

上了高速，车道上几乎看不到车辆，张燕铎确定脱离了警察的追踪，对男人说："谢谢。"

"不用谢，只是举手之劳。"

"我不是谢你开车载我，而是谢你在僵尸事件中找回了解毒血清，救了我弟弟。"

男人转头看向他，张燕铎微微一笑，"或是谢你在谢凌云去仓库救人时暗中帮忙？还是谢你在我跟谢凌云被狙击手暗算时，用闪光灯为我们示警？"

"仓库那事不用你来谢，至于闪光灯，你怎么看出来的？"

"是我突然想到的。"

他跟谢凌云去燕通大学查找线索，回程就被人跟踪狙击，后来吴钩的出现让他以为是虚惊一场，没有再深思下去，直到崔晔被杀，才让他恍然大悟——

他的直觉没有错，当时的确是有人想枪杀他们，以韩东岳跟崔晔擅长的心理分析论，可以推算出谢凌云会飙车跟大致停车的地点，他们曝出了出租屋骸骨，却不希望有人比警察先了解真相，所以采取了最直接的阻碍手段。

韩东岳的生活跟杀手没有交集，但他跟老家伙有交集，他们两帮携手，演绎了这次的判官事件，韩东岳既然可以委托杀手杀崔晔，当然也可以杀他们，如果不是有人用闪光灯及时提醒他，那他跟谢凌云一定会受伤。

所以吴钩才会马上现身，拉开他们的注意力，掩饰了杀手的存在。

吴钩不会暗杀他，但也不会主动救他，而这个男人身为吴钩的同党，却又一次次地向他们施加援手，那只有一种可能性。

"李当归也早就知道你的身份了吧？"

"是那小子告诉你的？"

"不，他对你很忠心，明明注意到了你的存在，却帮你隐瞒，大概是被你威胁到了。"

"哈哈，他可是上流社会的富家子，身边不乏保镖随扈，我能威胁到他什么？"

"用谢凌云威胁他。我相信只要你一句话，他这辈子都别想追到谢凌云，以那家伙的死心眼，这比要他的命还严重吧？"

男人不说话了，放慢车速，将鸭舌帽摘下来。

帽子下是一张方正儒雅的面容。

男人大约五十上下的年纪，脸上略有皱纹，却不显老态，反而让他的气质多了份睿智的味道，这跟他飙车时的嚣张行为完全不搭，却跟他的学者身份很配，反观谢凌云，不也是这种看似文静，实际上却是火爆又好冒险的性子吗？

"本来我还对自己的猜想有所怀疑，现在我可以确定自己没有认错人了。"

看着男人，张燕铎微笑说："你隐身帮了我们这么多次，不知现在我是该跟你说声好久不见，还是说初次幸会呢，凌教授？"

（本篇完）